Andrea Reinhardt

Missetaten

Zweiter Fall von Sonderermittlerin Natalie Bennett

Thriller

Alle Personen und Handlungen sind frei erfunden. Ähnlichkeiten mit realen
Personen sind zufällig und nicht beabsichtigt.

© 2018 Andrea Reinhardt

www.andreareinhardt.de

1. Auflage

Umschlag/Covergestaltung:

Anne Merod, www.annemerod.de

Lektorat, Korrektorat & Buchsatz:

Anja Lott, www.lektorat-lott.com

Verlag: tredition GmbH, Halenreie 40-44, 22359 Hamburg

ISBN

Taschenbuch 978-3-7469-3899-8

Hardcover 978-3-7469-3900-1

eBook: veröffentlicht bei kdp Amazon

Für Joel und Philipp

„Dann stolpern sie in dein Leben und berühren dein Herz!"

Prolog

„Ich muss ihn wecken. Bitte, mach, dass er aufwacht."
Alex hielt sie fest, umklammerte sie. Krampfhaft versuchte sie, sich zu wehren, sich zu befreien. Der kleine leblose Körper auf dem kalten Boden rührte sich nicht.

„Liam, wach auf! Du musst aufwachen. Mama ist hier." Um ihr Herz krallte sich eine imaginäre Hand, als quetsche ihr jemand das letzte bisschen Leben heraus. „Alex, bitte, lass mich zu ihm. Er braucht mich. Er mag es nicht, allein zu sein."

Als der Leichenbestatter der Gerichtsmedizin ein weißes Tuch über den leblosen Körper legte, stockte Natalie der Atem. Die verwesende Leiche ihres Sohnes. Eineinhalb Jahre alt. Ihr geliebter Sohn, ermordet, abgelegt hinter einem Gebüsch nahe dem Spielplatz, auf dem er vor zwei Wochen mit seinem Vater gespielt hatte. Sein Vater, der eine kleine verdammte Minute nicht aufpasste. Diese eine Minute, in der jemand ihren Sohn entführte.

Jacob Bennett kam kreidebleich auf Natalie zugelaufen. Ihre Gesichtsfarbe wich einem unnatürlichen Weiß. Man konnte schon fast von Grau sprechen. Der Ehemann setzte sich neben sie, betrachtete den kleinen Hügel, der sich unter dem weißen Tuch abzeichnete.

„Sie haben ihn getötet. Sie haben unseren kleinen Liam einfach ermordet." Natalie sprach wie in Trance.

Die rotgeränderten Augen starrten ins Leere. Jacob erwiderte nichts, legte seinen Arm um ihre Schultern.

Mama, Mama, Mama - wie ein lieblicher Sang klangen die Rufe aus Liams Zimmer. *Mama, kommen.*

Natalie öffnete die Augen. Draußen war es noch dunkel. Sie schaute auf den Wecker. Es war mitten in der Nacht. Nass geschwitzt lauschte sie in die Dunkelheit. Das Haar hing strähnig nach unten. Ihr Herz tobte. Es schlug so kräftig, dass sie es in ihren Ohren hören konnte. Hatte sie gerade Liam rufen hören? Sie schmiss die Bettdecke zur Seite. Schweißgeruch stieg ihr in die Nase. Sie schlüpfte in ihre Hausschlappen und rannte zu Liam ins Zimmer. Atemlos blieb sie vor seinem Bett stehen. Leer. Das Bettzeug war unberührt. Tränen liefen ihr die Wangen hinab, als ihr schmerzlich bewusst wurde, dass sich an der Situation nichts verändert hatte. Liam war seit zwei Jahren tot. Noch immer hörte sie ihn mit sich reden. Noch immer hatte sie die Hoffnung, aus dem bösen Traum zu erwachen.

1

15. Dezember 2016

Lily verhielt sich heute eigenartig. Sie wirkte nervös, wedelte mit dem Schwanz, zog an der Leine. Je näher sie an den See kamen, desto ungehaltener wurde sie. Sie bellte, schnüffelte hektisch am Boden, als verfolge sie eine Spur. Der Mann hatte Mühe, sie zu halten. „Mädchen, was hast du? Hör auf zu ziehen! Ich falle sonst noch hin. Und bis man mich findet, bin ich ein Eisklotz."

William Archer liebte normalerweise die Spaziergänge mit seiner alten Hundedame. Sie war eine Berner-Sennen-Hündin, eine gutmütige, anhängliche Seele mit einem ausgeglichenen Temperament. Vor zwölf Jahren starb seine Ehefrau. Nachdem er ihren Tod verarbeitet hatte, holte er sich die Hündin aus dem Tierheim. Er lebte nahe dem Mecham Grove Forest. Ein großes Gebiet in Bloomingdale, das bei den Einwohnern und Touristen beliebt war. Um den Maple Lake grenzten Wald und Wiesen. Jeden Tag liefen sie ein Stück an dem See entlang. Morgens, wenn noch keine Menschenseele unterwegs war. An einem verschneiten, frostigen Morgen wie diesem war es dort menschenleer. Seit zehn Jahren begleitete Lily ihn. Sie war gut erzogen und besaß keinen Jagdtrieb. Die Wildtiere in dem Gebiet waren eigentlich sicher vor ihr.

Doch Lily ließ sich nicht beruhigen. Sie zog stärker in Richtung Osten, bellte und winselte. Eigentlich wollte William nach Westen über die Fußgängerbrücke laufen. Er vermutete, dass sie dringend ihr Geschäft erledigen musste. Vielleicht bekam ihr das Hühnchen vom Vorabend nicht. Nun suchte sie vermutlich nach einem geeigneten Plätzchen. Lily begann, sich im Kreis zu drehen. Mr. Archer wurde nervös. Irgendetwas stimmte nicht. Um mit dem Hund mithalten zu können, lief er schneller, rutschte auf einer Eisschicht aus und fiel zu Boden. Er ließ die Hundeleine los, damit Lily ihn nicht mitziehen konnte. Die Hündin hastete los. „Lily! Bleib stehen!"

Sie hörte nicht, war wie im Rausch, rannte fort. Mr. Archer hievte sich hoch und hielt sich mit schmerzverzerrtem Gesicht sein Gesäß. Wiederholt rief er nach der Hündin, konnte sie aber nirgendwo sehen. Schleppend setzte er sich in Bewegung, um ihr hinterherzulaufen. Anhand ihres Gekläffes wusste er, in welche Richtung sie gerannt war. Mühsam humpelte er Richtung Osten. Diesmal achtete er genau auf den Weg, um nicht noch einmal hinzufallen.

Sein Herz fing an zu rasen. Neben den Fußspuren seines Hundes erkannte Mr. Archer einen roten Fleck im Schnee. O Gott! Sie hat ein Tier gerissen!

Mittlerweile schwitzte er. Das Stapfen durch den Schnee war anstrengend. Er öffnete den schwarzen Mantel, schüttelte den Kopf. So etwas hatte sie noch nie gemacht. Er hatte viel Zeit in die Erziehung investiert. Wenn er erwischt werden würde, bekäme er großen Ärger. Die Regeln der Gemeinde verboten es, Hunde ans Wasser zu lassen. Sie mussten auf dem Pfad an der Leine laufen. Sein Sohn wäre nicht begeistert, würde ihn wieder belehren. Er war Staatsanwalt und gab ihm immer zu verstehen, dass Gesetze dazu da waren, um eingehalten zu werden. Er lief zu dem Fleck. Bei genauerem Hinsehen bestätigte sich seine Vermutung. Es war Blut. Er schloss seine Augen, betete, dass niemand dort war und das Geschehen beobachtete. Zornig rief er nach Lily. „Lily! Bei Fuß!"

In der Ferne hörte er sie wimmern und jaulen. Er verfolgte ihre Pfotenabdrücke, die sich tief im Schnee vergraben hatten. Neben der Spur verlief eine Reihe aus Blutstropfen. Er fand die Hündin an einem Baum. Sie hatte sich mit ihrer Leine verfangen, wimmerte panisch. Ihr schwarzes Fell schimmerte weiß vom Schneetreiben. „Du ungezogenes Mädchen. Das geschieht dir recht."

Lily zog die Ohren an, schaute mit großen, schwarzen, runden Augen. Vor ihr lag ein totes Eichhörnchen. Die Schnauze der Hündin war mit Blut verschmiert. Der Mann war müde. So hatte er sich den Spaziergang nicht vorgestellt. Es war zu mühsam für ihn. Er befreite Lily, noch immer voller Wut. „Ab nach Hause." Lily zitterte, zog den Schwanz ein, blieb hartnäckig stehen. Noch immer winselte sie leise.

„Nun komm doch. Ist jetzt gut. Ich bin nicht mehr sauer." Mr. Archer zog an der Leine, doch die Hundedame blieb stur. Er erinnerte sich an den Blutfleck. Bilder des Eichhörnchens huschten ihm durch den Kopf. Er runzelte die Stirn. Es passte nicht. Das Tier war nicht sonderlich blutverschmiert. Es konnte unmöglich solche Mengen an Blut verloren haben. Erschrocken schaute er zu Lily. „Du hast nicht noch ein Tier zerfetzt, oder?"

Lily wedelte mit dem Schwanz, zog ihn weiter in Richtung Osten. Bereitwillig ging er mit, verstand selbst nicht warum. Eigentlich sollte er schleunigst verschwinden, ehe jemand kam und ihn dafür verantwortlich machen konnte. Mittlerweile war es halb acht. Bald würden weitere Spaziergänger ihre Hunde dort ausführen. Doch die Neugier war größer. Sein Bauchgefühl sagte ihm, dass der Blutfleck nicht vom Eichhörnchen sein konnte. Normalerweise würde er nicht nachgeben, das war gegen seine Regel. Er erzog Lily mit liebevoller Konsequenz. Das klappte bisher bestens. Aus diesem Grund war er sicher, dass es einen Grund geben musste, warum die Hündin so nervös reagierte. Hinter dem Baum, an dem sich Lily verfangen hatte, verlief die Blutspur weiter. Williams Augen weiteten sich, als er bemerkte, wie lang die Spur war, die den weißen, glitzernden Schnee rot färbte. Er blieb stehen, wog ab, was er tun sollte. Er war alt. Er sollte sich jemanden zu Hilfe rufen. Doch wenn es nichts wäre, würde er sich lächerlich machen. Vielleicht hatten sich ein paar Tiere in die Haare bekommen oder eins war auf der Jagd. Sicher würde er nur ein gerissenes Reh finden. Er beschloss nachzuschauen, um seinen inneren Frieden zu finden. Dann könnte er beruhigt nach Hause laufen und in Ruhe sein Frühstück genießen.

Lily zog weiter in den Wald. An einer großen Wiese am Waldrand blieb sie stehen, jaulte, sodass man es mit der Angst bekam. Mr. Archers Hände zitterten. Nicht vor Kälte. Er schaute über die schneebedeckte Wiese. Die Spur endete am Rand. Im ersten Moment konnte er nichts Ungewöhnliches entdecken. Doch bei genauem Hinsehen erkannte er einen Hügel. Um zu erkennen, was es war, musste er näher. Er schüttelte den Kopf, verstand nicht, warum es ihn dort hinzog. Binnen Sekunden begriff er Lilys Aufregung. Unter dem Hügel breitete sich eine Blutlache aus. Er erkannte den nackten Körper eines Menschen. Mr. Archer erstarrte, blieb mit offenem Mund stehen. Ein heftiger Druck im Magen bereitete ihm Schmerzen. Zitternd nahm er seinen Mut zusammen, schaute dem Opfer ins Gesicht. Dessen Ausdruck zeigte, welche Panik der Mann kurz vor seinem Tod gehabt haben musste. Der Bauchraum lag offen, die Eingeweide hingen heraus, von einer dünnen Schneedecke bedeckt. William schluckte die aufsteigende Übelkeit hinunter. Er war pensionierter Arzt, hatte viele schreckliche Sachen gesehen. Doch dieses Bild übertraf alles. Der Körper der Leiche sah aus, als hätte jemand im Bauchraum herumgewühlt, um etwas Bestimmtes zu finden. Als ehemaliger Chirurg erkannte er, dass jemand den Oberkörper aufgeschlitzt hatte. Es war kein Tier, das den leblosen Körper zerfressen hatte. „Gott, Gnädiger, wer hat dir das angetan?" Regungslos stand der Mann vor dem zerfetzten Körper, die Augen auf die Unmengen Blut gerichtet. Trotz der Minusgrade standen ihm Schweißperlen auf der Stirn.

Es war acht Uhr. Er wunderte sich, wo die Leute blieben. Jetzt könnte er dringend jemanden zur Hilfe gebrauchen. Er spürte, wie sich seine Eingeweide zusammenzogen, sein altes Herz raste. Dann traf ihn ein Gedanke wie der Blitz. Was, wenn der Täter sich hier versteckte, gleich aus dem Nichts vor ihm auftauchte? Hektisch schaute er sich um. Niemand zu sehen. Keine Fußspuren im Schnee. Eine unerträgliche Stille legte sich über die verschneite, friedliche Landschaft. Nur das Winseln von Lily war zu hören. William Archer holte tief Luft, kramte sein Handy aus der Jackentasche. Es dauerte eine gefühlte Ewigkeit, bis er es zu greifen bekam. Er starrte es an, als wäre es etwas, das er noch nie gesehen hatte. Sein Sohn hatte es ihm vor vier Jahren geschenkt. Er erinnerte sich daran, wie unnötig er es gefunden hatte. „Was soll ich mit dem Ding?", fragte er ihn und bekam eine Antwort, die ihn wütend gemacht hatte.

„Du bist alt. Vielleicht brauchst du eines Tages einmal Hilfe. Es wäre gut, wenn du mich erreichen kannst."

„Ich habe so etwas noch nie benötigt, Junior. Mein ganzes Leben bin ich allein klargekommen. Warum sollte ich es jetzt nicht mehr?"

Nun war er froh, es zu haben. Zitternd tippte er auf den Tasten herum. Das Handy fiel ihm aus der Hand. „Verfluchter Mist." Mühsam bückte er sich und hob es auf, befreite es vom Schnee und hoffte, dass es noch gehen würde. Anstatt den Notruf zu wählen, drückte er die Eins. Sein Sohn hatte dort seine Nummer gespeichert, sodass er nicht im Telefonbuch suchen musste. Es klingelte, doch sein Sohn nahm nicht ab. Nach dem zweiten Versuch ging er ran.

„Vater, was gibt es?"

Ich wünsche dir auch einen guten Morgen, Sohn, dachte sich William mürrisch. Er hatte das Gefühl, ungelegen anzurufen. Wäre die Situation nicht dringend, hätte er sofort aufgelegt. „Ich brauche deine Hilfe", hauchte er ins Telefon. An der Stimme erkannte man seine Verzweiflung. Die Angst, dass doch jemand aus dem Wald springen würde, saß ihm im Nacken.

„Was ist passiert?"

Völlig zusammenhanglos warf ihm William die Worte in den Hörer. „Lily, sie war … Du musst kommen. Bring die Polizei mit. Ich, der Mann … Er ist tot, ermordet."

„Vater, beruhige dich! Ich verstehe kein Wort. Was ist mit Lily? Wo steckst du?"

„Seine Eingeweide hängen raus. Ich kann nichts mehr für ihn tun." Nun begann der Rentner zu weinen. Er schnappte gierig nach Luft, glaubte zu ersticken.

„Vater, was um Himmels willen redest du da? Ich verstehe nicht, was du willst!" Sein Sohn klang wütend.

William versuchte, sich zu beruhigen. Er starrte auf die Leiche, wiederholte, was er auf der Runde mit Lily entdeckt hatte. Am anderen Ende blieb es still. „Junior, hast du gehört? Hier liegt eine Leiche und irgendein verdammter Mistkerl hat ihn aufgeschnitten, als hätte er etwas in ihm gesucht. Ich stehe hier am Waldrand und könnte jetzt einmal deine Hilfe gebrauchen."

„Hast du irgendetwas angefasst?"

Da war er, der Herr Staatsanwalt. Nur darauf bedacht, dass sein Name nicht in den Schmutz gezogen wurde.

„Schick lieber mal die Polizei zu mir!" William legte auf. Ihn übermannte eine starke Müdigkeit. Musste das auf seine letzten Lebenstage passieren? Er kraulte Lily den Nacken, schaute ein letztes Mal auf den Leichnam. Dann wandte er sich ab, um auf den Pfad zu gehen, als er an der Schulter des Opfers einen gelben Zettel leuchten sah. Er war mit einer Pinnwandnadel angeheftet. William war versucht, das Stück Papier abzureißen. Er erinnerte sich an die Worte seines Sohnes. Er durfte nichts anfassen, um keine Fingerabdrücke von sich zu hinterlassen. Sein Sohn sagte es ihm zwar, weil er nicht verdächtigt werden sollte, aber William schmunzelte. Wie sollte ein alter Mann so ein Muskelpaket schon kleinkriegen? Und obwohl er Handschuhe trug, ließ er den Zettel an Ort und Stelle, um keine brauchbaren Spuren zu verwischen. Das kannte er aus den Krimiserien. Er beugte sich nach vorn und las die Buchstaben, die mit einem Computer getippt waren.

GOTT HAT NICHT VERGEBEN.

ER HAT SEINE MISSETATEN GELEUGNET!

2

Natalie kaute an ihren Fingernägeln. Nervös wippte sie mit dem rechten Bein. Ausgerechnet heute hatte sie den Termin bei dem Psychologen so früh. Letzte Nacht hatte sie kaum geschlafen, wieder diesen Traum geträumt. Nun schon seit zwei Jahren. Ein Jahr lang hatte sie versucht, die Träume in Alkohol zu ertränken. Nach einem Jahr hatte sie die Kurve bekommen, eine Therapie gemacht und sich entschieden weiterzuleben. Ohne Liam und ohne Ehemann. Wenn Natalie an Jacob dachte, entfachte eine Wut in ihrem Bauch. Sie wollte nicht verstehen, warum er sie mit dem ganzen Schmerz allein zurückgelassen hatte. Es war sein Sohn, die Krönung ihrer Liebe. Es war seine Unachtsamkeit, die zu Liams Tod geführt hatte. Doch er verhielt sich ihr gegenüber wie ein Eisklotz. „Blöder Typ. Wie konnte ich mich auf den Idioten einlassen?" Sie erschrak, als sie bemerkte, dass sie das laut ausgesprochen hatte.

„Guten Morgen, Natalie. Ich hoffe, Sie haben gut geschlafen?" Der Psychologe musterte sie eindringlich. „Sie sehen müde aus? Ist etwas gewesen?"

Natalie unterdrückte den Drang loszuheulen. Noch immer hallten die Rufe von Liam in ihrem Kopf.

Sie wollte vermeiden, dass Dr. Davis etwas von den Träumen erfuhr. Dr. Davis, Psychologe für das Federal Bureau of Investigation. Natalie hasste diese Sitzungen. Doch es war Vorschrift. Traumatisierte Ermittler durften erst nach seiner Freigabe den Dienst wieder aufnehmen.

„Ich war etwas aufgeregt und konnte deshalb nicht so gut schlafen. Ich möchte unbedingt wieder arbeiten." Natalie kratzte sich am Hals, über den sich bereits rote Striemen zogen.

„Warum ist es Ihnen so wichtig, wieder zu arbeiten?"

Natalie schaute den Psychologen skeptisch an. Bei jeder Frage überlegte sie sich genau, was sie antworten könnte. Sie hatte stets das Gefühl, dass er ihr Fangfragen stellte, um sie unnötig länger auf die Bescheinigung der Dienstfähigkeit warten zu lassen.

„Na ja, ich war, wie Sie wissen, bereits lange weg. Und ich liebe meinen Job. Ich bin dazu berufen, Verbrecher zu jagen."

„Es gab einen guten Grund, weshalb Sie so lang weg waren. Ihnen sind schreckliche Dinge widerfahren."

Natalie wusste, auf was er hinauswollte, wollte jedoch nicht darauf eingehen. „Das habe ich überwunden. Deshalb bin ich nicht hier. Wir reden doch eigentlich über meine Schussverletzung."

„Meinen Sie, Sie waren vor zwei Monaten schon bereit, wieder arbeiten zu gehen? Sie haben Ihren Sohn verloren, Ihre Ehe wurde geschieden. Das waren schwere Einschnitte in Ihrem Leben."

„Was wollen Sie mir jetzt unterstellen? Dass ich damals nicht aufmerksam genug war?"

„Waren Sie es denn?"

„Natürlich war ich es." Der Tonfall von Natalie wurde strenger.

„Laut den Berichten Ihrer Kollegen sind Sie ohne weiteren Schutz allein auf die Täter zugegangen."

„Die waren gerade im Begriff ein sechzehnjähriges Mädchen zu töten. Ich hatte keine Zeit zu überlegen oder zu warten, bis die anderen da waren."

„Das Mädchen ist trotzdem tödlich verletzt worden."

Natalie wurde hochrot. Sie musste tief einatmen, um dem Psychologen nicht ins Gesicht zu springen. Sie konnte nicht glauben, dass ihre Kollegen nur Gutes von diesem Schnösel hielten. „Ja, ich war leider zu spät. Doch das konnte ich ja nicht wissen. Ich habe nur gesehen, dass der Vater eine Waffe auf sie gerichtet hatte. Und ich wollte verhindern, dass er auf sie schießt."

„Hätten Sie sich nicht denken können, dass er auch auf Sie schießen würde?"

„Darüber habe ich in diesem Moment nicht nachgedacht." Natalie verschränkte die Arme, schaute zum Fenster und betrachtete den grauen Morgenhimmel.

„Sind es nicht die Regeln, dass Sie auf einen Kollegen warten, der Ihnen hilft, die Ist-Situation zu erfassen, und gegebenenfalls freie Bahn gibt?"

„Das ist richtig. Dr. Davis, ich weiß, ich habe mich nicht sonderlich professionell verhalten. Doch ich habe aus der Situation heraus gehandelt. Ich weiß, wie es richtig geht. Meine Quittung dafür habe ich bekommen. Die Kugel traf mich aus geringer Entfernung in den Bauch und verletzte meinen Magen. Es kam zu lebensgefährlichen Blutungen, Darmbakterien gelangten in meine Blutbahn. Ich lag zwei Wochen im Koma. Aber nach vier Wochen Rehabilitation will ich das endlich alles abhaken und wieder arbeiten. Ich habe doch alle Tests bestanden?"

„Natalie, kann es sein, dass Ihre persönliche Tragödie eine Rolle gespielt hat?"

„Nein, das hat sie nicht. Ich verleugne ja nicht, dass der Tod meines Sohnes nicht mehr schmerzen würde, doch ich habe gelernt, damit umzugehen. Das Mädchen war in Gefahr. Und es ist meine Aufgabe, Opfer zu retten."

„Wenn Sie sich dabei nicht selbst in Gefahr bringen."

Natalie gab es auf. Sie hatte das Gefühl, dass er ihr die Schuld für ihr Schlamassel geben wollte. Wollte er sie überhaupt wieder diensttauglich schreiben? Eine ehemalige Schnapsdrossel. Sah er sie als tickende Zeitbombe?

„Bin ich nicht hier, um herauszufinden, ob ich das Trauma überwunden habe?"

„Haben Sie es denn?"

„Ich hatte nie eins. Es gehört zu meinem Job dazu. Ich bin nicht die einzige Beamtin, die in ihrer Laufbahn angeschossen wurde. Nennen wir es Kollateralschaden. Oder eben eigene Dummheit, wenn Sie möchten. Aber es ist abgehakt. Ich bin gesund, fühle mich wunderbar."

„Plagen Sie Albträume?"

Natalie musste kräftig schlucken. Sah er es ihr an? „Nein, ich schlafe wunderbar." Sie hatte das Gefühl, ihr

Gesicht würde brennen, spürte, wie ihr die Schamesröte in die Wangen stieg.

„Sie sehen nicht danach aus."

„Ich sagte doch, die letzte Nacht war schwierig, weil ich aufgeregt war, wie Ihre Beurteilung ausfallen würde."

„Was glauben Sie denn, wie sie ausfallen wird?"

„Woher soll ich das wissen? Sie entscheiden es doch." Natalie wurde ungehalten. Sie rutschte auf dem Stuhl hin und her. Sie malte sich aus, wie sie dem Doktor an die Gurgel ging.

„Ihre bisherigen Tests sind gut ausgefallen. Zumindest theoretisch wissen Sie, wie Sie sich bei einem Einsatz verhalten sollten. Auch den Schießtest haben Sie erfolgreich abgeschlossen, sind nicht auf die eingebauten Fallen reingefallen. Nur müssten Sie dies im wahren Leben auch beherzigen."

„Nun kommt das große Aber?"

„Ich bin mir nicht sicher, ob Sie emotional stabil genug sind. Sie haben die letzten zwei Jahre viel durchgemacht. Dann dieser Kampf um ihr Leben. Das ist nicht einfach zu verkraften."

„Hören Sie, ich bin durch die Hölle gegangen, als Liam ermordet aufgefunden wurde. Würden Sie das nicht? Ich habe mich auch gehen lassen, ja. Aber ich habe eine einjährige Therapie gemacht, ich bin trocken. Ich habe zu einhundert Prozent verarbeitet und kann mit dem Schmerz umgehen. Sonst hätte ich nicht wieder anfangen können zu arbeiten. Der letzte Fall hat mich nicht zurückgeworfen. Es geht mir gut. Ich möchte doch einfach nur wieder arbeiten."

Der Psychologe schaute ihr lange und eindringlich in die Augen, versuchte, in ihnen zu lesen. Natalie hatte schon immer ein Talent, ihre Gefühle zu verbergen.

„Nun gut, Natalie, die Zeit ist rum. Wir hätten heute dann unseren letzten Termin gehabt."

„Moment! Was soll das bedeuten? Hätten gehabt?"

„Ich bin der Auffassung, dass Sie sich weitere Hilfe holen sollten. Vielleicht war der letzte Fall kein Trauma, doch ich sehe in Ihrem privaten Leben großen Bedarf."

„Vielen Dank, Dr. Davis. Ich kann Ihre Bedenken gut verstehen. Jedoch halte ich es nicht für notwendig. Bitte beurteilen Sie nur die Dinge, weswegen ich herkommen musste."

„Nun gut, ich gebe Ihnen in den nächsten Tagen Bescheid."

„In den nächsten Tagen? Ich hatte gehofft, Sie würden mir heute noch mitteilen, ab wann ich wieder arbeiten darf."

„Ich muss erst die gesamten Ergebnisse durchgehen. Ich versuche, mich zu beeilen. Sie hören von mir." Er stand auf und verabschiedete sich mit einem sanften Händedruck. Dabei ließ er Natalie nicht aus den Augen.

Sie hasste diese bohrenden Blicke. Sie fühlte sich nackt. Mit aller Kraft versuchte sie, sich zusammenzureißen, sich ihre Wut nicht anmerken zu lassen. Wenn sie jetzt ausflippen würde, wird dies sicher in die Beurteilung einfließen. Sie konnte den Satz vor ihrem inneren Auge schon lesen: *Sonderermittlerin Natalie Bennett neigt dazu, in Stresssituationen aufbrausend zu reagieren.* „In

Ordnung. Vielen Dank für Ihr Bemühen." Mit geballten Händen in der Manteltasche verließ sie das Zimmer.

3

Alexander musste unentwegt an Natalie denken. Nachdem er sich stundenlang im Bett herumgewälzt hatte, gab er auf. Er kochte Kaffee, kramte im Kühlschrank nach etwas Essbarem. Der Tag würde lang werden, deshalb brauchte er ein ausgiebiges Frühstück. Er setzte Milch auf, schüttete Haferflocken dazu, um sich Porridge zuzubereiten. Während die Milch warm wurde, schaute Alexander aus dem Küchenfenster. In der Nacht hatte es erneut kräftig geschneit. Sein Auto, das er am Abend vor der Garage stehen gelassen hatte, war zugeschneit. *Idiot. Wozu hast du eine Garage, wenn du das Auto davor stehen lässt?* Alex beobachtete die glitzernde Schneedecke, die sich über Western Springs gelegt hatte. Im Radio lief „Do They Know It's Christmas" von Band Aid 30. Alexander mochte den Song. Er wurde ab Ende November rauf und runter gespielt. Er konnte sich daran nicht satthören. Mit voll aufgedrehter Lautstärke trällerte er es mit. Jedes Mal bekam er gute Laune. Dieses Jahr war die Stimmung bedrückend. Er dachte an Natalie, deren letztes Weihnachten schon von Traurigkeit und Leere überschattet wurde. Nun musste er ihr irgendwann erklären, dass ihr

Exmann Schuld am Tod mehrerer Kinder trug. Er konnte es nicht länger vor ihr geheim halten. Er durfte es nicht. „Verdammte Scheiße!", brüllte Alexander, als er den Geruch verbrannter Milch wahrnahm. Die Haferflocken klebten am Boden des Topfes. Er nahm den Topf, lief nach draußen und schmiss ihn samt verbranntem Porridge in den Müllcontainer. „Guten Appetit, du Idiot."

Er schenkte sich eine Tasse Kaffee ein, schlürfte die heiße Brühe. Er spürte die Wärme, die sich in ihm breitmachte. Der Appetit auf Porridge war ihm vergangen. Er beschloss, erst duschen zu gehen. Unter dem heißen Wasser entspannte sich sein unruhiges Gemüt. Er schloss die Augen, ließ den Wasserstrahl über sein Gesicht prasseln. Minutenlang blieb er regungslos stehen. Dachte darüber nach, seinen Job aufzugeben. Alex seifte sich mit dem zitronig-herb duftenden Duschgel ein, sog den Duft in sich auf. Vor ein paar Jahren hatte ihm Natalie diese Duschgel-Sorte geschenkt, weil Jacob Bennett es nicht mochte. Seitdem kaufte er es sich regelmäßig, brachte den angenehmen Geruch mit Natalie in Verbindung. Eine tiefe Traurigkeit überfiel ihn. Er erinnerte sich an die früheren Zeiten. An denen sie fast täglich gemeinsam unterwegs waren. Sie hatten immer etwas zu lachen gehabt, lagen sich permanent in den Armen. Man sagte ihnen nach, dass sie sich wie ein altes Ehepaar verhielten. Niemand glaubte ihnen, dass sie nur Freunde waren. Alexander konnte es selbst nie glauben. Er spürte eine derartig innige Bindung zu ihr. Er wischte sich mit den Händen übers Gesicht, stellte das Wasser aus.

„Schlag sie dir verdammt nochmal aus deinem Schädel!" Wütend, dass er seine Gefühle nicht in den Griff bekam, stieg er aus der Dusche. Als er das zweite Bein aus der Duschwanne hob, rutschte das rechte auf den feuchten Fliesen weg. Alexander versuchte, das Gleichgewicht zu halten, verlor den Kampf. Bei dem Versuch, sich an der Duschkabine festzuhalten, vergriff er sich und stürzte zu Boden. Mit dem Gesicht knallte er auf das gegenüberliegende Waschbecken. Er hörte ein ohrenbetäubendes Knacksen in seiner Nase. Mit schmerzverzerrtem Gesichtsausdruck schrie er auf: „So eine verdammte Scheiße! Was ist das für ein beschissener Tag?!"

Der Sonderermittler lag auf dem Boden, probierte vorsichtig, seine Extremitäten zu bewegen. Alles normal. Er hob die Schultern an, streckte sich aus und stand auf. Anscheinend hatte nur seine Nase etwas abbekommen. Er wischte den Nebel vom Spiegel. Sein Kopf hämmerte, in der Nase pochte es. Mit dem nassen Arm wischte er über die Nase. „Scheiße, scheiße, scheiße, tut das weh."

Blut tropfte auf die weißen Badfliesen. Er warf den Kopf in den Nacken, spürte den metallischen Geschmack, der ihm den Hals hinunter lief. Er eilte in die Küche, öffnete das Gefrierfach und holte einen Kühlakku heraus. Er erinnerte sich an einen Ratschlag, dass es etwas bringen sollte, wenn er es sich in den Nacken legte. Nackt und nass setzte er sich auf sein graues Polstersofa, das die Feuchte sofort in sich aufsog. Er atmete tief ein und aus. Nach einigen Minuten hörte die Blutung auf. Alexander versuchte, durch die Nase einzuatmen, bekam jedoch keine Luft. Ihm wurde schwindelig. Beim Blick auf die Küchenuhr bemerkte er, dass es allmählich Zeit wurde, ins Büro zu fahren. Mit wackeligen Beinen lief er ins Schlafzimmer, hielt den Kühlakku auf die schmerzende Nase. Auf dem Nachttisch lag sein Handy. Alex wählte Herbs Nummer.

„Harris! Ach, Alex, du bist es. Ich war gerade auf dem Sprung ins Büro. Was gibt es?"

„Ich könnte deine Hilfe gebrauchen. Bist du mobil?" Herb hatte ständig Probleme mit dem Auto. Man hatte das Gefühl, seine Karre stand mehr in der Werkstatt, als dass es fahrtüchtig war. Glücklicherweise wohnte er in Chicago, konnte mit öffentlichen Verkehrsmitteln in die West-Roosevelt-Road fahren.

„Ja, ich hab mein Auto vor der Tür. Was ist mit dir? Bist du krank? Du sprichst so nasal. Hört sich ein bisschen so an als …"

„Spar dir jeden weiteren Kommentar, Agent Harris. Kannst du mich abholen?"

„Sicher, Chef." Er stellte keine weiteren Fragen. Alexander konnte sein Grinsen förmlich durchs Telefon spüren. Er legte auf, zog sich eine Jeans an und entschied sich für ein schwarzes Hemd. Er wollte sich in diesem Moment nicht vorstellen, einen Pullover über die Nase zu ziehen. Allein der Gedanke daran bereitete ihm Schmerzen.

Eine halbe Stunde später klingelte es an der Tür.

„Ach, du Scheiße! Wie siehst du denn aus?" Herb schaute mit offenem Mund auf Alexanders Gesicht. Das rechte Auge war blutunterlaufen, die Nase geschwollen und blutverkrustet. Herb verzog das Gesicht zu einer Grimasse, spürte vom bloßen Hinschauen den Schmerz.

„Hatte ein Rendezvous mit einer Faust", antwortete Alex missmutig.

Erschrocken riss Herb die Augen auf.

„Das war ein Witz, Kumpel. Ich bin beim Duschen ausgerutscht und gegen das Waschbecken geknallt. Erinnere mich daran, dass ich beim nächsten Hauskauf auf ein größeres Bad achte. Können wir los? Ich bin so nicht in der Lage, Auto zu fahren."

„Du musst zum Arzt. Die Nase ist gebrochen."

„Ach, quatsch. Halb so wild. Da sind nur ein paar Äderchen geplatzt. Ich bin doch keine Memme."

„Steig ins Auto. Wir fahren in die Klinik."

Er nickte widerwillig, zog sich seine gefütterte Lederjacke über und verließ sein Haus.

Im Anschluss wählte er Natalies Nummer. Mit dem Finger bereits an der Auflegetaste, war er überrascht, dass Natalie schon beim zweiten Klingeln abnahm. Ihre Stimme klang weinerlich. Alex war sofort klar, dass sie die ganze Nacht nicht geschlafen hatte, so wie es häufiger der Fall war. „Ich wollte nur nach dir hören."

„Es geht mir gut. Ich war beim Psychologen. Damit ich endlich wieder arbeiten kann. Ich hasse es. Ich war lange genug zu Hause."

„Ich verstehe das."

Damit war das Gespräch beendet. Natalie legte auf, ohne sich zu verabschieden.

„Alles in Ordnung?", fragte Herb. „Du siehst besorgt aus."

„Natalie plant, schnellstmöglich wieder mit dem Arbeiten anzufangen. Doch erst muss sie das psychologische Gutachten abwarten. Wenn sie dort kein Go bekommt, muss sie zu Hause bleiben."

„Wir würden uns alle freuen, wenn sie zurückkommt."

Alex schwieg, starrte gedankenverloren aus dem Autofenster. Ein ungutes Gefühl überfiel ihn.

Herb parkte seinen goldbraunen Tesla Model S in der Einfahrt des Taxistandes. Als er ausstieg, wurde er von einem der Fahrer freundlich gebeten, seinen Wagen auf dem Besucherparkplatz zu parken. Herb hielt dem Mann seine Dienstmarke unter die Nase. „FBI. Ich habe einen verletzten Kollegen. Er wurde verwundet, als er für die Sicherheit von Leuten, wie sie es sind, gesorgt hat." Herb grinste in sich hinein.

Als der Taxifahrer das lädierte Gesicht von Alex sah, trat er mit Respekt zur Seite. Er begrüßte ihn mit einem kurzen Nicken und unterrichtete seine Kollegen, damit sie keine Einwände geben konnten.

„Das ist Missbrauch deiner Marke."

„Nun ja, ich sag es mal so: Gelogen ist es nicht. Okay, es war nicht heute der Grund. Aber wie oft werden wir bei der Rettung von Opfern verletzt? Wir setzen ständig unser Leben aufs Spiel. Da wird doch wohl ein besonderer Parkplatz für uns drin sein?"

Alexander grinste, was aussah, als schnitt er eine Grimasse.

Am Empfangsschalter der Klinik saß eine junge, attraktive Frau, die den süß-blumigen Duft eines Parfüms versprühte. Alexander bemerkte ihr Zögern, als sie Herb entdeckte.

„Mr. Harris, gibt es Probleme? Haben Sie Beschwerden?"

„Oh, ich bin wegen meines Kollegen da." Er zeigte mit dem Daumen auf Alexander. Sein Gesicht verfärbte sich dunkelrot.

Alexander schaute ihn eindringlich an.

„Ähm … ja … Der Meister ist aus der Dusche geflogen, hat sein Waschbecken geküsst. Ich denke der Zinken ist gebrochen. Es sollte sich ein Arzt ansehen."

Die Frau notierte sich die Daten von Alexander Johnson und schickte sie in den Wartebereich.

Herb beugte sich zu der attraktiven Dame und flüsterte: „Wir haben es etwas eilig, wenn Sie verstehen, was ich meine. Wir sind auf der Jagd nach Verbrechern." Er zwinkerte mit einem Auge.

Alexander verdrehte die Augen. Die Empfangsdame grinste verlegen und nickte.

Zehn Minuten später wurde Alexander ins Behandlungszimmer gerufen. Nachdem der Arzt den Unfallhergang erfragt hatte, inspizierte er die Nase und machte eine Nasenspiegelung. Beim Abtasten der Nase knirschte es unangenehm. Herb verzog das Gesicht.

Nach einer Röntgenaufnahme erklärte der Arzt: „Ihr Nasenbein ist gebrochen. An der Nasenscheidewand hat sich ein Bluterguss gebildet, deshalb ist alles angeschwollen und sie bekommen kaum Luft."

Alexander starrte ihn erschrocken an. „Muss ich jetzt operiert werden?"

„Sie haben glücklicherweise einen geschlossenen Bruch. Das heißt, wir müssen nicht operativ behandeln. Sie sollten die Nase gut kühlen, damit die Schwellung zurückgeht."

Alexander atmete erleichtert aus. „Bekomme ich etwas gegen die Schmerzen? Eine Spritze, oder so?"

„Für die Schmerzen nehmen Sie Paracetamol ein. Das sollte in der Regel ausreichen. Sollten Sie in den nächsten Tagen keine Linderung verspüren, melden Sie sich noch einmal." Der Arzt versorgte die Nase mit einem Stützverband. „In zwei Wochen dürften Sie wieder der Alte sein."

Die Sonderermittler gingen zum Wagen.

„Glück gehabt, Chef. Die Nase bleibt nicht krumm."

„Sag mal, Herb, die Dame vom Empfangsschalter schien dich zu kennen?"

Das Grinsen in Harris' Gesicht verschwand, er errötete. „Ich war vor ein paar Wochen hier. Hatte mich an der Hand verletzt. Wahrscheinlich dachte sie, ich habe damit noch Probleme." Er schaute in die Ferne, gedankenverloren.

Etwas war komisch. Musste Alex sich Sorgen machen? Die Frau in der Aufnahme war sichtlich besorgt, als sie Herb erkannte. Das war sie bestimmt nicht wegen einer Handverletzung. Er hatte das Gefühl, dass die Dame ihn öfter dort gesehen hatte. „Du weißt, dass ich für euch alle immer ein offenes Ohr habe? Ihr könnt mit jedem Problem zu mir kommen!"

„Soll ich dich nach Hause fahren?", wechselte Herb das Thema.

„Nein, ich habe keine Zeit, mich auszuruhen." Das Handy von Alexander klingelte. Ohne den Blick von Herb zu nehmen, nahm er ab. „Johnson!"

Die minutenlange Stille Alexanders wusste Herb zu deuten. Er kannte den Gesichtsausdruck des leitenden Ermittlers, wenn ein neuer Fall anstand.

Alex legte auf. „Die Arbeit ruft. Ein Rentner hat eine Leiche in Bloomingdale gefunden. Sie lag im Mecham Grove Forest."

Alexander spürte die Blicke. „Bevor irgendwer fragt, ich hatte heute morgen einen kleinen Unfall. Nicht der Rede wert. Ich sehe etwas lädiert aus, bin aber im vollen Besitz meiner geistigen Kräfte. Bitte entschuldigt die Verspätung. Herb war so nett und hat mich in die Klinik gefahren. Kommen wir zum Fall. Was habt ihr für mich?"

Mitchell gab Alex die Informationen, die er über die Polizei erhalten hatte. „Dem Todesopfer wurde der Darm entfernt. Man fand eine Botschaft, die am Opfer hing. Gott hat nicht vergeben. Er hat seine Missetaten geleugnet. Das sieht nicht nur nach einem Mord aus. Das schreit nach einem Serienkiller. Ich wette, dass es nicht lange dauern wird, bis wir eine weitere Leiche finden."

„Wie kommst du darauf?" Anna zog die Stirn kraus.

„Das ist zu speziell. Der Mord hatte für den Täter eine Bedeutung. Deshalb die Nachricht. Er vermittelt etwas. Ich glaube nicht, dass er mit einem Mord schon alles gesagt hat. Bei dem Opfer handelt es sich vermutlich um den achtunddreißigjährigen Jake Hanson. Er wurde vor zehn Monaten von seiner Frau als vermisst gemeldet."

„Und erst jetzt wurde er gefunden?", fragte Alex. „In welchem Zustand ist der Leichnam?"

„Der Täter muss ihn bis jetzt in seiner Gewalt gehalten haben. Der Gerichtsmediziner sagt, dass er noch nicht lange tot ist."

Herb kniff die Augen zusammen. Man konnte regelrecht spüren, wie es in seinem Kopf ratterte. „Er hält seine Beute zehn Monate gefangen und reißt ihm dann den Darm raus? Und versucht damit, uns etwas zu sagen? Sieht aus, als suchen wir nach einem Psychopathen."

Alexander seufzte leise. Er hatte eigentlich keine Nerven, sich auf einen neuen Fall zu konzentrieren. Seine Gedanken drehten sich um Natalie. Er wusste, dass er nun zeitlich eingespannt sein würde. Es gab ihm kein sonderlich gutes Gefühl, Natalie auf sich allein gestellt zu lassen. „Okay. Herb, wir fahren zum Tatort. Daniel, du suchst nach Vermissten. Richte deine Aufmerksamkeit auf diejenigen, die im DuPage County verschwunden sind! Vielleicht müssen wir die Suche ausweiten. Lopez und King, findet alle Informationen zu dem Fall Jake Hanson!"

Alex schmiss sich seine Jacke über die Schulter und verließ das Büro. Herb folgte ihm stillschweigend.

4

Joseph schwitzte. Die Sonne strahlte durch sein Zimmerfenster. Der fünfjährige Junge sehnte sich danach, im Garten spielen zu können. Seine Mutter erlaubte es nicht, wenn es draußen so heiß war. Sie meinte, dass die Strahlen der Sonne die Haut schädigen würden. Joseph wirkte blass und mager, ein bisschen Tageslicht hätte ihm gutgetan. Frustriert schaute er aus dem Fenster. Sah, wie die Nachbarskinder vor dem Haus herumtollten. Joseph wohnte mit seiner Mutter und dem drei Jahre älteren Bruder in Addison, einem Ort im DuPage County. Der Bezirk lag im Nordosten von Illinois und war ein Vorortbereich, der westlich von Chicago lag. Der Vater hatte die Familie vor zwei Jahren verlassen. Joseph hatte keine Erinnerungen an ihn. Die Mutter sagte, dass er eine Flasche war. Ein Mann, der seine Söhne zurückließ, um mit einer Jüngeren durchzubrennen, der war ein Nichtsnutz. Drew Fisher arbeitete als Krankenschwester in einem Krankenhaus in der West-Fullerton-Avenue in Addison. Wenn sie arbeiten war, passte der achtjährige Andrew Fisher auf seinen Bruder auf. Joseph liebte Andrew. Er war sein Vorbild. Er mochte es, wenn er mit ihm Superheld spielen konnte, er ihm aus seinem Lieblingsbuch vorlas. Seit einiger Zeit nahm das ab. Andrew Fisher erkrankte häufig. Seine Mutter musste ihn oft in die Klinik bringen. Auch Joseph musste hin und wieder ins Krankenhaus gebracht werden. Die Jungen bekamen nicht, wie andere Kinder, nur eine Erkältung oder verletzten sich leicht beim Spielen. Wurden sie krank, befanden sie sich in einem schlechten Zustand, wenn nicht sogar in einem kritischen. Andrew hatte seinem jüngeren Bruder erzählt, dass die Mutter deswegen viel Stress hatte und sie versuchen mussten, gehorsam zu sein, damit Gott sie nicht mit einer Krankheit bestrafen würde. Deshalb versuchte Joseph, artig zu sein. Andrew hingegen stellte dennoch immer wieder Unfug an. Aus diesem Grund war er so häufig krank.

Auch an diesem Tag musste er in seinem Zimmer verweilen, weil er heimlich in den Garten gegangen war, um seine Schildkröte zu füttern.

Seine Mutter kam früher von der Arbeit, erwischte ihn. Sie war zornig, schickte ihn auf sein Zimmer. Dort sollte er bleiben, bis sie ihm die Vitaminspritzen verabreichen würde.

„Ich will die scheiß Vitaminspritzen nicht haben!", brüllte Andrew. Er verschränkte die Arme vor der Brust, schaute sie trotzig an. „Was sollen sie bringen? Ich werde doch trotzdem ständig krank."

Joseph mochte die Spritzen auch nicht sonderlich. Es tat weh, wenn die Mutter die Nadel in seinen Arm bohrte. Doch er weigerte sich nicht. Seine Mutter meinte es nur gut und er hasste das Krankenhaus.

Als Erster bekam er seine Spritze. Seine Mutter küsste ihn liebevoll auf die Stirn, lobte ihn, dass er so brav war. „Du bist ein wundervoller Junge. Du bist so viel vernünftiger als dein großer Bruder."

Das Kind grinste, freute sich über die Worte. „Mama? Meinst du, die Spritze hilft mir, nicht mehr krank zu werden?"

Die Mutter zog leicht die Schultern nach oben. „Du musst nur auf das hören, was ich dir sage. Sei gehorsam, dann wird dir nichts passieren."

Zufrieden wandte sich Joseph ab und spielte mit seiner Holzfeuerwehr, die ihm sein Opa zum dritten Geburtstag geschenkt hatte. Kurz darauf wurde ihm etwas schwindelig. Das passierte meistens nach einer Spritze. Die Mutter hatte ihm erklärt, dass das normal war, dass sich die Vitamine dann im Körper verteilen würden. Am Anfang war Joseph wütend, dass er immer eine Spritze bekam, wenn Andrew Mist gebaut hatte. Doch mittlerweile war er es gewohnt, es machte ihm nichts mehr aus. Mrs. Fisher beobachtete ihren Sohn eine Weile mit dem Stolz einer Mutter. Sie war froh, dass ihr Jüngster ihr wenig Sorgen bereitete. Nach ein paar Minuten verließ sie das Kinderzimmer und ging zu Andrew.

„Mama, bitte, ich brauch die Vitamine nicht", heulte er, noch bevor sie ins Zimmer eingetreten war.

„Ach, Andrew. Stell dich nicht so an. Du weißt, wie oft du krank bist. Die Vitamine helfen dabei, dass du stärker wirst. Dass dein Körper die Kraft hat, gegen die Krankheit anzukämpfen."

„Ich war doch wirklich nur ganz kurz draußen, um nach meiner Schildkröte zu schauen. Ich habe extra ein Cappy aufgesetzt. Ich habe kaum Sonne abbekommen. Ich werde ganz sicher nicht krank."

„Dein Gesicht war nicht geschützt. Es ist ganz gerötet. Ich meine es doch nur gut."

Joseph trat gegen den Ball, der vor dem Bett lag. „Im Winter ist es zu kalt, im Sommer zu warm. Im Herbst zu nass. Mama, bitte. Kann ich nicht einfach wie ein normaler Junge sein?"

„Liebling, ich weiß, es ist nicht einfach für euch. Aber du willst nicht hören. Jedes Mal wirst du so krank. Ich habe Angst, euch zu verlieren. Ich habe doch nur euch."

„Nach der Spritze geht es mir aber auch immer schlecht."

„Jetzt reicht es, Andrew Fisher. Hör auf, mit mir zu diskutieren!"

Der Junge setzte sich resigniert auf sein Bett und klammerte sich an seinen Plüschhasen. Dort biss er immer hinein, wenn er die Spritzen bekam. Er versuchte, tapfer zu bleiben. Obwohl er jedes Mal laut schreien wollte. Sein Bruder sah ihn als Vorbild, als Superhelden. Da konnte er nicht brüllen wie ein Kleinkind.

Die Mutter spritzte ihm die Vitamine und küsste ihn liebevoll auf die Stirn. „Du solltest mehr auf mich hören, mein Sohn. Da draußen fliegen viele Schadstoffe herum. Die Sonne ist teuflisch für deine Haut. Dein Körper ist zu schwach, um dagegen anzukämpfen."

Andrew schaute sie an. Er hörte nicht, was sie ihm erzählte. Seine Gesichtsfarbe spiegelte die weiße Farbe des

Bettlakens wider. Er versuchte, nach Luft zu schnappen, wirkte zunehmend benommener.

„Andrew, mein Schatz. Ist alles in Ordnung?"

Andrew antwortete nicht, war kreidebleich, kippte nach hinten, knallte mit dem Kopf gegen die Wand. Regungslos blieb er liegen.

„Andrew! Andrew!" Die Mutter schüttelte ihn an seinen Schultern. „Nein, bitte nicht. O Gott, bitte nicht schon wieder." Sie legte Andrew auf den Boden, prüfte seinen Atem und seinen Herzschlag. Verzweifelt schrie sie seinen Namen. Die Atmung war flach, sein Gesicht lief blau an. Sein Herz schlug kaum noch. Die Mutter begann, ihn zu reanimieren. Blies Luft in seinen Mund. Der Zustand des Jungen verbesserte sich nicht. Übelkeit stieg in ihr empor. Sie wählte den Notruf.

Joseph Fisher lehnte am Türrahmen, betrachtete seine weinende Mutter. Beobachtete, wie sie verzweifelt versuchte, Andrew zu wecken. Mit aufgerissenen Augen sah er zu, wie das Leben seines Bruders aus ihm wich. Er weinte stumm. Gott bestrafte Andrew erneut für seinen Ungehorsam. Joseph rannte in sein Zimmer, zog die blickdichten Vorhänge zu und versteckte sich in der Dunkelheit. Schreie hallten durch das Haus. Die Schreie seiner Mutter.

5

Herb und Alexander kamen gegen zwölf Uhr am Tatort im Mecham Grove Forest an.

„Ha, die verdammten Presseheinis wissen noch nichts von der Leiche", amüsierte sich Herb.

Alex hätte schwören können, dass gerade die Journalisten schon vor Ort gewesen wären. Es sprach sich immer schnell herum, wenn es irgendwo ein Polizeiaufgebot gab.

„Lass uns die Ruhe nutzen." Alex zwinkerte ihm zu.

Sie stapften durch den Schnee zum Ort, an dem die Leiche gefunden wurde. Sie wurde durch ein Zelt geschützt. Vor wenigen Minuten hatte es angefangen zu schneien. Der Wind pfiff den Ermittlern um die Ohren. Alexander schloss den Reißverschluss seiner Jacke bis zum Kinn und zog die Schultern hoch. Das Zelt flatterte. Darin versammelten sich Kollegen der Spurensicherung und des Police-Departments Bloomingdale. Sie nahmen die Beweise auf. Alex und Herb zogen sich weiße Überschuhe und den Schutzoverall an.

„Heilige Scheiße!", stieß Herb hervor, als er den rotgefärbten Schnee sah, auf dem das Opfer abgelegt worden war, als wäre es ein Stück Vieh.

Ein grauhaariger Mann, dessen Frisur etwas von Albert Einstein hatte, hockte vor dem Leichnam und begutachtete die Hände des Opfers. Seine Stirn lag in Falten. Mit einer Feile holte er mögliche DNA unter den Fingernägeln hervor. Ohne zu den Sonderermittlern aufzusehen begrüßte er sie. „Alexander Johnson. Schön dich zu sehen".

Der Gerichtsmediziner Simmerman und Alex kannten sich seit Jahren. Der forensische Experte wurde vom FBI ausgebildet und arbeitete für die Außenstelle in Chicago. Aus diesem Grund hatten er und Alex schon des Öfteren miteinander zu tun. Simmerman war kein Mann der großen Worte. Alexander verkniff sich jeglichen Smalltalk. „Was hast du für uns?"

„Männliches Opfer. Ende dreißig bis Mitte vierzig. Wenn man seinen Papieren glauben darf, handelt es sich um Jake Hanson. Er lag hier unbekleidet. Sein Geldbeutel wurde neben seinem Kopf abgelegt. Geld, Kreditkarten, alles noch drin."

Alex runzelte die Stirn. „Du meinst, der Täter möchte, dass wir wissen, um wen es sich handelt?"

Der Gerichtsmediziner zuckte mit den Schultern, sprach weiter, ohne seine Arbeit zu unterbrechen. „Sieht so aus. Oder er will euch auf eine falsche Fährte führen. Die endgültige Identifikation des Mannes kann ich euch frühestens in zwei Stunden liefern."

„Weißt du schon den etwaigen Todeszeitpunkt?"

„Die Totenflecken lassen sich noch wegdrücken. Eine Muskelkontraktion zeigt er nicht mehr, wenn ich auf seinen Bizeps-Muskel schlage. Doch ihr seht, es bilden sich Wulste unter der Haut. Beides zusammen beweist, dass er in den letzten fünf bis sechs Stunden gestorben sein muss. Er dürfte noch nicht lang tot gewesen sein, als er gefunden wurde. Er ist hier gestorben."

„Das heißt, er wurde nicht erst nach der Ermordung hier abgelegt?"

„Nein. Zwar gibt es eine Blutspur vom Pfad bis hierher, die den Rentner zu Hanson geführt hat. Doch das waren Tropfen. Vermutlich durch einen Schlag auf den Kopf. Das Blut ist heruntergetropft. Dass er hier nicht post mortem abgelegt wurde, dagegen sprechen die Stellen, an denen sich die Totenflecken befinden." Der Gerichtsmediziner drehte den Körper des Mannes auf die Seite, zeigte den Ermittlern Teile des Körpers, die keine Flecken aufwiesen. Die Aussparungen wirkten wie die Form eines Schmetterlings. „Schulterblätter, Waden und Gesäß weisen keine Totenflecken auf. Der Boden hat Druck auf diese Stellen ausgeübt. Dadurch wurde das Blut weggedrückt. Wo der Körper nicht auf dem Boden aufgelegen hat, sieht man die leicht rötliche Verfärbung."

„Aber wenn das Opfer bereits fünf bis sechs Stunden tot ist, müsste er nicht schon mehr Flecken haben?", fragte Herb irritiert. „Blauviolettfarben?"

Der Gerichtsmediziner schmunzelte anerkennend. „Normalerweise ja. Gut erkannt, Agent Harris. Hier gibt es zwei entscheidende Fakten, die von außen Einfluss genommen haben. Erstens haben wir Minusgrade. Deshalb dringt kein Sauerstoff in die Haut ein und hält die Umwandlung der roten Farbe in Blauviolett auf. Viel wichtiger jedoch ist: Der Mann hatte kaum noch Blut im Körper, das hätte nach unten sinken können, um Totenflecke entstehen zu lassen."

„Das bedeutet?"

„Ganz einfach. Die Hauttemperatur ist natürlich schnell eiskalt geworden, bei dem Wetter. Aber auch seine Kerntemperatur ist schon sehr niedrig. Das passt nicht zum Zeitpunkt des Todes. Natürlich muss ich noch genauere Untersuchungen vornehmen, doch ich bin mir sicher, er liegt schon etwa sechs Stunden hier."

Alex runzelte die Stirn. „Du meinst, er hat noch gelebt, als ihm der Darm entfernt wurde?"

„Ganz richtig. Schaut euch um. Das ganze Blut. Er ist verblutet. Der Täter hat das Organ bei lebendigem Leibe rausgeschnitten. Der Bauch wurde von oben nach unten senkrecht aufgeschlitzt. Der Darm wurde herausgewühlt. Ihr findet ihn dort hinten." Simmerman streckte den Zeigefinger in die rechte Ecke des Zeltes. Auf dem Boden lag ein blutiger Klumpen. Die Spurensicherung hatte ein Schild mit einer Nummer in den Schnee gesteckt, die angab, das wievielte Beweisstück es war.

„Er hat das Ding nicht als Trophäe mitgenommen?", hakte Herb nach.

„Nein."

„Könnten wir es mit einem Fachmann zu tun haben?", bohrte Alex weiter. „Chirurg? Fleischer?"

Der Gerichtsmediziner schnaubte und schüttelte den Kopf, sodass ihm graue Strähnen ins Gesicht fielen.

Lächelnd sah er den Ermittler an. Das Gesicht des Mannes war faltig. Alex bemerkte, dass er in den letzten zwei Jahren gealtert war. „O nein. Ganz und gar nicht. Das Einzige, was er wusste: An welcher Stelle der Darm lag. An den Wunden erkennt man, dass der Täter gezögert hat. Er brauchte ein paar Anläufe, um durch Haut, Muskeln und Gewebe zu kommen. Das erkennt man an den kleinen Einstichen. Er hat wiederholt an einer anderen Stelle angesetzt. Letztendlich hat er in dem Bauchraum herumgewühlt, bis er den Darm freigelegt und ihn dann rausgeholt hatte. Das Organ wurde oben und unten abgetrennt. Auf den ersten Blick würde ich sagen, dass er ein Messer benutzt hat. Eines mit glatter Klinge. Es könnte sich um ein Outdoorjagdmesser handeln. Genaues erfahrt ihr später. Der Körper ist in einem katastrophalen Zustand. Er weist Spuren von Folter auf. Um seinen Hals ziehen sich Scheuerwunden. Es sieht aus, als wäre er in Ketten gelegt worden. Mehrere Hämatome zeigen, dass er mit einem Gegenstand geschlagen wurde. Was heißt geschlagen? Es wurde regelrecht auf ihn eingedroschen. Auch an Hand- und Fußgelenken sind Fesselspuren."

Die Ermittler hörten es in der Ferne würgen. Ein alter Mann übergab sich neben einem Baum. Zitternd suchte er Halt am Baumstamm. Mit dem Jackenärmel wischte er sich den Mund trocken, blieb vornübergebeugt. Keine Minute später erbrach er erneut.

„Welche Rolle spielt der Herr?"

„Das ist der Mann, der die Leiche heute morgen gefunden hat. Der arme Kerl wollte nur seine Runde mit dem Hund drehen. Der cholerische Typ neben ihm ist sein Sohn. Staatsanwalt."

Herb verdrehte die Augen. „Na prima. Warum sollte es auch einfach werden."

Alexander blickte zu dem aufgebrachten jüngeren Mann. Er lief vor seinem Vater auf und ab. Gestikulierte wild mit den Händen. Er redete auf den alten Herren ein, als wäre er ein kleiner Junge, der nicht auf seinen Vater hören wollte. Seufzend lief er zu den beiden hinüber. „Guten Tag. Mein Name ist Alexander Johnson. Ich bin Sonderermittler des FBI Chicago. Dürfte ich Ihnen ein paar Fragen stellen?"

Der Rentner richtete seine Augen auf ihn. Das Gesicht war von Furchen gezeichnet. Er wirkte müde. Die Hände zitterten. Vermutlich war es eine Mischung aus Nervosität und Frieren. Ehe er antworten konnte, übernahm sein Sohn das Wort.

„Archer. Staatsanwalt. Guten Tag. Mein Vater hat lediglich die Leiche gefunden. Das hat er bereits alles der Polizei gesagt." Der Mann redete sich in Rage. Er schnappte zwischen den Sätzen nach Luft. „Ich wüsste nicht, wie er Ihnen weiterhelfen könnte. Sie sehen selbst, dass er sich nicht sonderlich wohlfühlt. Außerdem sitzt er nun schon geschlagene vier Stunden in der Kälte. Er holt sich noch den Tod." Sein Gesicht färbte sich dunkelrot.

Sein Vater, dessen Gesicht kreidebleich war, übernahm das Wort. Ihm war das Auftreten seines Sohnes sichtlich peinlich. „Ich habe selbst entschieden, vor Ort zu bleiben. Die Beamten hatten es mir freigestellt, nach

Hause zu gehen. Aber wissen Sie, das kann ich nicht. Ich fühle mich irgendwie, na ja, wie soll ich es erklären ... für ihn verantwortlich. Er ist doch ganz allein." Seine Augen füllten sich mit Tränen.

„Bitte entschuldigen Sie die Unannehmlichkeiten, Mr. Archer. Es sind nur noch wenige Fragen. Dann können Sie die Örtlichkeit verlassen." Alexander konnte dem Gefühl des Mannes nachempfinden.

Der Staatsanwalt schnaubte verächtlich. Doch bevor er zu einem Protest ansetzen konnte, mischte sich William Archer ein. „Lass gut sein, Junior. Ich kann für mich selbst antworten. Die Herren machen nur ihre Arbeit." Er wandte sich an Alex. „Wie kann ich Ihnen weiterhelfen?"

„Danke, Mr. Archer. Wir werden schnell fertig sein. Sie sagten der Polizei, dass Sie die Leiche hier, so wie sie lag, gefunden haben?"

Mr. Archer nickte. „Ja. Meine Lily ist abgehauen. Ich bin auf dem Glatteis ausgerutscht und hingefallen. Dann bin ich ihr hinterhergelaufen. Ich kenne sie so unruhig nicht. Deshalb wollte ich nachschauen. Erst dachte ich, es wäre ein Tier gewesen. Aber dann ..." Er konnte kaum weitersprechen, schluckte den Kloß in seinem Hals hinunter. „Dieser arme Kerl. Man hat ihn regelrecht abgeschlachtet. Wie können Sie solche Bilder nur ertragen? Ich werde die restlichen Tage meines Lebens daran zurückdenken müssen."

„An solche Anblicke gewöhnt man sich nicht", entgegnete Alexander. „Sie sagten, Sie haben den Zettel an dem Opfer gefunden?"

„Ja. Er war an die Schulter geheftet, wie an eine Pinnwand. Was soll das nur bedeuten?"

„Das wissen wir noch nicht. Mr. Archer, haben Sie irgendetwas angefasst?"

Nun plärrte der Sohn wieder dazwischen. „Nein! Das hat er natürlich nicht."

„Junior! Reiß dich jetzt verdammt nochmal zusammen." Der böse Blick des alten Mannes ließ den Sohn verstummen. „Nein. Ich habe nichts berührt. Ich weiß aus dem Fernsehen, dass das unklug wäre. Und mein Sohn hatte mich ebenfalls rechtzeitig gewarnt." Er zwinkerte den Ermittlern zu und schaute mit weniger freundlichem Ausdruck zu seinem Sohn.

„Okay, Mr. Archer. Ich gehe recht in der Annahme, dass Sie niemanden sonst bemerkt haben? Wann sind Sie hier vorbeigekommen?"

„Es muss gegen Acht gewesen sein. Ich gehe immer so früh, um die Ruhe zu genießen. Gesehen habe ich niemanden."

„In Ordnung. Wir wären erst einmal fertig. Mr. Archer, vielen Dank. Wir haben Ihre Adresse und würden uns gegebenenfalls noch einmal bei Ihnen melden."

„Selbstverständlich, die Herren."

Damit gingen Mr. Archer und sein wütender Sohn in Richtung Auto, das auf dem Parkplatz an der Circle-Avenue stand. Archer Junior hielt den wackeligen Mann am Ellenbogen fest. Doch es sah nicht aus wie eine freundliche Geste. Eher wirkte es, als wolle er ihn nicht noch mit gebrochenem Bein in die Klinik fahren müssen.

Der Staatsanwalt wollte die Benner-Sennen-Hündin in der anderen Hand an der Leine führen, doch beim Versuch, ihrem Herrchen die Leine aus der Hand zu nehmen, knurrte sie ihn an.

„Gott sei Dank habe ich keine Kinder", schnaubte Herb kopfschüttelnd. „Da zieht man jahrelang eins groß und das erntet man als Dank."

Alex grinste in sich hinein. Er wusste, dass Herb sich nichts sehnlicher wünschte, als seine letzten Lebtage mit einer Frau zu verbringen. „Tja, Herb. In unserem Team scheinen wir fast alle kein Glück in der Liebe zu haben."

Bis auf Anthony Lopez war jeder ohne festen Partner. Daniel Mitchell war mit seinem Computer verheiratet. Anna Hall liebte Straßenhunde mehr als Männer. Aiden King war viel zu sehr mit sich beschäftigt, als dass er eine Frau treffen könnte. Alex' Exfrau hatte ihn mit einem seiner früheren Kollegen betrogen.

„Wir sind eine richtig verkorkste Truppe, was?" Herb lachte. „Aber ich verschone mich vor einem Haufen Ärger."

Das Handy von Alex klingelte. Es war Mitchell. „Hey, Chef. Ich habe allein hunderte Vermisste gefunden, die in einem Zeitraum von einem Jahr verschwunden sind. Alle aus dem DuPage County. Das wird eine Suche nach einer Nadel im Heuhaufen."

„Okay, Mitchell, danke. Wir kommen gleich zurück." Alex legte auf und wandte sich an Herb. „Alles klar. Wir müssen uns auf Arbeit gefasst machen. Ich bin mir sicher, das ist nicht unser einziges Opfer. Entweder es liegen schon welche irgendwo, oder es war das erste Opfer. Dann kommen noch welche hinzu."

Sie verabschiedeten sich und fuhren in die West-Roosevelt-Road. Während der Fahrt schweiften Alex' Gedanken zu Natalie. Er fragte sich, was sie gerade machte.

6

Joseph Fisher saß auf dem kalten, schwarzen Stuhl im Wartebereich der Notaufnahme. Er hörte seine Mutter schreien. Verzweifelt. Eiskalter Schauer lief ihm den Rücken hinunter. Er kaute an seinem Daumen, der bereits blutete.

„Gnädiger Gott, lass das nicht zu", schrie die Mutter. „Er wird für seine Sünden bestraft. Lass ihn nicht sterben!"

Langsam erhob sich Joseph, schlich zu der großen Schiebetür, aus der die Hilferufe dröhnten. Er versteckte sich dahinter und lugte in das Zimmer. Ein grelles Licht über dem halbnackten Körper seines Bruders verfärbte die Haut in ein unnatürliches Weiß. Andrew rührte sich nicht. Menschen in weißen Kitteln rannten aufgebracht hin und her.

Eine Frau, die mindestens genauso blass wie Andrew erschien, drückte auf seinen Brustkorb. „Komm schon!", forderte sie den leblosen Körper auf. „Es ist zu früh zum Sterben!"

Die Mutter hielt sich beide Hände vor ihr Gesicht, betete unermüdlich. Joseph wollte zu ihr laufen, sie trösten. Doch sie hatte es ihm verboten, in den Saal zu kommen. Er wollte nicht genauso enden wie sein Bruder. Schweigend flehte er Gott an, er möge Andrew am Leben lassen. Er wusste nicht, was es bedeutete, was in dem Raum vor sich ging. Doch er verstand, was es hieß, wenn jemand starb. Andrew wäre weg. Er würde ihn nie wieder sehen. Genau wie seinen Vater. Tränen stiegen dem hilflosen Jungen in die Augen. Er schaute zu Andrew, der reglos auf der schwarzen Liege lag. Überall standen Geräte, die schrillend alarmierten. Aus Andrews Mund hing ein Schlauch. Ein Mann beutelte Luft hinein. Joseph erstarrte, als einer der Ärzte sagte: „Hören wir auf. Wir haben ihn verloren."

Alle im Zimmer blickten stumm auf den Boden. Nur seine Mutter schrie. Der hysterische Aufschrei schoss ihm durch Mark und Bein. Automatisch schrie auch er. „Andrew, Andrew. Bitte, wach auf. Mama? Was ist mit ihm? Warum wacht er nicht auf?"

Seine Mutter und das Personal der Klinik schauten den Jungen perplex an. Joseph wusste, es war ein Fehler gewesen, auf sich aufmerksam zu machen. Doch es war ihm egal. Er rannte zu seinem Bruder, schüttelte ihn. Erschrocken zog er die Hände wieder weg. Der Körper war eiskalt, seine Lippen weiß. Andrew bewegte sich nicht.

„Mrs. Fisher, es tut mir aufrichtig leid. Wir können nichts mehr für Ihren Sohn tun."

„Machen Sie weiter, bitte! Er wird aufwachen. Er ist ein guter Junge." Mrs. Fischer lief zu Joseph, packte ihn am Arm und zog ihn aus dem Raum. Weg von Andrew. Er versuchte, sich zu wehren. Ließ sich nach unten hängen, damit es für sie schwerer war, ihn rauszuziehen. „Ich will bei ihm bleiben! Lass mich los!"

Seine Mutter war stärker. Sie setzte ihn auf den Stuhl im Wartebereich, sah ihn durch ihre tränengefüllten Augen an. „Liebling, du musst hier sitzenbleiben. Warte, bis ich zu dir komme. Du siehst, was passiert, wenn Kinder nicht hören!"

„Mama, warum wacht Andrew nicht auf?" Joseph schluchzte. Ihm war egal, dass er bestraft werden würde. Er hatte Angst um seinen Bruder.

„Ich gehe zurück. Du wartest hier!", ermahnte sie ihn mit strenger Stimme. Sie lief wankend in den Raum, in dem gerade ihr ältester Sohn gestorben war. Sie beobachtete, wie einer der Männer ein weißes Tuch über den kleinen Leichnam legte. „Was tun Sie da? Sie müssen ihn retten!" Sie eilte zu Andrew, zog die Decke von ihm. Dabei stieß sie ein Tablett mit Medikamenten um. Sie begann eine Herzdruckmassage, forderte die junge Ärztin auf, den Jungen weiter mit Luft zu versorgen. Die Ärztin blickte nervös zu ihrem Vorgesetzten, als überlegte sie wirklich, weiterzumachen.

Dieser schüttelte kaum merklich den Kopf. Er fasste Mrs. Fisher an die Schultern, die ihn sofort abschüttelte. „Hören Sie auf, Mrs. Fisher. Ihr Sohn ist tot. Sie können nichts mehr für ihn tun."

Mit einem eiskalten, leeren Blick starrte die Mutter dem hochgewachsenen Mann in die Augen. Als müsse sie die Worte aus ihrem Mund pressen, zischte sie ihn an. „Sie hätten ihn retten müssen!"

Erneut versuchte der Arzt, die Frau von dem Kind wegzuholen. Sie drehte sich in einem Satz um, traf mit der flachen Hand die Wange des Mannes, die sich unverzüglich dunkelrot färbte. Selbst erschrocken, trat sie einen Schritt zurück, um einem möglichen Gegenschlag auszuweichen. Der Arzt hielt sich schweigend die Wange. Eine unerträgliche Stille erfüllte den Raum. Alle blickten erwartungsvoll auf den Mediziner. Er holte einen Stuhl und stellte ihn hinter die Mutter. „Setzen Sie sich bitte", forderte er sie auf. Ein leichtes Zittern war in seiner Stimme zu erkennen.

Kraftlos ließ sich Mrs. Fisher auf den Stuhl sinken. Der Doktor setzte sich direkt vor sie. Langsam nahm er ihre Hände. „Es tut mir sehr leid. Wir haben alles Erdenkliche für Ihren Sohn getan. Ich möchte mir nicht ausmalen, wie schmerzhaft der Verlust für Sie sein muss. Erzählen Sie mir genau, was passiert ist. Damit wir herausfinden, was die Ursache für diese Tragödie ist."

Mrs. Fisher schaute den Arzt an. Blickte abwechselnd zu ihm und ihrem toten Sohn. Mit zaghafter Stimme sprach sie: „Ich habe Ihnen und Ihren Kollegen immer wieder gesagt, dass etwas nicht mit ihm stimmt. Wir waren so oft in Ihrer Klinik. Andrew war schwach. Sie haben uns jedes Mal mit unklarer Diagnose fortgeschickt. Es war wie immer. Plötzlich wurde ihm schlecht. Er hat sich hingelegt. Wurde ganz bleich. Ich habe sofort angefangen, erste Hilfe zu leisten. Doch dieses Mal hat es nichts genützt. Sie haben nie etwas gefunden. Sind Sie sicher, dass Sie nicht einen Fehler gemacht haben? All die Jahre? Er ist tot. Ich habe meinen Sohn verloren." Die Frau sackte mit ihrem Körper nach vorn und weinte.

Die junge Ärztin verließ mit tränengefüllten Augen den Raum. Im Flur saß der kleine Junge. Er hatte seine Beine an den Körper gezogen, sie mit den dünnen Ärmchen umschlungen und wippte vor und zurück. Als er die Frau bemerkte, hörte er auf. Die Ärztin schaute in seine Augen, sah eine Verzweiflung, die sie so noch nie vorher gesehen hatte.

„Ist Andrew jetzt wieder wach?"

Die Ärztin setzte sich neben ihn. Nahm ihn auf ihren Schoß, streichelte ihm das dunkelbraune Haar. „Es tut mir leid. Dein Bruder ist zu den Engeln gegangen. Er war sehr krank. Dort wird es ihm besser gehen."

„Hat Gott ihn geholt, weil er böse war?"

Erschrocken schaute die Ärztin den Jungen an. Ihre Stirn legte sich in Falten. „Nein. So etwas würde Gott niemals tun. Das darfst du nicht denken. Jedes Kind ist einmal unartig. Er war krank."

„Andrew sagte immer zu mir, ich muss artig sein, sonst werde ich auch krank."

„Da hat er sich geirrt. Bitte, glaube das nicht. Wir werden herausfinden, was ihm gefehlt hat."

Joseph legte seinen Kopf auf die Schulter der Frau und schloss die Augen. Er dachte an Andrew, wie er fröhlich mit ihm herumtobte. An seinem Finger nuckelnd, blitzten Bilder vor seinem inneren Auge auf. Wie Andrew ihm über sein Haar streichelte, ihm sagte, dass er ihn liebte. Dass er der stolzeste große Bruder auf der ganzen Welt war. Josephs Superheld war tot. All die Vitamine hatten nichts genützt, die ihnen ihre Mutter verabreicht hatte. Gott hatte entschieden, ihn zu sich zu holen. Andrew hatte es gewusst, dass er eines Tages bestraft werden würde, weil er so rebellisch war. Unzählige Male musste Joseph ihm versprechen, dass er sich artig verhält, damit ihm eines Tages nicht das gleiche Schicksal ereilte. Aus dem Zimmer, in dem Andrew gerade zu den Engeln geflogen war, drangen die Stimmen der Leute. Seine Mutter war ruhig. Der Arzt erklärte ihr etwas. Dann hörte Joseph die klackernden Absätze der roten Pumps seiner Mutter. Die Schritte kamen näher. Der Duft ihres Parfüms stieg ihm in die Nase. Er ekelte sich vor dem Vanillegeruch. Er spürte ihre warme Hand auf seinem Rücken. Reflexartig schmiegte er sich fester an die Ärztin, die ihn noch immer in den Armen hielt. Zog den frischen Geruch ihres Shampoos ein.

„Joseph, wir gehen nach Hause! Ich habe eine Menge zu organisieren."

Joseph öffnete die Augen, die er die ganze Zeit in das Haar der Ärztin vergraben hatte. Er starrte an die weiße Wand. Panik überfiel ihn. Er wollte nicht nach Hause. Dort würde er ab sofort allein sein. Wer passte auf ihn auf, wenn seine Mutter arbeiten war? Er bemerkte nicht, dass seine dünnen Ärmchen der Ärztin die Luft zum Atmen abschnürten.

Energisch zog die Mutter daran, um sie von dem Hals zu lösen, nahm ihn auf den Arm und verabschiedete sich.

Die Ärztin schaute hinter dem Jungen her. Strich sich über den Hals, der rot vom Druck seiner Arme war. Sie sah ihm tief in die Augen. Erkannte sie Furcht darin? Ein eiskalter Schauer lief ihr den Rücken herunter.

7

Als Alex im Büro angekommen war, ging er geradewegs in sein Büro. Er ließ sich erschöpft auf den Schreibtischstuhl fallen, betrachtete den erotischen Truckkalender. Auf dem Bild des Dezembers räkelte sich eine langhaarige Blonde in pinkfarbenen Dessous und gleichfarbigen Pumps vor einem blauen Truck. Der Kalender zeigte das Jahr 2014, doch Alex nutzte ihn jedes Jahr aufs Neue. Es war ein Geschenk von seinem Team, als er mal eine Zeitlang ziemlich gefrustet war. Die Kollegen meinten, wenn er schlecht drauf war, sollte er sich einfach mal ein paar Minuten die hübschen Damen anschauen. Sie wussten nichts von seiner heimlichen Liebe zu Natalie. Das Klopfen an die große Scheibe, die sein Büro vom Großraumbüro trennte, holte ihn aus den Gedanken. Anna betrachtete ihn mit besorgter Miene. Alex winkte sie zu sich herein.

„Herb sagt, Natalie kommt bald wieder?"

„Ja. Aber sie weiß noch immer nichts von Jacob ..."

„Dass er die Schuld am Tod der Kinder aus dem letzten Fall trägt."

„Mmh", raunte Alex. „Ich will sie ja nur schützen."

„Das wird sie eines Tages bestimmt einsehen."

„Wir sollten uns jetzt um den Fall kümmern. Bitte ruf alle ins Besprechungszimmer."

„Da wäre noch etwas", stammelte Anna. „Iceman hat nach dir gefragt. Er muss dich in einer Angelegenheit dringend sprechen."

Sein cholerischer Boss machte nichts lieber, als Alex in den Boden zu stampfen.

Alexander stand auf und ignorierte die Worte. „Gehen wir den Fall besprechen."

Anna schaute ihm mit gerunzelter Stirn nach.

Herb schlich sich von hinten an sie ran. „Puhhhh!", erschreckte er sie und grinste breit. „Was starrst du deinem Chef so auf den Hintern, Señorita?"

Anna verdrehte die Augen, ließ Herb stehen. „Werd erwachsen!"

Im Besprechungsraum herrschte Stille. Nur Aiden King hörte man Kaugummi kauen.

„Okay, Leute", begann Alex. „Auch wenn die Zeit hart war, wir Sorge um eine Kollegin hatten, die angeschossen wurde, und Weihnachten vor der Tür steht. Wir haben einen Fall zu lösen. Ich kann euch versichern, es wird keine einfache Angelegenheit. Herb und ich kommen gerade vom Tatort. Das Opfer wurde vermutlich heute morgen zwischen fünf und sieben Uhr getötet."

Herb schnaubte. „Wohl eher abgeschlachtet."

Alexander warf Herb einen bösen Blick zu, der ihn verstummen ließ. Der Einsatzleiter fuhr fort. „Ihm wurde bei lebendigem Leibe der Darm entfernt. Der Täter ließ ihn dort zurück. Er ist verblutet. Das Organ lag wenige Meter neben der Leiche."

„Warum nimmt jemand einem den Darm raus und lässt ihn dann zurück?", fragte Mitchell. „Was ergibt das für einen Sinn?"

Aiden King verschränkte seine Arme vor der Brust, kaute lautstark auf dem Kaugummi. „Welcher Fall ergibt schon einen Sinn? Das sind alles perverse Kriminelle."

„Aiden, bitte. Lasst uns fortfahren. Es ist unsere Aufgabe herauszufinden, welcher Sinn dahinter steckt. Was habt ihr über das Opfer herausgefunden?"

„Er wurde vor zehn Monaten von seiner Ehefrau als vermisst gemeldet. Vater zweier Kinder, im Alter von sechs und zehn Jahren. Er kam von einem Arzttermin nicht nach Hause. Seine Frau wurde vernommen. Es schien eine glückliche Familie zu sein. Sie schloss damals aus, dass ihr Mann abgehauen ist. Die Ermittlungen ließen nach einigen Monaten nach, da man keine brauchbare Spur fand, die auf ein Verbrechen hindeutete." Mitchell hätte gern mehr geliefert.

„Wie sieht es mit anderen Vermisstenfällen aus?"

„Es gibt hunderte Vermisste im DuPage County. Ich habe begonnen, alle durchzugehen, um eine Gemeinsamkeit zu finden. Im Moment kann ich nichts liefern, sorry."

Alex nickte und blieb stumm.

Herb übernahm das Wort. „Alex und ich sind uns einig, dass das nicht das einzige Opfer sein wird. Solche Taten macht man nicht, wenn man jemanden im Streit tötet oder wenn einer einem auf den Sack geht. Der Täter verfolgt ein Ziel."

„Was bedeutet die Botschaft?", fragte Anthony. „Gott hat nicht vergeben? Für wen soll sie sein? Für die Polizei? Oder will er die Presse auf sich aufmerksam machen?"

„Hinter dem Mord steht womöglich eine religiöse Bedeutung", überlegte Herb. „Vielleicht hatte Hanson Streit mit jemandem und der Täter hat ihn bestraft. Ihn für eine Sünde belangt."

Anna schüttelte den Kopf. „Da muss mehr dahinter stecken. Er hinterlässt uns die Nachricht, um uns zu zeigen, dass Gott die Entscheidung getroffen hat. Er rechtfertigt mit seinen Worten den Mord. Gott hat dem Opfer nicht vergeben. Also hat das Opfer in den Augen des Täters etwas getan, und wurde von Gott davon nicht freigesprochen."

Alexander übernahm wieder das Wort. „Herb, wir fahren zu Mrs. Hanson. Wir müssen ihr einige Fragen zu ihrem Mann stellen. Eventuell ist die Religion ein Anhaltspunkt. Mitchell, du gehst weiter alle Vermisstenfälle durch, suchst nach Gemeinsamkeiten oder was auch immer du findest."

Bevor Alex ins Auto stieg, rief er bei dem Gerichtsmediziner an. Der meldete sich nach dem zweiten Klingeln. „Ich habe bereits deinen Anruf erwartet", witzelte er. „Hast mich lang warten lassen."

„Was hast du für mich?"

„Auf jeden Fall schon einmal den Beweis dafür, dass es sich tatsächlich um Jake Hanson handelt. Der Zahnabdruckvergleich hat es bestätigt."

„Gut, dann können wir die überaus ätzende Nachricht der Frau überbringen." Alex ließ die Schultern hängen. Das war eine Aufgabe, die er hasste. Eine Familie bangte seit zehn Monaten um das Leben ihres Mannes, ihres Vaters, ihres Sohnes. Und nun würde ihnen die Wahrheit den Boden unter den Füßen wegreißen.

„Ja, das ist deine Arbeit. Bin ich froh, dass ich nur mit den Toten kommunizieren muss. Spaß beiseite. Bei der Tatwaffe handelt es sich wie vermutet um ein Jagdmesser mit glatter Klinge. Die Wundränder sind glatt. Der Mann wurde definitiv am Hals angekettet. Und er hat versucht, sich zu befreien. Bisher hab ich noch nicht viel. Aber gut ging es ihm die letzten Monate nicht. Er hatte kaum Nahrung. An Zähnen und Fingernägeln erkennt man Mangelerscheinungen. Und er weist einen erheblichen Mangel an Vitamin D auf. Seine Haut ist unnatürlich blass. Das lässt darauf schließen, dass er seit Monaten, wahrscheinlich seit seiner Entführung, kein Tageslicht mehr gesehen hat."

Alex bedankte sich und winkte Herb zu sich. „Unser Opfer ist identifiziert. Es ist Jake Hanson. Fahren wir zu seiner Familie."

8

Mrs. Hanson wohnte mit ihrer Familie in Bensenville. Alex seufzte, wappnete sich vor der bevorstehenden Unterhaltung und klingelte. Eine Frau mittleren Alters öffnete. Ihr Gesicht spiegelte die Verzweiflung der letzten Monate wider. Sie sah den beiden abwechselnd in die Augen. Schlagartig wanderte ihre Hand vor den Mund. Sie fing an zu schreien, sackte zu Boden und schrie so laut, dass es Alex durch Mark und Bein ging. Ein älterer Herr kam aus dem Nachbarzimmer gerannt, nahm die Frau in die Arme. Im Hintergrund sah man zwei Kinder mit offenen Mündern stehen. Eine ältere Dame begleitete sie eine Treppe nach oben. Der Mann stand auf und begrüßte die Sonderermittler. „Gehe ich richtig in der Annahme, dass Sie von der Polizei sind?"

„FBI Chicago. Ich bin Agent Johnson. Das ist mein Partner, Agent Harris."

„FBI? Ich kann in Ihren Augen lesen, dass Sie uns keine guten Neuigkeiten bringen. Kommen Sie bitte mit ins Haus."

Der Mann half Mrs. Hanson hoch und führte sie behutsam ins Wohnzimmer. Er bot den Ermittlern einen

Platz auf dem wuchtigen, schwarzen Ledersofa an. Er platzierte Mrs. Hanson in den Sessel, der daneben stand, blieb neben ihr stehen und hielt ihre Hand. „Ich bin der Vater von Jake. Wir warten seit zehn Monaten auf ein Zeichen. Mittlerweile haben wir uns damit abgefunden, dass er nicht mehr am Leben ist. Wissen Sie, man spürt es einfach. Sie haben ihn gefunden?"

Alex nickte und schaute zu Boden. Es erfasste ihn eine Welle der Trauer, als er die Ehefrau von Jake Hanson beobachtete. Sie mussten noch nicht einmal etwas sagen. Sie hatte sofort verstanden, was der Grund ihres Besuches war. Als hätte sie jeden Tag damit gerechnet. Und doch schlug es unvorbereitet auf sie ein. Die ältere Dame kam die Treppe herunter und gesellte sich zu ihrem Mann. Auch in ihrem Gesicht erkannte man die Qualen, die sie in der letzten Zeit ertragen hatte.

„Es tut uns aufrichtig leid, Ihnen das mitteilen zu müssen. Wir haben Mr. Hanson heute morgen in Bloomingdale gefunden. Er wurde heute in den frühen Morgenstunden ermordet."

Mrs. Hanson blickte auf. Entsetzt starrte sie Alexander an. „Heute früh? Das heißt, er hat die ganze Zeit gelebt?"

Alex nickte und trat zu der Frau. Er hockte sich vor sie, um ihr in die Augen schauen zu können. Ihm war es immer wichtig, in Augenhöhe mit den Angehörigen von Opfern zu sprechen. Damit möchte er seinen Respekt ausdrücken und seinem Gesprächspartner vermitteln, dass er voll und ganz bei ihm ist.

„Ja. Anhand von Spuren, die der Körper aufweist, konnte der Gerichtsmediziner feststellen, dass er seit Monaten gefangen gehalten wurde. Warum er so lange dort war, müssen wir versuchen herauszufinden. Dafür müssten Sie uns einige Fragen beantworten."

„Sie haben keinen Verdächtigen?", fragte der Vater.

Die Mutter des Opfers weinte stumm. Ihre Hautfarbe wirkte noch grauer als zuvor. „Ich habe es die ganze Zeit gesagt. Ich habe es dir die ganze Zeit gesagt, dass Jake lebt. Du wolltest es nicht hören. Ich habe es gespürt. Du hast gedacht, er wäre längst tot."

„Mrs. Hanson? War Ihr Mann kirchlich oder in einer Gemeinde tätig?"

„Nein … Also wir sind christlich. Gehen aber nur selten in die Kirche. Jake arbeitete in Naperville im Kindermuseum. Wieso fragen Sie das?"

„Wir haben bei Ihrem Mann einen Zettel gefunden. Eine Art Botschaft. Dass Gott ihm nicht vergeben hat und er seine Missetaten geleugnet hat. Können Sie sich vorstellen, was das bedeuten könnte? Hatte Ihr Mann vor seinem Verschwinden Streit mit jemandem? Ist er durch verändertes Verhalten aufgefallen?"

„Nein. Um Gottes willen. Jake war ein liebenswerter Mann. Er war zu jedem hilfsbereit. Er war wie immer. Wer tut denn so etwas? Meine Güte, Sie sagen, er wurde zehn Monate gefangen gehalten? Wie soll ich das seinen Kindern erklären?" Mrs. Hanson fing erneut an zu weinen, wandte sich von Alexander ab. Ihr Schwiegervater fasste sie an die Schulter, versuchte, sie zu beruhigen.

„Können wir Jake sehen?", schluchzte sie.

Alexander schluckte. Er erinnerte sich an den Zustand der Leiche und wollte seiner Familie den Anblick ersparen. Sie würden ihn nie wieder aus den Köpfen bekommen. Jedes Mal würde er ihnen vor Augen halten, wie grausam der Tod von Jake Hanson gewesen war. „Im Moment liegt er in der Gerichtsmedizin und wird obduziert. Wir suchen nach Spuren." Er deutete dem Vater von Jake mit einem leichten Kopfnicken an, dass er ihn gern allein gesprochen hätte.

Der Mann verstand. „Mr. Johnson. Würden Sie mir bitte kurz zur Hand gehen?"

Alex folgte ihm in die Küche. Der Vater des Opfers nahm die Oberhauptrolle in der Familie ein. Er trug den Tod seines Sohnes mit Fassung.

„Mr. Hanson, der Tod Ihres Sohnes tut mir furchtbar leid. Ich kann nur erahnen, wie schrecklich die letzten Monate für Sie gewesen sein mussten. Doch wenn ich Ihnen einen Rat geben darf, dann versuchen Sie zu verhindern, dass Ihre Schwiegertochter und Frau Ihren Sohn noch einmal zu Gesicht bekommen."

Die Gefasstheit bröckelte. Eine Träne kullerte über die Wange des alten Mannes. Mit zitterndem Kinn ertrug er den bohrenden Schmerz in seinem Kopf. Zaghaft nickte er, verdeutlichte, dass er verstanden hatte. „Sie haben ihn gefoltert, nicht wahr?"

„Er ist in keinem guten Zustand. Sie alle sollten ihn in Erinnerung behalten, wie Sie ihn kannten. Wir werden alles dafür tun, denjenigen zu ermitteln, der ihm das angetan hat." Alex hoffte, dass der Mann nicht weiter nachbohrte. Es fiel ihm schwer, Details zu verheimlichen. Doch die Tatsache, dass man seinem Sohn den Darm bei lebendigem Leib herausgeschnitten hatte, würde ihn nie mehr loslassen. Es würde der Tag kommen, an dem sie es erfahren. Doch nun sollten sie erst einmal verdauen, dass Jake Hanson nicht mehr wiederkommen würde.

„Jake war ein guter Junge. Unser einziger Sohn. Ich verstehe nicht, wie er in so etwas hineingeraten konnte. Was nur sollte Gott ihm vergeben?" Mr. Hanson wischte sich die Augen trocken, räusperte sich. Ein verzweifelter Versuch zu verhindern, dass seine Familie sehen konnte, dass er geweint hatte.

„Wir finden es heraus", versprach Alex.

Die Männer gingen zurück ins Wohnzimmer. Als Alex sah, dass die beiden Kinder der Hansons im Raum standen und bitterlich weinten, schmerzte ein dicker Kloß in seinem Hals. Zwei Kinder, die soeben erfahren hatten, dass ihr Vater nie mehr zurückkommen würde. Eines Tages würden sie erfahren, welch grausames Schicksal ihm widerfahren war. Alex wurde müde. Seine Arbeit kostete ihn zunehmend Energie. An Tagen wie diesem war er sich nicht sicher, ob der Beruf noch der richtige für ihn war. Herb Harris lehnte reglos am Fenster. Man sah ihm an, dass er sich unwohl fühlte. Immer wieder schluckte er, starrte ins Leere. Normalerweise begleitete ihn Natalie beim Überbringen schlechter Nachrichten. Herb war ein Mann für draußen. Verbrecher jagen. Sie verhaften. Gemeinsam mit King war er jemand mit unerbittlichem Hass auf Menschen, die zu so etwas fähig waren. Würden es die Regeln nicht verbieten, würden die Mörder mit keinem einzigen Zahn im Mund aus der Geschichte herauskommen. Emotionen trug Herb nur selten nach außen. Alex hatte ihn erst ein einziges Mal mit Tränen in den Augen gesehen. Als er gesehen hatte, wie Natalie blutend am Boden lag und um ihr Leben kämpfte. Das Team war wie eine Familie. Und obgleich es jede Menge Stoff zum Streiten gab, sie liebten sich. Wenn einem im Team etwas zustieß, litten alle mit.

„Mrs. Hanson, wir möchten Sie jetzt in Ruhe trauern lassen. Wenn Ihnen noch irgendetwas einfällt, melden Sie sich bei uns." Alexander hielt ihr eine Visitenkarte hin.

Apathisch nahm sie die Karte entgegen und gab sie weiter an ihren Schwiegervater. „Bitte halten Sie uns auf dem Laufenden, Agent Johnson", sagte Mrs. Hanson. Sie erhob sich schwerfällig aus dem Sessel und ging zu ihren Kindern. Sie nahm den kleinen Jungen in die Arme, der schluchzend Halt bei seiner Mutter suchte. Das Mädchen rannte nach oben. Bedrückt verließen die Ermittler das Haus der Familie.

Kaum im Auto eingestiegen, ertönte Alexanders Klingelton. Er nahm ab. Betroffen senkte er Kopf und Schultern. Während er zuhörte, schloss er die Augen. Herb ahnte, was Alex ihm gleich sagen würde. Wortlos legte Alex auf. Sekunden des Schweigens, die durch den resignierten Seufzer des Sonderermittlers durchbrochen wurde. „Wir haben eine zweite Leiche."

9

Er träumte von seinem Bruder. Mit erhobenem Zeigefinger stand Andrew vor ihm, ermahnte ihn zur Achtsamkeit und zum Gehorsam. Als das Auto zum Stehen kam, öffnete Joseph blinzelnd die Augen. Nass geschwitzt versuchte er, seine müden Knochen zu strecken, die vom krummen Liegen steif geworden waren. Als er erkannte, dass sie daheim waren, fing sein Herz an, wild zu toben. Er wusste, dass ihm seine Mutter gleich erklären würde, wie unartig er sich in der Klinik verhalten hatte. Er wunderte sich, dass sie bisher noch nichts gesagt hatte. Joseph schaute auf den leeren Kindersitz neben sich, um sicherzugehen, dass er nicht nur alles geträumt hatte. Er drehte sich zum Haus. Es war ein Bungalow, mit blauen Paneelen verkleidet. Es war nicht das einzige Wohngebäude in Addison mit der Farbe, doch Andrew hatte immer darüber gemeckert. „Wir fallen mit dem Blau total auf." Joseph mochte es. Vor den Wohnzimmerfenstern stand eine große Tanne, um die Joseph gern rannte. Im Sommer spendete sie dem Wohnzimmer Schatten. Weihnachten schmückten sie die Tanne mit übergroßen goldenen Weihnachtskugeln und funkelnden Sternen.

An den Feiertagen behing die Mutter sie mit Lebkuchen und Schokoladenkugeln. Das durften die Nachbarskinder abmachen und naschen. Mrs. Fisher war deshalb sehr beliebt in Addison. Keiner wusste, dass sie ihren eigenen Kindern das Süßigkeitenessen verbot. Es war zu ungesund. Nochmal schaute Joseph auf den Platz von Andrew. Tiefe Traurigkeit übermannte ihn bei dem Gedanken daran, dass er ab sofort alleine in dem Haus leben würde. Niemanden zum Spielen hatte. Freunde hatte er keine. In der Vorschule mochten sie ihn zwar, doch zum Spielen durfte er niemanden einladen. Und er durfte niemanden besuchen. „Du weißt Liebling, ihr seid empfindlich. Wenn dort in der Familie jemand einen Virus trägt. Du könntest dich anstecken. Ich habe schon genug um die Ohren. Andrew ist so oft krank. Und du hast auch kein stabiles Immunsystem." Andrew hatte seiner Mutter immer widersprochen. Joseph hatte es akzeptiert. Ihm reichte, mit Andrew spielen zu können. Nun war er zu den Engeln geflogen.

„Steig aus dem Wagen!" Die Stimme der Mutter klang brüchig, trotzdem überhörte er den strengen Unterton nicht. Er fürchtete sich. Sie stöckelte um das Auto, öffnete die Hintertür mit einem gewaltigen Ruck. Schleppend stieg Joseph aus. Mrs. Fisher sagte nichts, stakste zum Haus. Der Junge schwitzte. Die Sonne brannte auf seiner blassen Haut. Er hörte die Nachbarkinder vergnügt lachen, schaute sich zu ihnen um. Der kleine Henry von nebenan plantschte im Schwimmbecken. So etwas würde Joseph auch gern einmal tun, doch das käme für seine

Mutter nicht infrage. Andrew hatte ihm versprochen, wenn sie alt genug wären, würde er mit ihm in den Addison Park fahren. Dort befand sich das Badezentrum. Von ihrer Wohnadresse bräuchten sie nur zehn Minuten mit dem Fahrrad. Joseph musste seinem Bruder versprechen, dass es ein Geheimnis zwischen ihnen bleiben würde. Er war stolz, eine Heimlichkeit mit seinem großen Bruder zu teilen. Es war spannend. Seine Mutter hätte einen Nervenzusammenbruch bekommen, wenn sie davon erfahren hätte. Wieder übermannte ihn die Traurigkeit, als er an den leblosen weißen Körper dachte. Warum wollte er nicht wieder aufwachen? Warum ließ er ihn hier allein zurück? Tränen kullerten ihm die Wangen hinab. „Mama, wann kommt Andrew zu uns zurück?"

Seine Mutter betrachtete Joseph mit einem leeren Blick. Sie schloss die blaue Haustür auf, hielt sie für Joseph auf, schaute sich auf der Straße um und schloss dann die Tür. Sie verriegelte das Sicherheitsschloss, legte die Türkette vor und kontrollierte dreimal, ob die Wohnungstür verschlossen war. Den Schlüssel nahm sie aus dem Schloss und legte ihn auf die oberste Ablage des Flurschrankes. „Zieh deine Sandalen aus!"

Das Kind schrie. „Mama, ich will, dass Andrew wieder nach Hause kommt!" Sein Gesicht färbte sich rot und war tränenüberströmt.

„Reiß dich zusammen. Andrew ist tot. Er wird nicht wiederkommen. Du bist jetzt mein großer Junge. Du weißt, du musst auf mich hören. Du hast heute gesehen, dass Gott Sünden hart bestraft."

Joseph verstummte, schluckte den schweren Kloß im Hals hinunter. Sein Bauch krampfte. Er sah in die Augen seiner Mutter. Sie waren gerötet und glänzten. Doch er fürchtete sich bei ihrem Anblick. Wenn sie wütend war, strahlte sie eine beängstigende Ruhe aus. Sie redete wenig und schaute mit diesem durchbohrenden Blick, den sie momentan auch hatte. Andrew hatte ihm einmal erklärt, dass er glaube, dass ein Geist in ihrem Kopf wäre, wenn sie so schaute. Joseph wurde kalt. Normalerweise nahm ihn sein Bruder an die Hand, wenn er sich fürchtete. Er setzte sich auf den kühlen Fliesenboden, zog seine schwarz-gelben Sandalen aus und stellte sie ins Schuhregal. Neben die Hausschlappen von Andrew. Er erhob sich langsam.

„Geh in dein Zimmer! Dort bleibst du, bis ich zu dir komme."

Mit gesenktem Kopf lief er los. Vor Andrews Kinderzimmer blieb er stehen, legte seine zitternde Hand auf die Klinke. Er blickte den Flur entlang, ob seine Mutter in der Nähe war. Er hörte, wie sie am Telefon jemandem von Andrews Tod erzählte. Wenn sie telefonierte, dauerte es in der Regel länger. Er hatte also etwas Zeit. Zögerlich öffnete er die wallnussbraune Holztür. Andrew mochte es nicht sonderlich, wenn Joseph ohne Erlaubnis in sein Zimmer ging. „Das ist ein Zimmer für große Jungs", schimpfte er, wenn er ihn dabei erwischt hatte, wie er in seinem Reich herumschnüffelte. Der Junge schloss leise die Tür. Auf dem dunkelgrünen Teppichboden lag der Müll, den die Rettungssanitäter liegengelassen hatten, als sie um Andrews Leben kämpften. Die Bilder der Hektik spielten sich in seinen Erinnerungen ab. Er betrachtete die Poster an den hellgelb gestrichenen Wänden. Andrew sammelte alles von Batman. Er liebte die Zeichentrickserie „The New Adventures of Batman". Sie wurde nachmittags auf CBS ausgestrahlt. Andrew schaute sie sich heimlich an, wenn seine Mutter arbeiten war. Es gab Tage, an denen war die Mutter nicht ganz so streng und die Kinder durften die Serie gemeinsam anschauen. Wenn Andrew etwas angestellt hatte und sich dabei verletzte, schimpfte sie, dass er nicht vergessen solle, dass er kein Superheld war. Für Joseph war es eine wundervolle Vorstellung, dass er Batman wäre. Er legte sich neben das grüne Kastenbett flach auf den Boden. Vorsichtig griff er nach der dunkelgrün bemalten Holzkiste, die Andrew unter seinem Bett versteckt hatte, in der er seine Schätze aufbewahrt hatte. Joseph holte einen schwarzen Umhang heraus. Den hatte seine Oma letztes Jahr zu einem Batman-Kostüm umgenäht. Joseph hörte die Worte seiner Mutter in seinen Gedanken, als die Kinder mit dem Kostüm nach Hause kamen. „Musst du ihnen solche Flausen in den Kopf setzen, Mutter? Du weißt, dass sie labil sind. Sie sollen die Realität erkennen. Es gibt keine Superhelden."

Josephs Stimme war zornig, als er an die Worte seiner Mutter dachte. „Es gibt doch Superhelden. Andrew ist einer." Warum hatte sie nicht erkannt, dass Andrew stark war? Er hatte ihn immer beschützt. Mit tränennassen Augen hing er sich das Batman-Kostüm um, versteckte sein Gesicht unter der Kapuze. Er kniff die Augen fest zusammen, wünschte, dass Andrew ins Zimmer kommen würde. Sie würden zusammen herumtollen, lachen. Andrew würde ihn kitzeln. Im Anschluss würden sie erschöpft auf sein Bett fallen. Andrew würde ihn in den Arm nehmen, ihm schwören, dass er immer auf ihn aufpassen würde.

„Joseph Fisher. Hatte ich dir nicht aufgetragen, in dein Zimmer zu gehen und dort zu warten, bis ich komme? Was machst du hier für einen Unsinn?"

Joseph fuhr zusammen. „Ich … Ich wo… wollte doch nur …"

„Du hast genauso viel Blödsinn im Kopf wie dein Bruder. Zieh das Kostüm aus!"

Joseph schluchzte, tat, was ihm befohlen wurde. Mit hängenden Schultern und gesenktem Kopf verließ er das Zimmer. Schleichend trabte er seiner Mutter hinterher. Sie setzte sich auf sein Bett, das gleiche wie Andrews, klopfte mit der rechten Hand neben sich, um Joseph aufzufordern, sich zu setzen. Der Junge bewegte sich langsam. Sein Herz hämmerte gegen seine Brust. Er schluckte, setzte sich neben seine Mutter und schaute ihr in die Augen. Ihre Gesichtszüge waren sanft, ein leichtes Schmunzeln lag auf ihren Lippen. Sie streichelte ihm über sein braunes Haar, wischte ihm die Tränen von den Wangen. „Du bist sehr traurig, nicht wahr?"

Joseph nickte. Er kaute an seinem Daumennagel.

Die Mutter nahm seine Hand, legt sie sich auf ihren Schoß. „Weißt du, warum Andrew gestorben ist?"

„Weil er krank war?"

Lächelnd nickte Mrs. Fisher. „Er war sehr krank. Und weißt du, warum er es war?"

Der kleine Junge starrte auf den Fußboden, scharrte mit dem Fuß auf dem grünen Flusenteppich.

„Ich habe ihm immer wieder gesagt, er müsse artig sein. Gott bestraft alle Sünden. Andrew hat nicht genug Buße getan. Er hat seine Fehltritte geleugnet. Es ist ihm nicht gelungen, wieder gesund zu werden. Ich habe versucht, ihn zu retten." Die Mutter senkte ihr Gesicht in die Hände und schluchzte. Joseph schaute ihr zu, verstand nicht, was sie mit den Worten meinte. Nach ein paar Minuten blickte die Frau auf, sah dem Kind tief in die Augen. „Hast du verstanden, was ich damit sagen will?"

Der Junge schüttelte den Kopf.

„Gott hat ihn geholt, weil er böse war. Weil er gesündigt hat. Er hat nicht dafür gebetet, dass er gesund wird."

„Die Ärztin hat gesagt, dass das nicht stimmt", widersprach Joseph mit weinerlicher Stimme.

Mrs. Fisher fuhr hoch, funkelte Joseph wütend an. „Du warst heute ein sehr ungezogener Junge."

Das Kind erschrak.

„Möchtest du mir jetzt auch noch widersprechen? Möchtest du genauso krank werden wie Andrew?"

Mit aufgerissenen Augen starrte Joseph die Mutter an, schüttelte kräftig den Kopf. Zitternd nahm er eine Haarsträhne in die Hand, wickelte sie um seinen Zeigefinger.

„Ich möchte nicht auch noch meinen Jüngsten verlieren. Du musst in Zukunft gehorsam sein. Ich werde dir jetzt Vitamine spritzen. Dann beten wir zusammen. Dafür, dass Gott Barmherzigkeit für deine Fehler zeigt."

„Aber ich habe doch heute schon meine Spritze bekommen. Ich will nicht noch eine."

„Es ist nötig. Wir waren den ganzen Tag in der Klinik. Weißt du, wie viele Keime dort herumschwirren? Wir gehen auf Nummer sicher und stärken dein Immunsystem heute etwas mehr."

Joseph widersprach nicht noch einmal.

Mrs. Fisher holte die Spritze aus der Küche, reinigte die Stelle an seiner rechten Armbeuge. Die Stelle wies mehrere Einstichstellen und Hämatome auf. Sie spritzte ihm die Vitamine. Dann knieten sie sich vor Josephs Bett, falteten ihre Hände und beteten. Joseph wurde schwindelig. Für Sekundenbruchteile sah er seinen Bruder vor sich.

10

15. Dezember 2016

Mary White hörte die Ketten des Mannes klimpern, der neben ihr angebunden war. Der dunkle Raum stank bestialisch nach Urin und Fäkalien. Obwohl ein Feuer im Steinofen loderte, war es eiskalt. Der Raum war zu groß, um ihn geheizt zu bekommen. Mary hatte jegliches Zeitgefühl verloren, wusste nicht, wie lang sie sich bereits dort befand. Hunger quälte sie. Die Kleidung, die sie am Tag ihrer Entführung getragen hatte, hing an ihr herunter wie ein nasser Sack, stank und war dreckbeschmiert. Wenn das Tor von außen geöffnet wurde, konnte sie erkennen, dass sie sich in einer Scheune befand. An der Decke hingen dunkelbraune, massive Holzbalken. Etliche Tierskelette baumelten an ihnen. Es schien, als wurden sie vor Jahren dort aufgehangen. An einem der Balken hing eine breite Eisenkette. Das Ende war mit einem dicken Eisenring verbunden, der Ring um ihren Hals befestigt. Mary hatte kaum Bewegungsmöglichkeiten. Der bullige Typ, der sie entführt hatte, hatte Jake abgeholt, als es draußen dunkel war. Seitdem war er nicht zurückgekommen. Ihr war klar, dass Jake tot war. Auch Gregory wurde geholt. Kam nie wieder zurück. Seitdem waren bereits einige Tage vergangen. Nun war sie mit Scott allein. Scott war nach ihr gekommen. In der Mitte der Scheune stand ein Stuhl auf knarzenden Holzdielen. Mary nannte ihn Folterstuhl. Nicht nur wegen dem, was der Mann mit ihnen auf dem Stuhl anstellte. Wenn sie darauf saß, baumelte vor ihrem Gesicht ein Gerippe eines Tieres, an dem sich Madenfäden entlangzogen. Dort fesselte sie der Mann an Händen und Füßen. Prügelte mit einem Baseballschläger oder einer Peitsche auf seine Opfer ein. Mary White konnte sich kaum noch bewegen. Ihr rechtes Bein schmerzte. Sie versuchte, es nicht mehr zu belasten. Als der Mann das letzte Mal auf ihren Oberschenkel eindrosch, hatte sie gespürt, wie der Knochen brach. Sie hatte mit Leibeskräften geschrien, aber das machte den Mann noch wütender.

„Büße! Büße! Büße!", hatte er geschrien. Sie verstand nicht, was er von ihr hören wollte. Als er mit ihr fertig gewesen war, kettete er sie wieder an ihre Stelle. Alle standen in Reih und Glied, angekettet wie Pferde. Genug Abstand, dass sie einander nicht berühren konnten, um sich gegenseitig zu befreien. Aus ihrer Nase schoss Blut, in ihrer Brust verkrampfte sich alles. Lange würde sie nicht mehr durchhalten. Ihre Kräfte ließen nach. Jake hatte sie immer ermutigt, nicht aufzugeben. „Du musst kämpfen. Zeig ihm keine Schwäche. Mobilisiere deine Kraft, um es zu überleben. Sag ihm nicht, was er hören möchte."

Jake hatte die schlimme Folter mit seiner ganzen Manneskraft ertragen. Nicht ein einziges Mal hatte sie ihn schreien hören, nicht einmal stöhnen. Er strotzte dem Typen. Er hatte ihr erzählt, dass er dabei an seine Kinder dachte, die er gelehrt hatte, stark zu bleiben. Egal was passieren würde. Er hatte nicht eingesehen, dem Täter das zu geben, was er wollte. Auch wenn nicht klar war, was genau er wollte. Vor ein paar Wochen war sein Mut gewachsen. Er hatte sich ein heftiges Wortgefecht mit dem Mann geliefert. Er schrie zurück, dass er derjenige sei, der sündigte. Pervers und unnormal. Doch der Mann brüllte wie im Wahn, ließ sich nicht beirren. Er rief wiederholt das Gleiche. Irgendetwas davon, dass er sich bekennen müsste und nur so Barmherzigkeit erlangen würde.

Der fettleibige Mann war groß und ungepflegt. Sein Bart reichte ihm bis auf die Brust, war filzig, sodass sich Vögel hätten Nester darin bauen können. Sein Haupthaar hingegen war schütter. An den Seiten erkannte man noch die braune Haarfarbe, doch auf dem Kopf hatte er bald eine Glatze. Er trug jeden Tag dieselbe Kleidung. Eine schwarze, viel zu kurze Hose und ein dreckverschmiertes Achselshirt. Wenn in der riesigen Halle das Licht anging, konnte man auf dem Shirt die Nahrungsreste der letzten Wochen erkennen. Um die Hose über dem fettleibigen Bauch halten zu können, trug er Hosenträger. Die schweren schwarzen Halbstiefel waren durchlöchert und verloren beim Laufen dicke Erdklumpen. In letzter Zeit hinterließ der Mann feuchte Schuhabdrücke. Er trug Schnee von draußen in die Scheune. Als Mary entführt worden war, war Sommer. Der Mann stank bestialisch. Wenn er sie folterte, spuckte er beim Sprechen. Seine Oberarme sahen aus wie die eines Bodybuilders. Diese Kraft nutzte er, um auf die Opfer einzuschlagen. Brutal.

Nicht zimperlich. Mary bräuchte gar nicht erst versuchen, sich zu wehren. Sie war drei Köpfe kleiner. Wenn er sie von ihrem Stellplatz holte, packte er sie mit seiner riesigen Pranke an der Eisenkette, zerrte sie auf den Stuhl. Sie konnte noch nicht einmal mit den Zehenspitzen den Boden berühren. Die Männer, Gregory und Jake, hatten zu Anfang versucht, sich zu verteidigen. Doch nach Tagen des Hungerns hatten sie die Kräfte verlassen. Zwar haben sie den Versuch nicht aufgegeben, sich aus der Halskette zu befreien, doch sie war eng genug, um nicht herauszukommen. Wenn der Ring weiter wurde, weil sie zu viel Gewicht verloren hatten, hatte der Mann ihnen einen neuen angelegt. An der Stelle, an der sie verharren mussten, lag eine dünne Decke, auf der sie schlafen konnten. Vor ihnen stand ein Eimer, gefüllt mit Wasser, aus dem sie trinken durften. Essen gab es einmal die Woche. Rohes Fleisch und trockenes Brot. An den sogenannten Fütterungszeiten. Sie wurden gehalten wie Vieh. Ihre Notdurft mussten sie dort machen, wo sie befestigt waren. Hinter ihnen lag etwas Stroh. Sie deckten es mit Stroh ab, in der Hoffnung, dass der Geruch nicht allzu stark war. Am schlimmsten war es ein paar Tage, nachdem sie das rohe Fleisch verzehrt hatten. Mary wollte gar nicht wissen, was sie gegessen hatte. Jedes Mal bekam sie Magenkrämpfe, musste sich übergeben, hatte Durchfall. Sie wusste, es kam vom Fleisch. Doch es war das Einzige, das sie zu essen bekamen.

Mary dachte an Jake. Dachte an seine Familie, die heute nacht ihren Vater und Ehemann verloren hatte.

Der Mann wollte hören, dass Jake Buße tat. Dass er seine Sünden zugab, dass er verstand, warum er da war. Doch Jake blieb stumm. Mutig ertrug er die Schläge und Tritte. Es war wie bei Gregory. Der Mann schrie, dass sie alle gemeinsam beten sollten. Füreinander beten. Und sie nur Gerechtigkeit erfahren könnten, wenn sie ihre Buße ernst nahmen. Wer sein Fehlverhalten jedoch leugnete, würde keine Barmherzigkeit Gottes erhalten. Dabei hatte er mit dem Baseballschläger auf Jake eingedroschen, als wolle er alle Sünden aus ihm herausprügeln. Von Jake war keine Reaktion mehr gekommen. Der Täter hatte sich den bewusstlosen Mann über die rechte Schulter gepackt und ihn hinaus getragen. Wenige Sekunden später hatte Mary ein Auto gehört. Ihr stiegen Tränen in die Augen. Sie wusste, sie würde Jake nie wieder sehen. Wie Gregory. Was er ihnen angetan hatte, wollte sie sich nicht ausmalen. Sie hielt sich die Brust. Spürte, wie ihr Herz raste, ein brennender Schmerz breitete sich aus, strahlte bis in die Schulterregion. Ihr war übel. Schweiß brach aus. Sie geriet in Panik, glaubte zu ersticken. Ihr verdammtes Herz. Wenn der Mann sie nicht töten würde, dann würde es ihr Herz tun.

Sie litt an einer koronaren Herzkrankheit. Über Jahre hatten sich Fett und Kalk an ihren Gefäßen abgelagert. Die Schuld daran trug sie allein. Seit ihrer Jugendzeit feierte sie gern, aß und rauchte viel. In den letzten Jahren hatte sie zwar etwas abgenommen, aber sie galt noch immer als übergewichtig. Bewegung war ihr ein Graus. Sie lachte hysterisch, als sie bemerkte, wie widersprüchlich das klang. Sie liebte es, auf dem Sofa herumzugammeln, ein gutes Glas Wein in der Hand. Ein absoluter Bewegungsmuffel. Was würde sie jetzt dafür geben, sich mehr bewegen zu dürfen. Einfach raus an die frische Luft. Hastig rang sie nach Atem.

„Du musst dich beruhigen", hörte sie aus der hinteren Ecke Scott rufen. „Atme tief durch!"

„Ich brauche mein Nitrat. Ich ersticke. O Gott, ich muss hier raus. Was hat er mit Jake gemacht?"

„Atme durch. Wir dürfen nicht darüber nachdenken, was er mit ihm gemacht hat. Wenn du ruhig bleibst, werden deine Schmerzen weggehen."

Mary White atmete tief ein und beruhigte sich. Sie wusste, sie würde ihm nicht entkommen. Insgeheim hoffte sie, dass ihre Zeit bald gekommen wäre. Sie ertrug die Qualen nicht länger. Doch sie fürchtete sich vor dem Tod. Die Schläge und Tritte waren Höllenschmerzen. Was machte er erst, wenn er sie tötete?

Scott war wieder still. Er war vierzig Jahre und kam vor einigen Wochen hinzu. Er verhielt sich besonnen, wehrte sich nicht gegen den Mann. Doch bei der Folter schrie er genauso wie Mary. Am Anfang dachte sie noch, was für ein Weichei er sei. Doch im Grunde war es egal. Die Manneskraft und Sturheit von Jake und Gregory hatte ihnen auch nicht weitergeholfen. Scott versuchte zu ergründen, was der Täter beabsichtigte. Was er erwartete. Er analysierte seine Worte, suchte nach deren Bedeutung. Er schien auf vielen Gebieten ein bewanderter Mensch zu sein. Stellte Theorien auf. Gebracht hatte es nichts.

Zwei von ihnen waren tot. Oder hatte er sie nicht getötet, sondern ausgesetzt? Waren sie längst zurück bei ihren Familien? Mary schüttelte kaum merklich den Kopf. Sie glaubte selbst nicht daran. Er hatte sich nie die Mühe gemacht, sein Gesicht zu verbergen. Warum sollte er so dumm sein, sie freizulassen? Resigniert senkten sich ihre Schultern. Sie ließ sich auf die Decke fallen. Sah das halb zertrümmerte Gesicht von Jake vor sich, das viele Blut. Eine Woge der Übelkeit überkam Mary, als sie daran dachte, dass sie die Nächste sein würde.

11

15. Dezember 2016

Herb tankte seinen Wagen in der South-York-Road in Bensenville, während Alexander die Kollegen über den Fund informierte. Die zweite Leiche wurde am Mallard Lake gefunden. Der See lag im Hanover-Park und war nur zehn Minuten Autofahrt vom Marple Lake entfernt, an dem der Leichnam von Jake Hanson gefunden wurde. Über die Interstate-290W kamen sie nach fünfundzwanzig Minuten am Tatort an. Um den See zogen sich Felder und verstreute Wälder. Ein langer Kiesweg lud zum Wandern ein. Im Winter war an dem See nicht viel los. Am frühen Morgen hätte sich der Täter seiner Opfer unbeobachtet entledigen können. Die Leiche war in einem Waldstück abgelegt worden. Gefunden von einem Naturliebhaber, der nach Tieren Ausschau gehalten hatte. Alex und Herb trafen vor der Spurensicherung und dem Gerichtsmediziner ein. Der Tote lag sichtlich länger am Tatort als Jake Hanson. Zwei Polizeibeamte, die zu dem Einsatz geschickt wurden, warteten bereits auf das FBI. Als Herb zu ihnen laufen wollte, hielt Alex ihn zurück. „Wir warten auf die Spurensicherung."

In der Zwischenzeit befragten sie den Passanten, der die Leiche gefunden hatte.

„Ich wollte ein paar Tiere beobachten. Als ich mich dem Waldrand näherte, habe ich diesen faulig-beißenden Geruch wahrgenommen. Der biss unerträglich in der Nase. Ich hätte echt kotzen können. Ich wollte hingehen, aber der Anblick ..."

Er schüttelte den Kopf, musste würgen, rang nach Fassung. Er atmete tief ein, benötigte einige Minuten, bis er sich gesammelt hatte. „Ich dachte erst, es wäre ein verwestes Tier. Aber ich habe schnell erkannt, dass es der Körper eines Menschen war. Ich konnte nicht hingehen. So, wie das aussah, war das auch nicht nötig. Retten konnte man den nicht mehr." Er versuchte zu schmunzeln, es wirkte aber eher wie eine Grimasse.

Alex bedankte sich, notierte sich die Adressdaten und schickte ihn heim.

„Meinst du, es ist das Werk unseres Täters?", fragte Herb.

Alex zuckte mit den Schultern. Aus sicherer Entfernung betrachtete er den Leichnam. Er kniff seine Augen zusammen, um etwas erkennen zu können. „Neben dem Kopf liegt ein Portemonnaie oder irgendetwas in der Art. Sieht aus, als hätte er uns wieder direkt den Namen des Opfers mitgeliefert."

„Der Mallard Lake liegt nicht weit vom letzten Tatort. Er ist mutig, dass er die Leichen im gleichen Gebiet ablegt."

„Wenn es unser Täter ist, könnte das dafür sprechen, dass er aus der Gegend stammt. Er kennt sich aus, fühlt sich sicher. Er weiß, wann die Orte wenig Besucher anlocken. Welche Ecken kaum beobachtet werden."

Eine Reihe Autos fuhr schleichend den Wanderweg entlang. Alex atmete auf, als er bemerkte, dass sich die Presse nicht darunter befand. Der Gerichtsmediziner stieg mit finsterer Miene aus seinem Wagen. Sein Haar stand in alle Richtungen ab. Alex wusste, dass der Mediziner nichts mehr hasste, als bei einer Obduktion gestört zu werden. „Johnson, so sieht man sich wieder."

„Ich hab dich vermisst. Du siehst aus, als hätte man dich bei etwas Wichtigem gestört." Alex musste schmunzeln. Nicht viele der Kollegen kamen mit Simmerman zurecht. Er war eine seltsame Type. Trocken, emotionslos, am liebsten schweigend. Sein Humor war gewöhnungsbedürftig. Alex störte sich nicht daran. Manchmal war es überflüssig, höfliche Smalltalks zu halten, nur damit man irgendetwas sagte. Simmerman war in dem, was er tat, gut. Unter den Toten fühlte er sich am wohlsten. Sie redeten nicht, widersprachen ihm nicht. Was seine Arbeit anging, fand er immer genügend Worte, um die Ermittlungen voranzubringen.

„Sie haben mir den Sieg beim Pokern mit Jake Hanson versaut. Ich hoffe, das hatte einen Grund!" Da war er, der schräge Humor. Jeder andere hätte mit dem Kopf geschüttelt, es als pietätlos empfunden.

„Das Reich der Toten hat gerufen. Was gibt es Wichtigeres?"

Simmerman schüttelte grinsend den Kopf. Er stapfte zu der Leiche. Alex musste erneut lachen, als er

Simmermans Fluchen hörte. Sein Schuhwerk war nicht wintertauglich. Der Gerichtsmediziner schaute minutenlang auf die Leiche hinab. Die Spurensicherung sperrte den Tatort weiträumig ab.

„Es ist die Handschrift unseres Täters." Simmerman hockte sich nieder. Er zog Gummihandschuhe über, begann das Opfer zu untersuchen. Er nahm das Etui, das neben dem Kopf lag. „Laut Papieren handelt es sich um Gregory Miller, sechzig Jahre alt. Wir können davon ausgehen, dass das stimmt. Ich werde es mit einem Zahnabgleich überprüfen. Er weist die gleichen äußerlichen Verletzungen auf wie Jake Hanson."

„Wurde der Darm entfernt?"

„Nein. Der Darm liegt in voller Pracht im Inneren und die Maden freuen sich über ein gutes Mahl."

Herb musste aufstoßen. Es machte ihm nichts aus, eine verwesende Leiche zu sehen. Die bildhaften Beschreibungen des Mediziners verursachten bei ihm jedoch Übelkeit. Er schluckte ein paar Mal, versuchte, durch den Mund einzuatmen, damit der Geruch nicht in die Nase stieg. Dann konzentrierte er sich auf Simmerman.

„Er hat kein Organ entfernt?", hakte Alex nach.

„Das habe ich nicht gesagt. Dem Opfer wurde die Leber entfernt. Genauso unprofessionell wie dem ersten Opfer der Darm. Aufgeschlitzt, rausgeholt, fertig. Ich vermute, dass er hier verblutet ist. Das Blut lässt sich wahrscheinlich nicht mehr nachweisen. Er liegt schon länger hier. Aber ich kann euch momentan keinen Zeitpunkt nennen. Die Leiche ist aufgrund des Wetters noch in einem guten Zustand, die Verwesung noch nicht eingesetzt. Das Blut ist vom Schnee verdünnt, sodass man es nicht mehr sehen kann. In den letzten vierzehn Tagen hat es wiederholt geschneit. Es könnte sein, dass er schon zwei Wochen hier liegt. Das Körperinnere ist aufgeblasen, Mikroorganismen sind kaum da. Was daran liegt, dass die Mikroorganismen bei den Minusgraden stark verlangsamt wachsen. Haut und Nägel lösen sich ab. Ich muss den Entomologen hinzuziehen. Der kann uns sagen, wie alt die wenigen Viecher sind."

Herb drehte sich weg. Er ärgerte sich über seine Schwäche. Früher hatte ihm das alles nichts ausgemacht. Seit seinem letzten Arztbesuch tickte er anders.

„Ist nichts für schwache Nerven, was?", spottete Simmerman. „Wie lange arbeitest du beim FBI? Du solltest dich langsam dran gewöhnt haben."

„Ich habe Hunger. Ich möchte verhindern, dass ich über das Fleisch herfalle."

Alex schaute ihn mit angewiderter Miene an. Dass Herb für niveaulose Witze zu haben war, wusste er. Dieser war aber nicht sein Stil.

„Ihr beide passt hervorragend zusammen. Ein Witz ist dämlicher als der andere. Könnten wir dann bitte weitermachen?"

Herb räusperte sich. „Sorry, Chef. Das war wohl echt unangebracht."

Alex ignorierte Herbs Entschuldigung. „Hier liegt nirgendwo eine Leber. Hat er das Organ diesmal mitgenommen?"

„Da wären wir wieder beim Thema Essen. Da das Opfer schon ein Weilchen hier liegt, gehe ich davon aus, dass sich Tiere das Organ geholt haben. Sie haben sich auch an seinen anderen Eingeweiden bedient. Sie haben von allem etwas probiert. Auch ein Zeichen, dass er schon länger hier liegt."

„Okay, danke." Alexander hatte genug gehört. Er rief Mitchell an. „Wir haben eine männliche Leiche. Laut Papieren Gregory Miller. Such alles von ihm raus. Such nach weiteren Opfern. Der Täter muss sich in den Gebieten auskennen. Miller stammt auch aus dem DuPage Kreis. Harris und ich kommen gleich zurück."

„Und da hätten wir den nächsten Beweis, dass es der gleiche Täter ist." Simmerman hielt einen Zettel in die Höhe. „Er ist schon ziemlich aufgeweicht. Aber man kann es noch entziffern.

Gott hat nicht vergeben.

Er hat seine Missetaten geleugnet.

Auch Mr. Miller hat den Täter wohl mächtig verärgert."

„Was hat es damit auf sich? Es ist alles gleich. Nur ein anderes Organ wurde entfernt. Was bedeutet das Gefasel von Gott und Schuld?"

„Vielleicht ist euer Mörder ja Gott höchstpersönlich." Mit diesen Worten stand Simmerman auf und ließ die Leiche abtransportieren. „Ihr hört von mir. Den Rest untersuche ich in der Pathologie. Es ist verdammt kalt hier draußen." Mit verzogener Miene stiefelte er zu seinem Wagen und brauste davon.

Herb sah ihm nach. „Was für ein merkwürdiger Typ."

„Dein Witz war mindestens genauso niveaulos. Was ist los mit dir? Dir machen doch sonst solche Fälle keine Probleme?"

„Ich weiß nicht. Hatte ein bisschen wenig Schlaf in letzter Zeit. Mein Magen hat rebelliert. Mein Gott, das kann auch hartgesottenen Menschen wie mir passieren." Gereizt lief Herb zum Wagen, blieb wie ein beleidigtes Kind vor verschlossener Tür stehen. Mit verschränkten Armen stand er vor den Scheiben und betrachtete sein Spiegelbild.

Alexander Johnson wunderte sich. So kannte er Herb Harris nicht. Seit einigen Wochen hatte er sich verändert. Fiel nicht mehr mit seiner lockeren Art auf, die alle hassten. Alex wusste, dass dahinter ein Problem steckte. Er nahm sich vor, später mit seinem Kollegen zu sprechen. „Sollen wir heute abend ein Bier trinken gehen? Die letzte Zeit war für uns alle nicht einfach. Vielleicht sollten wir darüber sprechen."

Herb schaute ihn an.

Alex hatte das Gefühl, dass er ihm etwas sagen wollte. Er meinte sogar, zu erkennen, dass sich seine Augen mit Tränen füllten.

„Heute geht nicht. Ein anderes Mal vielleicht."

Alex hakte nicht weiter nach. Es würde keinen Sinn machen. Wenn Herb nicht wollte, dann wollte er nicht. Und von seinem Standpunkt ließ er nie ab. Schweigend fuhren sie zum Team. Mittlerweile war es später Nachmittag. Natalie hatte sich nicht mehr gemeldet. Er versuchte, noch einmal anzurufen, doch es meldete sich nur die Mailbox. „Hallo, Natalie. Ich möchte nur wissen, ob du okay bist. Hat der Psychologe sich schon gemeldet? Bitte ruf mich zurück."

Gegen siebzehn Uhr saßen alle um den Besprechungstisch. Anna hatte jedem einen Döner geholt und frischen Kaffee gekocht. Herb und Alex rührten den Döner nicht an. Alex hielt die warme Tasse mit beiden Händen umschlossen. Seine Finger waren taub von der eisigen Kälte. Er wollte sich nicht ausmalen, wie das Wetter die nächsten Tage werden würde. In den Nachrichten warnten sie vor ungewöhnlicher Kälte. Es waren Temperaturen bis minus dreißig Grad gemeldet.

„Also, Mitchell. Was wissen wir über das Opfer?"

„Gregory Miller war sechzig Jahre und stammt aus Bloomingdale. Er wurde vor elf Monaten als vermisst gemeldet. Seine Ehefrau ist drei Monate nach seinem Verschwinden an einem Herzinfarkt gestorben. Es gibt nur noch seine Tochter. Lisa Miller, sechsundzwanzig Jahre. Sie wohnt mittlerweile in dem Haus ihrer Eltern. Zumindest ist sie dort gemeldet."

„Sobald wir die hundertprozentige Gewissheit haben, dass es sich um Gregory Miller handelt, fahren wir zu ihr. Wissen wir, wo Miller verschwunden ist?"

„Er wurde zuletzt in der Rehaklinik im Edgewater-Drive gesehen. Dort war er in ambulanter Behandlung. Nach der Therapie verlor sich seine Spur."

„Wissen wir, warum er dort behandelt wurde?"

„Noch nicht. Ich habe versucht, Auskunft zu bekommen. Sie berufen sich auf die Schweigepflicht."

Nachdenklich blickte Alex Mitchell in die Augen. Versuchte das Gesagte zu analysieren. Auch Hanson war in Behandlung und verschwand auf dem Weg zum Arzt. Er nahm sein Handy und wählte die Nummer der Familie Hanson. Es meldete sich der Vater des Opfers.

„Hier ist Agent Johnson. Ich habe eine Frage. Ihr Sohn ist auf dem Weg zum Arzt gewesen, als er verschwunden ist. Weshalb musste er an diesem Tag zum Arzt?"

„Mein Sohn war auf dem Weg ins ‚Addison-Hospital‘. Dort war er wegen seines Morbus Chron in Behandlung. Gibt es Neuigkeiten? Warum wollen Sie das wissen?"

„Wir haben noch keine Hinweise auf den oder die Täter. Doch wir haben eine zweite Leiche, die höchstwahrscheinlich dem gleichen Täter zum Opfer gefallen ist. Ich danke Ihnen, Mr. Hanson. Sie werden sofort benachrichtigt, wenn ich etwas habe."

Alex begann zu schwitzen. „Okay, Leute, Hanson war auf dem Weg ins ‚Addison-Hospital‘. Dort wurde er aufgrund von Morbus Chron behandelt."

„Morbus … was?" King runzelte die Stirn.

„Morbus Chron, eine chronische Darmerkrankung. Na, bei wem klingelt es?"

Herb setzte sich gerade auf den Stuhl, wippte mit den Beinen. Hitze strömte durch seinen Körper. „Dann hat das Entfernen des Darms einen Grund gehabt?"

„Vermutlich. Ich wette, Gregory Miller hatte eine Lebererkrankung."

Alex rief bei Simmerman an. „Kannst du mir schon etwas Genaueres sagen?"

„In der Tat. Das Opfer ist wie vermutet seit circa zehn bis zwölf Tagen tot. Es handelt sich um Gregory Miller."

12

Joseph standen die Schweißperlen auf der Stirn. Sein Gesicht war kreidebleich. Er hörte, dass seine Mutter nach ihm rief. Doch es fühlte sich an, als befände sie sich in einem anderen Raum. Es gelang ihm nicht, die Augen zu öffnen. Er war müde, in seinem Kopf drehte sich alles. Er hatte das Gefühl zu ersticken. Dann war er da: Andrew stand lachend vor ihm, hielt ihm die rechte Hand hin. Joseph versuchte, nach ihr zu greifen, reichte aber nicht an sie heran. „Andrew? Andrew? Warte!" Sein Bruder rannte von ihm weg. Sprang fröhlich in die Richtung, aus der das helle Licht kam. Joseph hörte, wie glücklich er lachte. So gelöst hatte er ihn kaum gesehen, als er noch gelebt hatte. Er wollte hinter ihm herlaufen, doch eine magische Kraft zog ihn zurück. Er konnte sich nicht bewegen. Panik erfasste ihn. Er wehrte sich gegen die Macht, die ihn wie durch Zauberhand festhielt, versuchte, sich zu befreien. Von einer Minute auf die andere verschwand Andrew. Das Licht erlosch, wie in Zeitlupe, bis Joseph in völliger Dunkelheit eingehüllt war.

„Joseph, wach auf! O nein, Gott. Bitte, tu mir das nicht an!"

Der Junge öffnete die Augen. Seine Mutter kreischte panisch. Drei unbekannte Gesichter hockten über ihm, drückten auf seiner Brust herum. Er brauchte einen Moment, bis er begriff, dass sie das Gleiche machten wie bei Andrew im Krankenhaus. Als die Sanitäter sahen, dass er wach war, hörten sie mit der Herzdruckmassage auf. Joseph schmerzte der Brustkorb. Er hustete, blieb reglos liegen. Er blickte durch den Raum, suchte den Lichtstrahl, der ihn zu seinem Bruder führen würde. Er schloss seine Augen, hoffte, dorthin zurückzukehren.

„Puls ist da, noch etwas schwach. Sein Kreislauf ist instabil."

Seine Mutter stand mit verschränkten Armen in der Tür und weinte.

„Mrs. Fisher, können Sie uns sagen, was passiert ist?"

„Sein Bruder ist heute verstorben. Er war schon lange Zeit krank. Keiner weiß, was er hatte. Ich habe Angst, dass Joseph sich angesteckt hat."

„Was sind das für Einstiche an seinen Ellenbeugen?"

„Er bekommt Vitamine gespritzt. Meine Jungs haben ein schwaches Immunsystem. Ich bin Krankenschwester. Kann es deshalb zu Hause spritzen. Bei Andrew hatte es nichts geholfen." Sie schluchzte, flehte Gott an, ihr nicht auch Joseph wegzunehmen.

„Wir bringen ihn jetzt ins ‚Addison-Hospital'. Er muss überwacht werden. Sein Blutdruck ist zu niedrig. Ich kann Ihnen nicht sagen, ob er über den Berg kommt."

Die Mutter nickte, gab keine Antwort. Ihre Augen verfinsterten sich, als sie sie auf ihren Sohn richtete.

Der Junge bekam Panik. „Muss ich sterben? Wird mich Gott bestrafen, weil ich nicht artig war?"

„Nein, mein Kind, du wirst wieder gesund. Du musst nur beten."

Joseph war müde. Er schlief ein, bekam nicht mit, wie ihn die Männer in die Klinik brachten.

Als er den süßlichen Duft des Shampoos roch, wachte er auf, blickte in die Augen der Ärztin, die ihn am Mittag auf dem Schoss gehalten und versucht hatte, ihn zu trösten.

„Hallo Joseph", sprach sie mit sanfter Stimme. Neben ihr stand der Arzt, der Andrews Leben nicht retten konnte. Mit besorgter Miene starrten sie den Jungen an. „Wie geht es dir?"

„Gut. Ich bin müde." Joseph log. Ihm tat der Kopf weh, doch er traute sich nicht, es auszusprechen. In Gedanken betete er, dass Gott ihm verzeihen möge.

„Du kannst gleich weiterschlafen", erklärte ihm der Arzt. „Wir möchten dich nur einmal gründlich untersuchen, damit wir herausfinden können, warum es dir so schlecht ging."

„Wo ist meine Mama?"

„Sie ist draußen. Sie muss ein paar Unterschriften geben. Sie wird gleich zurück sein."

Josephs Augen fielen zu. Das Sprechen fiel ihm schwer. Die Ärztin hörte mit dem Stethoskop sein Herz ab. „Der Herzschlag hat sich normalisiert." Mit einem Nicken zur Tür bat sie den Oberarzt, sie aus dem Zimmer zu begleiten.

„Dr. Edwards?", begann sie. „Ich habe ein ungutes Gefühl bei der Sache. Finden Sie es nicht auch merkwürdig, dass er kurz nach dem Tod seines Bruders hier auftaucht? Mit denselben Symptomen?"

„Das ist in der Tat merkwürdig. Was genau spritzt sie den Kindern für Medikamente?"

„Sie gab an, ihnen Vitamin B12 zu spritzen. Die Kinder leiden beide an einem Defekt auf einem Chromosom."

„Das ist aber nichts Dramatisches oder Bedrohliches, es fährt das Immunsystem herunter. Dadurch kann es zu häufigen Infekten kommen."

„Ich kenne Mrs. Fisher. Sie arbeitet im Haus als Krankenschwester. Sie ist sehr beliebt. Ich möchte mir nicht vorstellen, dass sie etwas damit zu tun hat."

„Ich rufe in der Pathologie an, sie sollen sofort mit der Obduktion von Andrew beginnen. Ich hoffe, ich täusche mich, aber es ist alles mehr als fragwürdig. Nehmen Sie bitte ein Drogenscreening bei Joseph ab."

Die Ärztin betrachtete den schlafenden Jungen. Bei dem Gedanken, dass seine eigene Mutter für den Zustand des Kindes verantwortlich war, eventuell auch für den Tod des Bruders, schnürte es ihr die Kehle zu. Kann eine Mutter zu so etwas fähig sein? Joseph war bleich und sehr dünn. Sein Körper wies, bis auf die Einstiche an den Armen, keine äußerlichen Verletzungen auf. Sie konnte nur hoffen, dass sie sich irrte. Doch das Gefühl in ihrem Bauch sagte, dass etwas nicht stimmte.

Sie schüttelte Joseph sanft an der Schulter. „Joseph? Joseph?"

Er öffnete die Augen. Fast erkannte sie ein leichtes Lächeln auf seinen Lippen, als er sie sah.

„Ich muss dich leider einmal piksen. Ich brauche Blut von dir, um nachschauen zu können, was dir fehlt."

Der Junge nickte leicht, schloss seine Augen. Die Frau sah, wie aus den Augenwinkeln eine Träne lief. Joseph hatte wahnsinnige Angst, verhielt sich aber überhaupt nicht wie ein fünfjähriger Junge, der Angst hatte.

Der Ärztin krampfte das Herz. Sie hatte das starke Bedürfnis, das Kind in ihre Arme zu schließen, es zu trösten. Sie glaubte, dass er so etwas nicht oft erlebte. Sie erinnerte sich, wie er sich nach dem Tod des Bruders an sie klammerte. Die Mutter hatte Mühe, ihn von ihr loszubekommen. Kein einziges Mal hatte sie gesehen, dass die Mutter ihn tröstete. Traurig sah sie ihn an, ermahnte sich, die nötige Distanz zu wahren. Doch sie konnte es nicht mehr ändern. Vorsichtig führte sie die Nadel in die Vene.

Joseph zuckte nicht einmal.

„Du bist sehr tapfer."

Joseph reagierte nicht. Mittlerweile hatten sich seine Augen mit Tränen gefüllt, doch es kam kein Laut. Immer wieder schluckte er den Kloß in seinem Hals hinunter.

„Hat es dir wehgetan?"

Er schüttelte den Kopf.

„Hast du Angst?"

Er nickte kaum merklich, kniff die Augen zusammen.

„Das darfst du. Dafür musst du dich nicht schämen. Vor mir kannst du ruhig weinen. Das machen alle Kinder, wenn sie Angst haben."

Joseph schaute in ihre liebevollen Augen. Er griff nach ihrer Hand, drückte sie. Dann flossen die Tränen ungehemmt aus ihm heraus. „Ich habe Andrew gesehen."

„Als du geschlafen hast?"

„Ja. Er hat gelacht. Er wollte, dass ich seine Hand nehme, ich habe es nicht geschafft, sie zu greifen."

„Andrew ist zu den Engeln gegangen. Dich wollte der liebe Gott noch auf der Erde lassen." Sie strich dem Jungen eine Haarsträhne von der feuchten Stirn. Er war dem Tod nur knapp entkommen. Was er erzählte, hörte sich wie eine Nahtoderfahrung an. Viele ihrer Patienten hatten ihr erzählt, dass sie bei einem Herzstillstand ihre verstorbenen Familienmitglieder gesehen hatten.

„Aber Gott hat das gemacht."

„Was hat er gemacht?"

„Das hier. Dass ich krank bin. Er hat mich bestraft. Weil ich nicht artig war."

Die Ärztin runzelte die Stirn. Schon einmal hatte er an diesem Tag etwas Derartiges zu ihr gesagt. War es die Mutter, die ihm so etwas einredete? Plötzlich wurde ihr warm. Das ungute Gefühl wurde immer deutlicher. Es verschlimmerte sich, als die Mutter das Zimmer betrat. Die Ärztin wurde nervös.

„Geht es ihm gut?"

„Er ist stabil. Aber noch sehr müde."

„Kann ich ihn mit nach Hause nehmen?"

„Nein, das geht nicht. Er muss weiterhin medizinisch überwacht werden. Er hatte einen Herzstillstand. Wollen Sie nicht wissen, warum es dazu kam?"

„Das haben schon einige Ärzte vor Ihnen versucht herauszufinden. Ohne Ergebnisse. Andrew ist nun tot. Der Chromosomendefekt ist bei meinen Jungs wohl nicht so harmlos, wie alle glauben."

„Wir konnten keinerlei Anzeichen für eine Infektion finden. Bei keinem der beiden."

„Was haben Sie ihm da noch für Blut abgenommen?"

„Wir kontrollieren die Gerinnung. Vielleicht war das der Auslöser. Ein Thrombus oder eine andere Störung." Sie hasste es, zu lügen. Doch sie war sich sicher, dass die Mutter hellhörig werden würde, wenn sie ihr sagen würde, dass sie einen Drogentest machen würde. Sie musste versuchen, die Mutter davon abzuhalten, den Jungen mitzunehmen.

„In Ordnung. Ich warte die Ergebnisse noch ab. Spätestens morgen nehme ich ihn mit nach Hause."

13

Eine magere, blasse Gestalt, nicht größer als ein drei-
zehnjähriger Teenager, öffnete die Tür. Alex erkannte,
dass die letzten Monate an ihr zehrten. Das Gesicht war
von Sorgen gezeichnet. Nun würde sie erfahren, dass ihr
Vater nicht mehr am Leben war.

„Miss Miller? Ich bin Alexander Johnson vom FBI.
Das ist mein Partner, Herb Harris. Dürften wir Sie einen
Moment sprechen?"

Emotions- und wortlos forderte die Frau auf einzutreten.
Sie führte die Sonderermittler in das große Wohnzimmer.
Das lodernde Feuer im Kamin verbreitete eine wohlige
Wärme. Alex blickte sich im Raum um. Die Farben an den
Wänden waren hell und freundlich. Die Möbel im Barock-
stil verliehen dem Zimmer eine prunkvolle Atmosphäre.
Auf einem geschwungenen goldenen Tisch stand ein fünf-
armiger silberner Kerzenständer. Die Einrichtung wirkte
wuchtig. Auf der vergoldeten Kommode stand ein Bild von
einem Ehepaar, das sich in den Armen hielt und lächelnd
in die Kamera schaute. Alex begutachtete das Foto.

„Das sind meine Eltern. Meine Mutter ist tot. Und
mein Vater vermutlich auch. Das ist doch der Grund,

warum Sie gekommen sind?" Mit dem Arm forderte die Tochter der Millers auf, Platz zu nehmen.

Herb setzte sich auf einen weiß gepolsterten Sessel, dessen Rahmen geschwungen und mit aufwendigen Verzierungen versehen war. Die Frau nahm den gegenüberstehenden.

„Möchten Sie etwas trinken?" Sie sprach wie eine Maschine. Keine Regung in ihren Gesichtszügen.

„Nein, vielen Dank."

„Sie haben meinen Vater gefunden?"

„Es tut mir aufrichtig leid." Alex sprach in ruhigem Ton. „Wir müssen Ihnen mitteilen, dass wir heute Vormittag die Leiche ihres Vaters gefunden haben."

„Sie sind sicher, dass es sich um ihn handelt? Ich meine, nach so langer Zeit dürfte man ja nichts mehr von ihm erkennen."

„Es wurde der Geldbeutel samt seiner Papiere neben der Leiche gefunden. Das machte es uns möglich, nach einem konkreten Zahnabgleich zu suchen. Es ist bestätigt, dass es sich bei dem Opfer um Gregory Miller handelt."

„Opfer? War es ein Überfall?"

„Ihr Vater wurde Opfer eines Gewaltverbrechens." Alex legte eine kurze Pause ein. „Wir gehen davon aus, dass er vor etwa zwei Wochen ermordet wurde."

„Mein Gott!" Die zierliche Frau hielt sich die rechte Hand vor den Mund und schluchzte. „Ich hatte die ganze Zeit geglaubt, er wäre abgehauen. Und hat sich endgültig totgesoffen."

„Warum sollte er das tun?"

„Wissen Sie … um die Ehe der beiden stand es nicht gut. Sie lebten hier ihr prachtvolles Leben, hatten viel Geld, reisten viel … Doch glücklich waren sie nie … Immer bedacht nach außen eine perfekte Ehe zu zeigen. So waren sie gar nicht." Sie hielt kurz inne, zögerte. „Mein Vater wurde von Tag zu Tag depressiver. Nahm Medikamente. Nachts schlich er stundenlang im Haus herum. Meine Mutter machte das wütend. Sie stritten immer häufiger." Sie atmete tief ein und langatmig aus, konzentriert, die Tränen zurückzuhalten. „Ich hatte geglaubt, er wollte einfach raus hier. Alles hinter sich lassen. Ich hätte ihm sogar einen Selbstmord zugetraut …" Ihr Oberkörper bebte. „Ich … ich war verdammt wütend, dass er so ohne Weiteres abgehauen war." Sie konnte die Tränen nicht mehr zurückhalten. „Wie ist er gestorben?" Sie blickte auf. „Sie sagen, er wurde vor zwei Wochen getötet? Wo war er die ganze Zeit?"

„Er wurde die ganze Zeit irgendwo festgehalten." Alex verzichtete auf Details. „Er war nicht das einzige Opfer. Wir gehen davon aus, dass es noch weitere gibt." Die Tatsache, dass ihrem Vater die Leber herausgerissen wurde und er qualvoll verblutet war, ersparte er der Frau.

Lisa Miller drehte ihren Kopf zum Fenster, schaute ins Leere. Minuten vergingen, bis sie weiter sprach. „Meine Mutter ist in der Annahme gestorben, dass sie von ihm verlassen wurde."

„Miss Miller, warum war ihr Vater in der Rehabilitations-Klinik Patient?"

„Wissen Sie, diese ständige Fassade aufrechtzuerhalten stresste ihn. Immer häufiger griff er zum Alkohol. Er hat jahrelang gesoffen. Es war widerlich. Er hat mich ange-ekelt. Sie können sich nicht vorstellen, wie es ist, seinen erwachsenen Vater volltrunken anzutreffen, wenn er mit vollgepisster Hose auf dem Sofa kauert."

Alexander ignorierte, dass sie ihm keine Antwort auf seine Frage gegeben hatte, und schwieg geduldig.

„Vor zwei Jahren erkrankte er an Leberzirrhose. Er hatte sofort mit dem Trinken aufgehört, machte einen Entzug. Doch es stand bereits schlimm um ihn. Gott sei Dank bekam er eine neue Leber. Er hatte sie erst ein halbes Jahr, als er verschwand. In der Reha haben sie ihn auf das Leben mit einem Transplantat vorbereitet."

Alex nickte verständnisvoll.

„Er war guter Dinge, sein Leben zu ändern. Doch die Ehe war kaputt. Da konnte man nichts mehr retten." Sie brach abermals in Tränen aus. „Deshalb dachte ich auch, er wäre abgehauen. Er hatte noch eine Chance bekom-men, doch er hatte keine Zeit mehr, sie zu nutzen." Lisa Miller erhob sich aus dem goldverzierten Sessel, lief zum Fenster. Sie umschlang ihren Körper, als würde es sie frösteln. Sie schluchzte.

Alex konnte nachempfinden, was sie in dem Moment durchmachen musste. Die ganzen Monate hatte sie ihren Vater dafür gehasst, dass er Reißaus genommen hatte. Sie hatte ihm die Schuld am Tod ihrer Mutter gegeben. Doch er wurde zu Unrecht von ihr beschuldigt.

„Kann ich ihn sehen?"

„Es ist besser, wenn Sie ihn in Erinnerung behalten, wie er war."

Die zerbrechlich wirkende Frau unterbrach Alexander. „Was genau haben diese Menschen ihm angetan?"

„Er weist Verletzungen auf, die darauf hindeuten, dass er geschlagen wurde. Aber das ist noch nicht einmal der Grund, warum ich Ihnen abraten würde, Ihren Vater noch einmal zu sehen." Alex blickte betroffen zu Boden, sah wieder auf. „Er ist seit zwei Wochen tot. Er lag im Freien. Tiere haben sich an ihm zu schaffen gemacht. Es ist kein schöner Anblick."

Die Tochter des Opfers nickte, starrte weiter aus dem Fenster. „Wann kann ich ihn beerdigen?"

Da war sie wieder, die Kälte.

„Es wird eine Weile dauern. Die Obduktion ist noch nicht abgeschlossen. Wir werden Sie informieren, sobald wir die Leiche Ihres Vaters freigeben können."

„Vielen Dank."

„Ich hätte noch eine Frage an Sie. War Ihr Vater religiös?"

Verdutzt schaute Lisa Miller Alexander an. „Er war Christ. Aber er ging nicht zur Kirche."

Alex hoffte inständig, dass sie nicht nachhaken würde, warum er diese Frage stellte. Er wüsste nicht, was er antworten sollte.

„Hör zu, Mitchell", forderte Alex seinen Kollegen am anderen Ende der Leitung auf. „Wir sitzen im Auto auf dem Weg ins Büro. Harris und ich brauchen länger. Es ist einiges los auf der Straße. Sucht derweil nach vermissten Personen aus dem DuPage County, die aufgrund einer

Erkrankung in einer Klinik in Behandlung waren. Lopez und King sollen sich mit den Kliniken in Verbindung setzen, in denen beide Opfer zum Schluss behandelt wurden. Sie sollen alles Mögliche in Erfahrung bringen. Wer hat sie zuletzt gesehen? Anna soll eine Pressekonferenz vorbereiten."

„Daniel, hast du in der Zwischenzeit etwas rausgefunden?" Alexander rieb sich die Augen. Massierte sich die Stirn. Am liebsten hätte er sich in sein Bett gelegt.

Mitchell fummelte an einem Stapel Papiere. „Ich bin alle vermissten Personen im DuPage County durchgegangen. Dabei habe ich das Augenmerk auf Personen gelegt, die aufgrund einer Krankheit behandelt wurden. Da gibt es verdammt viele, Alex." Er kratzte sich an der Stirn. „Doch ich konnte die Suche etwas eingrenzen. Bei einigen gibt es Gemeinsamkeiten."

„Welche?"

„Sie sind entweder auf dem Weg zum Arzt verschwunden, oder im Anschluss an den Termin. Ich habe drei weitere Kandidaten gefunden, bei denen das zutrifft."

„Das könnte bedeuten, er hat die Leichen derer schon entsorgt oder hält die Personen noch gefangen."

„Daran habe ich auch gedacht. Gregory Miller wurde elf Monate vermisst und Jake Hanson zehn Monate. Sie wurden in einem Abstand von circa zwei Wochen getötet. Eine der Vermissten ist Kim Newman, 34 Jahre, seit zwölf Monaten nach einem Arztbesuch spurlos verschwunden. Sie hatte Knochenkrebs. Mary White, 65 Jahre, von ihrem Mann vor sechs Monaten als vermisst gemeldet. Sie war bei einem Termin im ‚Addison-Hospital' in der Kardiologie. Scott Phillips, 40 Jahre, an einer chronisch obstruktiven Lungenerkrankung erkrankt. Kam vom Lungenfacharzt. Seit zwei Monaten verschollen. Wenn der Täter in der gleichen Reihenfolge tötet, wie er die Opfer entführt hat, dann wird Kim Newman bereits tot sein. Die anderen könnten noch am Leben sein."

„Danke, Mitchell, echt gute Arbeit." Alex wandte sich an King. „Was hast du für uns?"

„Simmerman hat die Todesursache bestätigt: Verbluten. Sie waren am Leben, als der kranke Typ die Organe entfernt hat. Beide wurden vorher massiv misshandelt. Hanson wies frische Hämatome auf. Miller welche, die ungefähr so alt waren wie sein Todeszeitpunkt. Beide haben einen kräftigen Schlag gegen den Kopf bekommen. Mit einem stumpfen Gegenstand. Das würde erklären, warum der Täter die Leichen ohne Probleme dort hinbringen konnte. Ich meine, die Männer waren kräftig und groß gebaut. Sie hätten sich wehren können. Simmerman hat keine Spuren von Gegenwehr finden können. Der Zustand der Leichen wies darauf hin, dass sie seit Monaten keine Dusche mehr gesehen haben. Abgesehen vom Dreck unter den Nägeln war die Haut verpilzt und schuppig. Die Genitalien waren wund, Haare fielen aus, Zähne waren verfault. Das spricht für eine lange Gefangenschaft. Außerdem wurde bei Hanson festgestellt, dass er eine Herzmuskel-Entzündung hatte, hervorgerufen durch Yersinia."

„Was ist das denn nun wieder?", fragte Herb.

„Das sind Erreger, die hauptsächlich zu bakteriellen Magen-Darm-Erkrankungen führen. Sie werden vom Tier auf den Menschen übertragen. Simmerman hat den Mageninhalt von Hanson untersucht. Die Opfer wurden mit rohem Fleisch versorgt. Normalerweise verschwinden die Infektionen nach ein paar Tagen wieder. Aber bei Jake Hanson haben sie sich am Herzmuskel niedergelassen. Auch im Blut konnte Simmerman sie nachweisen."

„Also gut." Alex bedankte sich bei King mit einem Nicken. „Wir haben einen Täter, der es auf Kranke abgesehen hat, sie monatelang gefangen hält und sie mit rohem Fleisch füttert. Er entfernt ihnen das Organ, das von der Krankheit betroffen ist und lässt sie im Anschluss verbluten. Wir wissen nicht, wann der Täter damit angefangen hat, aber wenn wir davon ausgehen, dass Kim Newman das erste Opfer war, begann es vor einem Jahr. Da könnte es einen Auslöser gegeben haben. Sollte der Täter wirklich für das Verschwinden der fünf Vermissten verantwortlich sein, steckt kein sexuelles Motiv dahinter. Er verschleppt sowohl Männer als auch Frauen. Es geht ihm um die Erkrankung. Bleibt die Frage, was die Botschaften zu bedeuten haben." Alex blickte ratlos in die Runde. „Okay, Anthony? Habt ihr zufällig schon etwas in der Rehaklinik und dem ‚Addison-Hospital' herausfinden können?"

„Wir sind dran. Nach der Besprechung fahren wir hin und durchforsten alle Mitarbeiter, die mit den Opfern zu tun hatten. Wir haben einen Beschluss erwirkt, dass man uns in alle Daten Einblick gewähren muss. Wir warten nur auf die schriftliche Erklärung."

„Okay, wir teilen uns auf. Herb und ich fahren ins ‚Addison-Hospital'. Lopez und King, ihr fahrt in die Reha. Mitchell, du schreibst bitte alles zu den potentiellen Opfern auf. Wo wurden sie behandelt? Dort müssen wir auch nachhaken. Anna, wie sieht es mit der Pressekonferenz aus?"

„Iceman hat sie für zwanzig Uhr angekündigt. Er möchte dich vorher in einer dringenden Angelegenheit sprechen. Er scheint sauer zu sein, weil er seit gestern versucht, dich zu erreichen."

„Ich rufe ihn gleich an. Anna, würdest du die Pressekonferenz übernehmen?" Er zeigte auf seine Verletzungen und grinste. „Ich sehe nicht so gut aus. Und ich spreche, als stecke ein Tampon in meinen Nasenlöchern."

Leises Gelächter zog durch den Raum.

Alexander ging in sein Büro. Der Ermittler wählte unter klopfendem Herzschlag die Nummer seines Vorgesetzten. Er konnte sich beim besten Willen nicht erklären, warum er ihn dringend sprechen wollte. Das machte ihn nervös. Jedes Gespräch war bisher immer eines der unangenehmen, bei dem Alexander eine Rüge kassierte.

Nach dem fünften Klingeln nahm Iceman ab. „Johnson, Sie ans Telefon zu bekommen, ist schwieriger als den Papst zu erreichen. Wann gedachten Sie, mich von dem Fall in Kenntnis zu setzen?"

„Bitte entschuldigen Sie, ich hatte bisher noch keine Zeit gefunden. Wir kommen in den Ermittlungen gut voran."

„Haben Sie einen Verdächtigen?"

„Nein, Sir. Das haben wir noch nicht."

„Dann kommen Sie nicht gut voran. Schießen Sie los, was muss ich wissen?"

Alexander berichtete dem Einheitschef die bisherigen Ermittlungsergebnisse.

„Und was wollen Sie der Presse sagen?"

„Die Presse hat eine Anfrage geschickt. Der feine Herr Anwalt, der Sohn von Mr. Archer, der die erste Leiche gefunden hat, hat mit der Presse geredet. Er war klug genug, nichts Konkretes zu verraten, hat an uns verwiesen. Wenn ich keine offizielle Meldung rausgebe, schreiben die, was sie wollen. Das möchte ich umgehen. Ich werde ihnen lediglich mitteilen, dass wir zwei Leichen gefunden haben und dass wir von einem Serienkiller ausgehen."

„Gut, einverstanden. Ich werde dabei sein."

„Mr. Iceman, wenn Sie erlauben, würde ich gern Anna sprechen lassen. Oder Sie bitten, zu übernehmen. Ich fahre mit dem Team in die Kliniken, in denen die Opfer behandelt wurden. Es könnte länger dauern." Seinen Unfall verschwieg der Sonderermittler.

Iceman zögerte. „Anna kann das übernehmen. Sagen Sie ihr, dass ich neben ihr stehen werde. Wie geht es Bennett?"

Nervös kratzte sich Alex über seinen Dreitagebart.

Als er nicht antwortete, fragte Iceman erneut. „Johnson? Wie geht es Ihrer Kollegin? Sie haben ihr doch von Jacob Bennett berichtet, oder?"

„Den Umständen entsprechend, Sir. Sie wird sich sicher wieder berappeln." Alex hielt die Luft an, in der Hoffnung, dass er damit eine weitere Nachfrage verhindern könnte.

„In Ordnung. Da wäre noch etwas, was ich mit Ihnen besprechen müsste. Das würde ich aber gern unter vier Augen tun. Melden Sie sich, wenn Sie etwas Luft haben." Er legte auf.

14

Emma stand auf, kam singend aus ihrem Zimmer, in ihrem violetten Nachthemd und den Hausschlappen, die an ihren Füßen aussahen wie ein riesiger Klumpen rosa Fell. Sie setzte sich an den Frühstückstisch.

Mary White gab ihr einen Kuss auf die Stirn. „Was möchte mein kleines Mädchen zum Frühstück?"

Emma verdrehte ihre Augen. „Mama! Ich bin kein kleines Mädchen mehr. Ich gehe in die erste Klasse."

„Ich weiß. Ich muss mich doch erst daran gewöhnen, dass ich jetzt schon ein großes Mädchen habe."

Das Kind kicherte. „Mama, darf ich heute Mittag mit Rose nach Hause laufen? Bitte. Ich passe gut auf."

Mary beäugte ihre Tochter. Sie war noch nicht bereit, ihre Tochter loszulassen.

Emma faltete ihre Hände vor der Brust. „Biiiitttttteeee!"

Mary schaute hilfesuchend zu ihrem Mann, der sich ein Lächeln nicht verkneifen konnte. „Ich halte das für eine ausgezeichnete Idee. Du könntest das Essen vorbereiten, hast keinen Druck sie abzuholen. Emma ist alt genug. Wir haben mit ihr geübt, auf was sie achten muss. Und sie ist nicht alleine."

Mary hatte damit gerechnet, dass er genauso wenig einverstanden war wie sie. Doch Mr. White konnte seiner Tochter keinen Wunsch abschlagen.

Mary seufzte. „Okay, wenn du unbedingt möchtest. Du versprichst mir aber, sofort nach Hause zu kommen. Keine Ausflüge! Und du beherzigst die Regeln, die wir dir für den Straßenverkehr beigebracht haben." Mary hob warnend ihren Zeigefinger.

Emma wirbelte hoch und sprang ihrer Mutter um den Hals. „Ich verspreche es." Sie streckte ihren Zeige- und Mittelfinger als V nach oben. Um dem ganzen Nachdruck zu verleihen, legte sie ihre linke Hand auf ihr wildklopfendes Herz.

15. Dezember 2016

Mary White kamen die Tränen. Die Erinnerungen an den letzten Tag mit ihrer Tochter ließen sie nicht los. Selbst hier nicht, in dieser Scheune. Mary hatte sich die Kopfhaut aufgekratzt, der Juckreiz brachte sie um den Verstand. Es roch nach ungepflegten Menschen, nach Urin, nach Kot. Man gewöhnte sich daran. Ihr Körper reagierte auf die mangelnde Hygiene. Unter ihren Achseln, am Hals und unter ihren Brüsten bildete sich ein Pilz. Die toten Hautschuppen klumpten, vermischten sich mit ihrem körpereigenen Fett, sodass sich die Haut an den Stellen braun verfärbte. Die Haut brannte.

Das schwere Tor öffnete sich. Der Raum erhellte sich für einen kurzen Augenblick, beleuchtete die dunklen, feuchten Ecken des Stalles. Mary Whites Atem stockte.

Ihr Herzschlag beschleunigte sich mit dem lauten Knall des Tores. Erneute Dunkelheit. Der bullige Typ kam schleppend in ihre Richtung, bäumte sich vor ihr auf. Mit seiner riesigen Pranke wischte er ihr die fettglänzenden Strähnen aus dem Gesicht. Mary zitterte, sie konnte nur seinen Umriss erkennen. Ihr Herz hämmerte gegen ihre Brust.

„Bist du bereit, Buße zu tun?"

Es wehte ein faulig riechender Atemzug in Marys Gesicht. Sie musste würgen.

„Ich habe nichts getan. Bitte, lassen Sie mich gehen. Ich bin nur eine alte, kranke Frau." Mary weinte.

„Ja, ja … Sprich dich frei, Mary. Du hast gesündigt."

Wieder der faulige Gestank, der sie aus ihren Gedanken riss. Der Mann fesselte ihre Hände, öffnete das Halsband und setzte sie auf den Stuhl in der Mitte des Raumes. Fesselte die Beine an den Stuhlbeinen. Er machte das Licht an. Sein schiefes Grinsen machte Mary wütend. Breitbeinig stellte er sich vor sie. In der rechten Hand eine Peitsche. Mary wusste, was auf sie zukam. Sie dachte an Jake und Gregory. Sie war sich sicher, dass beide tot waren. War sie die Nächste? Sie dachte an ihren Mann. Es würde ihm das Herz brechen. Nach dem Tod von Emma würde er nun auch seine geliebte Frau verlieren. Wie kann ein Mensch so etwas aushalten?

„Mary White! Du hast gesündigt!", faselte der Typ. „Du musst dich dazu bekennen. Bete zu Gott. Bete für dich. Bete für die anderen. Wenn du es ernst meinst, wird er Nachsicht haben."

„Was willst du von mir, du krankes Schwein?" Mary ruckelte an den Fesseln. Versuchte, sich zu befreien. Wollte ihm das Gesicht zerkratzen.

Der Mann holte aus. Der Peitschenhieb traf sie am linken Arm. Ihr Herz verkrampfte. Der brennende Schmerz war nicht das Schlimmste. Die Angst zu sterben war entsetzlicher. Als der Mann seinen Arm erneut hob, drehte sie ihren Kopf nach rechts, um wegzuschauen. Sie blickte in das verängstigte Gesicht von Scott. Mit seinem Mund formte er Worte. „Büße!" Mary begriff sofort. Was sollte sie büßen? Was hatte sie Falsches getan? Der zweite Schlag traf sie unvermittelt auf der Wange. Sie schrie auf. „Ich habe gesündigt. Ja, verdammt, ich habe gesündigt. Bitte, hör auf. Ich werde Buße tun. Was soll ich tun?"

Mitten in seiner Bewegung erstarrte er. Seine braunen Augen nahmen einen merkwürdigen Glanz an. Mary konnte sehen, wie es in seinem Kopf ratterte. Er senkte seinen Arm, ließ die Peitsche auf den Boden fallen. Marys Herz beruhigte sich. War es das, was er hören wollte? Der Blick des brummigen Typens verharrte auf der Frau. Unentschlossen. Mary bekam das Gefühl, dass er nicht damit gerechnet hatte. Sie schwitzte. Ein leises Gefühl der Hoffnung machte sich in ihr breit.

„Ma… Mary … du, du hast gesü…, du hast gesündigt? Was hast du getan? Sprich dich frei." Er leckte sich über die Lippen. Kratzte sich nervös an der rechten Schläfe. Trat von einem Fuß auf den anderen.

Mary schluckte, auf der Suche nach den richtigen Worten. Sie hatte Angst, es zu versauen. Sie hatte ihn aus dem Konzept gebracht. „Ja, ich habe gesündigt." Tränen stiegen ihr in die Augen. „Ich bin schuld am Tod meiner Tochter."

Mit aufgerissenen Augen ließ sich der bullige Mann auf den Boden fallen. Es gab einen lauten Knall, als der massige Körper mit Wucht auf dem Boden aufkam. Wie ein Haufen Elend saß er vor dem Stuhl, in dem Mary gefesselt war. Starrte sie an. Mit zitternden Händen wischte er sich den Schleim von der Nase.

Mary weinte. „Emma wurde von einem betrunkenen Autofahrer erfasst. Er hatte die Kontrolle über das Auto verloren. Er bretterte auf den Fußweg, auf dem Emma und ihre Freundin nach Hause liefen. Beide Mädchen waren auf der Stelle tot." Ein unglaublicher Schmerz in ihrer Brust durchfuhr sie. Sie schluchzte laut auf. „Ich bin schuld am Tod meiner Tochter, weil ich sie habe allein laufen lassen."

Nach unerträglichen Minuten des Schweigens erhob sich der Mann träge. „Bete! Bete zu Gott, dass er dir vergibt!"

Mary flehte zu Gott. Sie sprach, was er ihr auftrug. Doch in Gedanken bat sie darum, dass der Albtraum ein Ende nehmen würde.

Der Mann löste die Fesseln, schleifte Mary zu ihrem Platz. Durch ihr zertrümmertes Bein schoss ein stechender Schmerz. Er hängte sie zurück an das Halsband, ging wortlos zum Tor, löschte das Licht.

Mary brüllte: „Ich habe getan, was du verlangt hast. Lass mich gehen." Hysterisch riss sie an ihrem Halsband.

Ignorierte den Schmerz an ihrer Kehle. Panik breitete sich aus. Warum geht er?

Die unheimliche Stimme des Mannes ertönte, bevor er durch das Scheunentor verschwand: „Wenn du dein Gebet ernstgemeint hast, wirst du geheilt werden. Wenn du deine Untat geleugnet hast, wirst du keine Gnade erlangen."

„Was soll das bedeuten? Was meinst du damit? Wer bist du, verdammt nochmal?" Mary sackte zu Boden. Ihre Beine zitterten. Eine Woge der Übelkeit stieg in ihr empor. In diesem Moment begriff sie: Sie würde dort nicht heraus kommen. Sie würde sterben. Wie Gregory und Jake.

15

15. Dezember 2016

Alex rutschte nervös auf dem Beifahrersitz hin und her, hielt sich mit der rechten Hand am Dachgriff fest und massierte mit der linken seine Schläfe.

„Schmerzen?"

„Ja, alles gut. Ich habe eine Schmerztablette genommen."

„Sieht nicht aus, als würde sie wirken."

„Ich gehe nur die Fakten durch."

„Und dabei krallst du dich so am Dachgriff fest, dass sich deine Fingerkuppen schon weiß färben?"

Alex ließ reflexartig den Griff los. Erst jetzt bemerkte er das Kribbeln in seiner rechten Hand. Er öffnete und schloss sie ein paar Mal hintereinander, bis das Taubheitsgefühl nachließ.

„Du denkst nicht zufällig an Natalie?"

„Ich mache mir Sorgen um sie. Sie musste eine Menge einstecken."

„Natürlich."

Alex entging der ironische Unterton in Herbs Stimme nicht. „Ich würde mich genauso um dich sorgen. Was ich im Übrigen auch tue."

Herb nahm eine Rechtskurve zu schnell, sodass sein Heck ausbrach.

Alex griff wieder nach dem Dachgriff, um sich halten zu können. „Du weißt, dass wir Dezember haben? Dass Schnee liegt? Das ist dieses weiße Pulver, das du da auf der Straße siehst. Es ist bekannterweise rutschig."

„Ich habe alles im Griff, Alex. Lenk nicht vom Thema ab."

„Was für eins besprechen wir gerade? Warum du dich in letzter Zeit so merkwürdig benimmst?"

Nachdem Herb zweimal kräftig schluckte, drehte er das Radio laut. Im Takt trommelte er mit seinen Fingern zu ‚Can't Stop The Feeling!' von Justin Timberlake mit. „Du lenkst von dir ab. Ich benehme mich ganz normal. Du liebst sie, stimmt's?"

Alexander starrte Herb irritiert an. Seine Wangen röteten sich leicht, sein Herz pochte, sodass er es in seinen Ohren hören konnte, seine Hände wurden feucht. War das so offensichtlich? Gedanken rasten ihm durch den Kopf. Er überlegte krampfhaft, wie er sich verraten haben könnte. Er sprach in ruhigem Ton. „Natürlich liebe ich sie. Sie ist meine beste Freundin. Seit Jahren. Wie meine Schwester."

Herb grinste.

Alex verzichtete darauf, sich zu rechtfertigen. Er würde sich erst recht verdächtig machen.

„Keine Sorge. Ich sag es niemandem." Herb genoss den Augenblick. Er merkte, wie nervös Alex geworden war. Dabei fände er es nicht schlimm. Sie passten wunderbar zusammen. Im Team galten sie schon länger als Traumpaar. Sie hingen immer zusammen, jeder ahnte, dass es mehr zwischen den beiden war als Freundschaft.

„Da gibt es nichts zu sagen." Damit war das Thema für Alex erledigt.

Herb parkte sein goldbraunes, zerbeultes Auto auf dem Parkplatz vor dem Klinikgebäude in der West-Fullerton-Avenue in Addison. Alex betrachtete schweigend die Beule an der Beifahrertür, die ihm bisher noch nicht aufgefallen war.

Herb sah, wie Alex den Schaden betrachtete. „Die Laterne stand im Weg."

Alex schmunzelte. Herb war ein Chaot, in allen Lebensbereichen. Seine Art, wie er es herunterspielte, amüsierte Alexander.

„Chef, ich habe Hunger. Dort drüben ist ein Bistro. Wir sollten gestärkt in die Klinik gehen. Es wird sicher länger dauern."

Alex versuchte, sich zu erinnern, ob er heute schon etwas gegessen hatte. Das Frühstück am Morgen war wegen des Unfalls ausgefallen. Den Döner, den Anna besorgt hatte, hatten sie beide nicht angerührt. „Einverstanden."

Sie gingen in das Lokal und wählten einen Platz am Fenster. Herb bestellte zwei Sandwiches mit Bacon und Käse. Dazu einen Energydrink. Alex versuchte, in ein Sandwich mit Hähnchen zu beißen. Beim Öffnen des Mundes schmerzte seine Nase, sodass es ihm Tränen in die Augen trieb. Nach fünf Häppchen gab er auf. Es kam ihm gerade recht, dass sein Handy klingelte. „Mitchell, hast du etwas für uns?" Der Ermittler hörte aufmerksam zu, schluckte den letzten Happen hinunter, trank einen Schluck Kaffee. Als er auflegte, wandte er sich an seinen Partner, der gerade den Rest seines Sandwiches in den Mund schob. Alex' Magen knurrte bei dem Anblick. „Wir müssen los."

„Mitchell sagt, es gibt Parallelen bei den anderen Vermissten. Kim Newman und Scott Phillips wurden ebenfalls in der Rehabilitationsklinik im Edgewater-Drive behandelt. Mary White ist hier im Addison als Patientin bekannt."

„Das könnte bedeuten, dass der Mörder in einer der Kliniken arbeitet oder gearbeitet hat. Er muss ja Informationen über die Opfer haben. An welcher Krankheit sie leiden, wann die Termine waren."

„Aber er kann nicht an zwei Kliniken arbeiten. Es sei denn ..."

„Es sei denn, wir haben es mit mehreren Tätern zu tun."

Alex gefiel die Vorstellung nicht. Noch tappten sie im Dunkeln. Hatten wenige Anhaltspunkte. Das musste sich jedoch schleunigst ändern, wenn sie die anderen Opfer lebend finden wollten.

Die Sonderermittler meldeten sich an der Information des „Addison-Hospitals". Zehn Minuten später betraten sie das Büro des Krankenhausverwalters. Die Akten von Jake Hanson und Mary White lagen auf dem Schreibtisch. Dahinter saß ein Mann, Mitte vierzig. Sein missbilligender Blick verriet, dass er mit der Zusammenkunft nicht sonderlich einverstanden war. Neben ihm saß eine junge Frau. Alex schätzte sie auf Anfang dreißig. Ihr blondes Haar hatte sie streng nach hinten gebunden. Am Ansatz ihres Seitenscheitels erkannte man ihre natürliche Haarfarbe, die nur eine Nuance dunkler erschien. Die Frau fummelte am Knopf ihres weißen Arztkittels. Als die Sonderermittler auf sie zukamen, erhob sie sich und reichte ihnen die Hand.

„Ich habe Ihrem Arbeitskollegen erklärt, dass wir an die Schweigepflicht gebunden sind", eröffnete der Arzt das Gespräch. „Wir können Ihnen zu unseren Patienten keine Auskunft geben. Sie halten uns mit Ihrem Besuch davon ab, uns um Patienten zu kümmern."

„Uns ist Ihre Schweigepflicht durchaus bekannt, Dr. …" Alex blinzelte auf das Brustschild des Arztes, um den Namen zu erkennen. „… Hyde. Wir ermitteln in einem Mordfall. Wir haben selbstverständlich einen Beschluss." Alex reichte dem Klinikverwalter das Schreiben des Richters.

Dieser nahm sich Zeit, das Geschriebene zu überfliegen. Lächelnd schaute er auf. „Wir werden Ihnen helfen, soweit es uns möglich ist. Die beiden sind seit langem Patienten in unserer Klinik. Es macht einen fassungslos, dass sie Opfer eines Gewaltverbrechens geworden sind."

„Wir wissen das zu schätzen. Wir benötigen Informationen über das gesamte Personal, das mit Mary White und Jake Hanson in Verbindung stand. Pfleger, Ärzte, Reinigungskräfte."

Dr. Hyde schnaubte. „Sonst noch etwas? Wissen Sie, wie lange es dauert, das alles zu ermitteln?"

„Das ist mir bewusst. Wir haben aber nicht viel Zeit. Wir müssen davon ausgehen, dass es Opfer gibt, die noch am Leben sind."

„Super, dann sollten Sie nach denen suchen. Sie verschwenden Ihre Zeit. Wie Sie wissen, ist Jake Hanson auf dem Weg zu uns verschwunden. Wir haben ihn am Tag seiner Entführung gar nicht gesehen. Wie sollten wir Ihnen weiterhelfen?"

Alexander ignorierte die Sturheit des Mediziners. Er fragte sich, warum er sich so sträubte? War es nicht jedem Menschen daran gelegen, zu helfen, wenn es darum ging, einen Täter zu schnappen? Eventuell Menschenleben zu retten? „Haben Sie Jake Hanson und Mary White behandelt?"

Der Arzt verdrehte die Augen, atmete tief ein und ließ das Ausatmen extra laut erscheinen. „Ich bin der behandelnde Arzt von Jake Hanson. Er leidet … äh … litt an Morbus Chron. Sein Dickdarm war chronisch entzündet. Leider hat er sich nicht an die Ernährung gehalten, die wir ihm vorgeschlagen haben. Deshalb war er in letzter Zeit häufiger zu Besuch."

„Wer außer Ihnen hat ihn noch behandelt?"

„So ziemlich jeder von der Station 8A."

„Dann benötigen wir alle Namen."

Herb drehte sich zu der Ärztin, die stumm auf ihrem Stuhl saß. „Sie haben Mrs. White behandelt?"

Sie errötete. „Das ist richtig. Ich bin Assistenzärztin auf der Kardiologie. Ab und zu hatte ich Dienst, wenn Mrs. White da war. Meistens kam sie nur zur Kontrolle vorbei. Es ist schrecklich, dass sie vermisst wird."

„Auch von Ihnen benötigen wir alle Namen, die mit der Frau etwas zu tun hatten."

„Selbstverständlich."

„Ist Mary White an dem Tag zu ihrem Termin erschienen?"

„Ja, sie war da. Sie war glücklich, weil es in letzter Zeit nur wenige Herzattacken gab. Sie hatte ihr Leben komplett geändert. Hatte abgenommen, rauchte nicht mehr, trank kaum noch Alkohol. Dadurch ist sie einem Bypass entkommen."

„Waren Sie an dem Tag da?"

„Ja, ich hatte den Termin übernommen. Normalerweise kümmerte sich der Oberarzt um sie. Der wurde an diesem Tag aber im OP gebraucht."

„Gab es irgendwelche Auffälligkeiten an Mrs. White? War sie anders? Wirkte sie nervös, gehetzt?"

„Nein, sie verhielt sich normal. War fröhlich. Das war sie immer. Dieses strahlende Lächeln, das zauberte uns allen eins auf die Lippen. Obwohl sie viel in ihrem Leben durchgemacht hatte, war sie ein Sonnenschein. An dem Tag war sie besonders gut gelaunt. Sie hatte Hochzeitstag, wollte sich mit ihrem Mann im Lieblingsrestaurant treffen. Wie schrecklich muss das für den Mann gewesen sein. Erst verliert er seine Tochter und dann verschwindet seine Frau spurlos."

„Sind es immer die gleichen Pflegekräfte, die bei den ambulanten Terminen anwesend sind?"

„In der Regel. Der überwiegende Teil versorgt die Patienten, die stationär aufgenommen werden. Drei

Fachkräfte sind für die Ambulanz fest eingeteilt. Die Ambulanz ist von Montag bis Freitag von 8 bis 16 Uhr geöffnet. Wenn einer der drei krank ist oder Urlaub hat, helfen die anderen Kräfte aus."

„Mrs. White lag auch auf der Station?", hakte Alex ein.

„Zu Anfang häufiger. Dort hat man ihre koronare Herzkrankheit festgestellt."

Der Arzt rutschte mit dem Gesäß nach vorn, verschränkte die Arme und stöhnte. „Werde ich noch gebraucht?"

„Wir sind gleich fertig." An die Ärztin gewandt fuhr Alexander mit der Befragung fort. „An was können Sie sich noch erinnern?"

„Da war nichts Besonderes. Ich habe die Untersuchung durchgeführt, mit ihr den Therapieverlauf besprochen, ihr das Taxi gerufen. Dann ist sie gegangen."

„Und Ihnen, Dr. Hyde, ist auch nie etwas aufgefallen?"

„Nein. Wenn ich alle Patienten, die ich hier behandle, exakt beobachten würde, was sie für Stimmungsschwankungen haben, dann würde ich nie mit der Arbeit fertig werden. Nehmen Sie sich die Kopien der Akten mit, wenn Sie meinen, es hilft Ihnen irgendetwas. Ich werde jetzt auf Station gebraucht." Als hätte er es beschrien, alarmierte sein Pieper. Er warf einen Blick darauf, grinste und zuckte entschuldigend mit den Schultern. „Die Herren, viel Erfolg bei Ihrer Suche nach dem Täter."

Herb ballte die Hände, schüttelte den Kopf, behielt jedoch seine Gedanken für sich.

Die Ärztin blickte verlegen zu Boden. „Er hat viel Stress auf der Station."

„Sie müssen sich nicht für ihn entschuldigen", entgegnete Alexander. „Vielen Dank für Ihre Mitarbeit."

„Soll ich mir Ihre Nase noch einmal anschauen?"

„Das ist nicht nötig. Ich wurde bereits medizinisch versorgt. Haben Sie vielen Dank." Alexander notierte sich die letzten Gedanken in seinem Notizbuch, steckte die Akten ein und verabschiedete sich.

„So einem Pinsel muss man sein Leben anvertrauen", machte Herb Harris seinem Ärger Luft, als sie die Klinik verließen. „Hoffentlich arbeitet er nicht so lustlos, wie er redet."

Alex musste schmunzeln. Schmerz zog ihm über die Nase bis in die Stirn. „Hören wir mal, was die Kollegen rausgefunden haben."

Lopez nahm beim dritten Klingeln ab. „Nichts Nennenswertes, Chef. Philipps und Newman haben ihren Termin wahrgenommen, bevor sie verschwanden. Miller kam gar nicht erst an. Dem Personal ist nichts aufgefallen. Es wechselt ständig. Die Ärzte bleiben in der Regel die gleichen. Höchstens mal eine Vertretung."

„In Ordnung. Wir treffen uns im Büro. Dann gehen wir gemeinsam die Akten durch."

Als Alex und Herb in der West-Roosevelt-Road ankamen, liefen die Vorbereitungen für die Pressemitteilung. Einige der Journalisten warteten bereits vor dem Gebäude.

Alex lief zu Mitchell. „Ruf bitte die Angehörigen von Kim Newman, Mary White und Scott Phillips an. Bestell sie her. Wir sollten sie vor der Pressekonferenz aufklären. Ich möchte nicht, dass sie sich etwas zusammenreimen."

Er ging in sein Büro, legte den Kopf auf die Hände und schloss die Augen. Sein Schädel brummte. Er nahm sich eine weitere Paracetamoltablette und schluckte sie mit Cola hinunter.

„Du solltest eigentlich wissen, dass man mit Koffein keine Medikamente einnehmen sollte." Anna stand in der Tür.

Alex schreckte hoch. Die Nase donnerte gegen seinen Arm. „Au … verdammte Scheiße."

„Alex. O Gott, ich wollte dich nicht erschrecken. Geht's?"

„Schon gut. Geht gleich wieder. In meinem Fall würde ich behaupten, dass Cola das richtige Getränk ist. Es weitet meine Gefäße. Die Durchblutung wird besser. Damit auch die Kopfschmerzen. Wie weit bist du mit den Vorbereitungen?"

„Ich habe alles erledigt. Mit Iceman ist alles abgesprochen. Ich hatte danach etwas Zeit und habe eine Pause gemacht. Ich war bei Natalie."

Alex' Augen weiteten sich. Er räusperte sich. *Super, Johnson, offensichtlicher geht es wohl nicht?* „Und? Muss ich mir über irgendetwas Sorgen machen? Du hast ihr nichts über Jacob Bennet gesagt, oder?"

„Nein, das ist deine Aufgabe. Es wird langsam Zeit, dass sie es erfährt. Sie hat nämlich überraschenderweise gerade ihre Unbedenklichkeitsbescheinigung erhalten. Sie kann uns nun bei den Ermittlungen unterstützen."

„Sie darf es jetzt nicht erfahren. Nicht, bevor der Fall gelöst ist."

„Dann überlege dir, wie du sie an den Ermittlungen beteiligst, ohne dass sie viel Zeit mit dem Team verbringt. Irgendwann wird sie es von irgendwem erfahren. Wenn du sie wirklich gern hast, dann solltest du derjenige sein, der sie über die Machenschaften ihres Exmannes aufklärt."

Wortlos stierte er Anna an. Merkten es auch die anderen? Dass er Natalie liebte? Die Tatsache, dass ihn Herb zuvor darauf angesprochen hatte, beunruhigte ihn.

Auf dem Weg zum Fahrstuhl holte er sein Handy aus der Hosentasche und rief Natalie an. Sie nahm nicht ab. Ohne aufzuschauen, wählte er erneut. Dabei rempelte er eine Frau an, die vor Schreck sämtliche Akten aus der Hand fallen ließ. Alex ignorierte sie. „Nimm schon ab!", plärrte er ins Handy.

„Entschuldigen Sie mal, Mister. Vielleicht sollten Sie Ihre Augen öffnen und schauen, wo Sie lang laufen."

Verdutzt blickte Alex in die Augen der Dame mittleren Alters. Ihre Brille hing ihr auf der Nase. Alex konnte nie verstehen, warum Menschen ihre Brillen nicht ordentlich aufsetzten. Wozu brauchten sie eine, wenn sie doch sowieso nicht hindurch schauten? Er sah auf den Boden, sah die verstreuten Akten. „Verzeihen Sie, bitte. Ich habe einen wichtigen Fall und war wohl mit den Gedanken woanders. Ich helfe Ihnen beim Aufheben." Sein Handy klingelte. Natalie.

Die Frau blickte in sein entschuldigendes Gesicht. „Nun gehen Sie ran. Ich mach das schon."

Er warf der Frau einen Handkuss zu, als er in den Fahrstuhl stieg. Ihr Gesicht färbte sich rot, sie musste grinsen.

„Natalie. Ich brauche dich! Aber nicht hier im Büro."

„Was meinst du damit?"

„Ich brauche dich bei dem Fall. Es ist wichtig. Wir kommen nicht weiter."

„Du weißt, dass ich wieder diensttauglich geschrieben wurde." Ihre Worte klangen genervt. „Ich kann auch ins Büro kommen, dann werde ich ja alles Wichtige erfahren."

„Du sollst nur die ganzen Akten mit durchsehen. Das kannst du auch daheim tun. Du solltest dich lieber noch ein bisschen schonen."

„Na, schönen Dank. Du klingst nicht so, als wenn du mich gerne wieder im Team hättest."

„Bei den Außeneinsätzen bist du sowieso erst mal raus, da begleitet mich Herb."

„Und was soll ich dann bitte zu dem Fall beitragen?"

„Nur die Akten durchsehen. Du bist unsere beste Spürnase. Biiitte."

„Also, gut."

Alex' Herz machte einen Aussetzer. Erleichtert atmete er aus. „Ich bringe dir morgen früh die Akten und unterrichte dich über den Fall. Ist das in Ordnung?"

„Bis morgen." Natalie legte auf.

Ihre Stimme klang frostig, aber er wusste, dass sie glücklich war, mit ermitteln zu dürfen. Hauptsache, er konnte sie vorerst davon abhalten, ins Büro und zu den Außeneinsätzen zu kommen. Morgen würde er sie endlich wiedersehen. Er war aufgeregt. Eine innere Zufriedenheit machte sich in ihm breit.

Die Pressekonferenz dauerte eine Stunde. Die Journalisten quasselten wild durcheinander. Jeder wollte Fragen beantwortet haben. Anna wirkte ruhig, doch ihre Hände verkrampften sich. Vor jeder Frage schluckte sie kräftig. Ein dicker Kloß hing ihr in der Kehle, der hartnäckig blieb.

„Sind die beiden vom gleichen Täter ermordet worden?"

„Wir gehen davon aus."

„Sie sprechen also von einem Serienkiller?"

„Zu diesem Zeitpunkt gehen wir davon aus. Die Todesursache ist in beiden Fällen ähnlich."

„Wie ist seine Handschrift?"

„Wie bitte?"

„Ein Serienkiller hat doch eine Handschrift?"

„Dazu gebe ich keine Auskunft, um die Ermittlungen nicht zu gefährden. Im Moment haben wir lediglich zwei Opfer, die laut Gerichtsmediziner auf gleiche Art ermordet wurden. Die Untersuchungen dauern noch an."

„Haben Sie eine Spur?"

„Wir gehen einigen Hinweisen nach. Mehr erfahren Sie zu gegebenem Zeitpunkt. Sonst besteht die Gefahr, dass es Nachahmer geben könnte, wenn zu viele Informationen an die Öffentlichkeit gelangen."

„Muss sich die Bevölkerung Sorgen machen?"

„Wir möchten die Menschen bitten, vorsichtig zu sein. Vertrauen Sie keinem Fremden blind. Halten Sie die Augen offen und melden Sie sich bei der Polizei, sobald Ihnen etwas verdächtig vorkommt."

Anna Hall ignorierte weitere Fragen. Die Pressemitteilung fand nur statt, um die Bevölkerung zu informieren, bevor die Presse ihre eigene Version veröffentlichen würde. Aus Erfahrung waren deren Versionen nicht der Wahrheit entsprechend und versetzten die Menschen nicht selten in Panik. Dass die Ermittler davon ausgingen, dass es weitere Opfer gab, behielt Anna für sich. Sie verließ das Pult mit hochrotem Kopf.

16

„Guten Morgen, Joseph. Wie geht es dir heute?" Der Junge wirkte nicht mehr so schlapp, seine Wangen zeigten mehr Farbe.

„Wieder gut." Er grinste. Freute sich, die Ärztin vom Vortag zu sehen. Sie war lieb, nahm ihn in die Arme, wenn er traurig war. Etwas, das seine Mutter nur selten machte. „Hast du meinen Bruder wieder zurückgeholt?"

Die Ärztin ließ ihre Schultern sinken, seufzte, setzte sich zu dem Jungen aufs Bett.

„Ich kann ihn nicht zurückholen. Er ist gestorben. Er ist jetzt im Himmel. Aber er wird von da oben auf dich aufpassen. Du kannst ihn nicht sehen, doch er kann dich sehen."

Josephs Augen füllten sich mit Tränen. „Aber ich hab ihn doch gestern gesehen."

Wie sollte sie einem fünfjährigen Kind erklären, dass er gestern selbst fast gestorben wäre, dass sein Bruder nur eine Illusion gewesen war? „Du hast ganz tief geschlafen und nur von ihm geträumt. Manchmal sind Träume so echt, dass man nicht glauben kann, dass sie nicht wahr sind."

Der Junge nickte. Seine Augen sahen traurig aus.

Es klopfte an der Tür. Dr. Edwards betrat das Zimmer. Er lächelte den Jungen an. „Unser Batman sieht wieder ganz fit aus."

Joseph grinste. Batman war sein Held. Er wollte immer so sein wie er.

„Nun wollen wir dich mal untersuchen."

Geduldig ließ Joseph alle Untersuchungen über sich ergehen.

„Nun frühstücke erst einmal in Ruhe, damit du stark wirst. Ich nehme die Ärztin kurz mit, damit sie sich noch andere Patienten anschauen kann."

Vor der Tür änderte sich das freundliche Gesicht des Kardiologen zu einer ernsten Miene.

„Alles in Ordnung, Dr. Edwards?"

„Ich habe die Ergebnisse des toxikologischen Gutachtens aus der Gerichtsmedizin erhalten. Kam etwas bei Josephs Blutentnahme heraus?"

„Alles negativ. Keine Opiate, keine Amphetamine, keine Barbiturate. Kein Alkohol und auch sonst keine giftigen Substanzen. Ich hätte schwören können, dass sie ihm was anderes spritzt als Vitamine. Diese Frau ist in meinen Augen hochgradig auffällig."

„Ich hatte gestern so einen Gedanken, da ich genauso denke wie Sie. Zwei Brüder, die mit der gleichen Symptomatik eingeliefert werden. Es sich aber nicht erklären lässt. Der verlangsamte Herzschlag, der Schockzustand. Die Mutter ist Krankenschwester. Ich habe an Ajmalin gedacht. Das wird zur Behandlung von Herzrhythmusstörungen eingesetzt. Wenn man es zu schnell spritzt, eine Überdosis oder einem gesunden Menschen, dann kommt es innerhalb weniger Minuten zu einem Kreislaufzusammenbruch."

„Du meine Güte. Aber ich konnte nichts nachweisen."

„Das konnten Sie nicht. Ajmalin wird vom Körper abgebaut. Spätestens nach zwei Tagen hat er es komplett verstoffwechselt. Je nachdem was für eine Dosis sie ihm gespritzt hat, hat der Körper es bereits abgebaut."

„Haben Sie was bei Andrew Fisher gefunden?"

„Ja. Der Wirkstoff bleibt im Gewebe nachweisbar, wenn der Patient stirbt. Mein Gott, die Jungs waren so oft hier. Ich habe nichts gemerkt." Dem Arzt standen die Schweißperlen auf der Stirn. Ihm war bewusst, er hätte den Jungen retten können, wenn er eher darauf gekommen wäre. Immer hatte er die Mutter für zu überfürsorglich gehalten. Niemals hätte er geglaubt, dass sie zu so etwas fähig wäre. Sein Herz raste. Wie sollte er mit diesem Wissen weiterleben? Mit zittriger Hand strich er über sein Kinn.

Die Ärztin bemerkte die Selbstzweifel des Kollegen. „Sie hat Andrew eine Überdosis gespritzt? Dann hat sie ihn getötet. Sie ist vom Fach. Sie wusste, was sie da tat. Es war vorsätzlich." Ihr war bewusst, dass sie es nicht schaffen würde, ihn zu beruhigen. „Dr. Edwards. Tun Sie sich das nicht an. Es ist nicht Ihre Schuld. Das kann keiner ahnen. Wer glaubt denn, dass eine Mutter zu so etwas fähig sein kann?"

„Wir sollten die Polizei alarmieren. Ich kümmere mich darum. Sehen Sie bitte zu, dass das Kind nicht aus den Augen gelassen wird."

Wie gerufen bog die Mutter um die Ecke.

„Guten Morgen, Mrs. Fischer."

„Guten Morgen, Dr. Edwards. Können Sie mir heute eine Ursache für Josephs Attacke nennen?"

Der Arzt schluckte. Bis er die Polizei gerufen hatte, mussten sie die Frau in Sicherheit wiegen. Die junge Ärztin wirkte nervös. Sie hatte kaum Erfahrung. Er wollte verhindern, dass sie zu auffällig handelte. „Ich beantworte Ihnen gleich alle Fragen, Mrs. Fisher. Frau Doktor, ich kümmere mich um Mrs. Fisher und Joseph, Sie können in der Zwischenzeit die Berichte anfertigen." Dr. Edwards sah sie eindringlich an. Sie begriff seinen Blick und lief ins Arztzimmer.

„Wir haben noch keine Ursache gefunden", erklärte Dr. Edwards. „Es ist uns ein Rätsel. Glauben Sie, die Dosis der Vitamine stimmt noch?"

„Selbstverständlich. Ich habe sie immer angepasst. Ich nehme Joseph wieder mit nach Hause. Er erholt sich besser, wenn er in seinem Umfeld ist."

„Ich würde Ihnen abraten, ihn mitzunehmen. Wir haben gestern gesehen, wie schlimm das enden kann. Ich möchte ihn noch einmal gründlich auf den Kopf stellen."

„Vielleicht ist es besser, wenn ich ihn einem anderen Arzt vorstelle. Wir kommen hier nicht weiter."

„Das ist natürlich Ihr gutes Recht. Ich könnte die Verlegung in eine andere Klinik veranlassen." Dr. Edwards wollte Zeit schinden, hoffte inständig, dass die Ärztin seinen Blick deuten konnte. „Ich würde gern vorher noch ein EKG schreiben. Damit wir sicher gehen können, dass er für eine Verlegung stabil genug ist."

Widerwillig stimmte die Mutter zu. „Ich warte im Zimmer auf Sie."

Der Kardiologe sah einen kurz aufflammenden Glanz in ihren Augen, der ihre Skepsis verriet.

Dr. Edwards atmete hörbar aus, als zwei Polizeibeamte die Station betraten. Dabei hatte er den Blick nicht von der Zimmertür genommen. Kurz berichtete er den Beamten den Vorfall, bevor sie das Krankenzimmer betraten.

„Guten Tag, Mrs. Fisher", begrüßte einer der Polizisten die Frau.

„Polizei? Was soll das?"

„Mein Name ist …"

„Das interessiert mich herzlich wenig, wie Sie heißen. Dr. Edwards, was soll das? Brauchen Sie bei einem EKG die Hilfe der Polizei?"

„Mrs. Fisher, wir haben Grund zu der Annahme, dass Sie Ihre Söhne mit dem Wirkstoff Ajmalin versorgt haben. Bei der Obduktion von Andrew haben wir den Wirkstoff in einer tödlichen Dosis vorgefunden. Ich habe die Polizei darüber informiert."

Die Mutter wurde kreidebleich. Ihr Mund stand offen, sie funkelte den Arzt mit zornigem Blick an.

„Möchten Sie etwas dazu sagen?", fragte einer der Polizisten, der ein wenig lispelte.

Die Frau hielt den Blick auf den Arzt gerichtet. Unter ihren Achseln bildeten sich Schweißflecken. Obwohl man ihr die Nervosität ansah, sprach sie gefestigt. „Es ist Unsinn. Ich habe meinen Söhnen lediglich ein paar

Vitamine gespritzt. Wahrscheinlich möchte der Herr von seiner Schuld ablenken. Haben Sie vielleicht gestern das falsche Medikament gespritzt, sodass mein Junge gestorben ist?"

„Mrs. Fisher. Ihr Sohn kam schon mit einem Herzstillstand an. Ebenso wie Joseph. Wie lange machen Sie das schon?"

Mrs. Fisher schrie hysterisch, schlug auf den Arzt ein. Die Polizeibeamten nahmen ihr die Arme auf den Rücken und legten Handschellen an.

„Ich liebe meine Söhne", schrie sie. „Niemals würde ich ihnen etwas antun. Lassen Sie mich los."

Joseph presste die Hände an seine Ohren und kniff seine Augen zusammen. Sein Gesicht versteckte er an der Brust der Ärztin. Sie streichelte dem Jungen übers Haar, wog ihn vorsichtig hin und her. Tränen stiegen ihr in die Augen. Was sollte nun aus dem Jungen werden?

Die Mutter trat um sich. Einer der Polizeibeamten streckte sie zu Boden, kniete mit einem Bein auf ihr, um sie halten zu können. Wütend versuchte die Mutter, sich aus der Umklammerung zu befreien. Nach einigen Minuten ließen ihre Kräfte nach. Sie seufzte, legte den Kopf ab und blieb reglos liegen.

„Kann ich Sie jetzt aufstellen, ohne dass Sie ausrasten?"

Mrs. Fisher nickte. Der Beamte half ihr auf, stellte sie an die Wand, um sie besser unter Kontrolle halten zu können.

„Mrs. Fisher, möchten Sie etwas zu den Vorwürfen sagen? Ich belehre Sie, …"

„Ach, sparen Sie sich Ihr Gerede. Ich weiß, was Sie sagen wollen. Ich habe nichts getan. Sie brauchen mich nicht zu belehren. Ich möchte meinen Anwalt sprechen. Dr. Edwards? Das werden Sie bitter bereuen. Dafür sorge ich. Sie alle hier werden das bereuen."

„Wie Sie wollen. Wir nehmen Sie mit. Auf der Wache können Sie Ihren Anwalt informieren. Wir haben das Jugendamt informiert, die werden sich um Ihren Sohn kümmern." Der Beamte führte die Frau zur Tür hinaus.

Bevor die Mutter das Zimmer verließ, drehte sie sich zu ihrem Sohn. „Siehst du, Joseph, was passiert, wenn man nicht artig ist? Sünden haben immer ihre Konsequenzen. Jetzt kommst du in ein Kinderheim. Ich habe euch gewarnt."

Joseph schaute ihr in die Augen. Sie blitzten eiskalt. Eine Träne kullerte seine Wange hinunter.

17

16. Dezember 2016

Maddie Parker wirbelte durch die Küche in der South-Kenilworth-Avenue in Elmhurst. Ihr Magen knurrte. Sie musste lachen. „Entschuldige, ich habe ganz vergessen, dir etwas zu essen zu geben."

Wahnsinnige Aufregung machte sich in ihr breit, vor dem großen Auftritt mit ihrer Band, ein Weihnachtskonzert. Seit drei Jahren spielte sie das Schlagzeug. Sie ging zum Kühlschrank, holte sich zwei Scheiben Toastbrot heraus und legte sie in Milch ein. In der Zwischenzeit zog sie sich ihre enge Jeanshose an, die an den Knien zwei große Löcher hatten. Maddie fand das schick, ihre Mutter würde jedoch schimpfen, wenn sie sehen würde, dass sie im Winter mit der zerlöcherten Hose herumspazierte. Weil Maddie das Schicksal nicht herausfordern wollte, ihr bewusst war, dass eine Erkältung alles andere als gut für sie wäre, zog sie sich eine schwarze Thermoleggings darunter. Sie wählte ein violett-glitzerndes Paillettenoberteil und zog es sich über. Ihre langen blonden Haare ließ sie offen. Sie fand es schick, wenn sie unter der Mütze hervorlugten. Sie setzte sich an den Tisch, nahm ihr Toastbrot und schrieb ihrer Freundin eine WhatsApp.

„Ich fahre in einer halben Stunde los. Was ziehst du an?"

Sie sah, dass Tyra sofort online war und ihr antwortete.

„Eine Jeans und einen diiiiccken Pullover. Es ist saukalt."

Maddie lachte. Das drückte sie mit einem der lachenden Emoticons aus. „Ich glaube, ich brauche heute länger für den Weg. Versuche es trotzdem mit dem Fahrrad. Zur Not muss ich es durch den Schnee schieben."

„LOL"

„Wir sehen uns gleich. Danke, dass du mitkommst. HDL"

„Selbstverständlich. HDAL"

Tyra saß vor der Klinik, wartete auf ihre Freundin. Maddie war spät dran. Normalerweise war sie penibel pünktlich. Selbst konnte sie es nicht leiden, wenn jemand zu spät zu einer Verabredung kam. Tyra war da anders, hatte prinzipiell ein Problem mit ihrem Zeitmanagement. Damit konnte sie Maddie auf die Palme bringen. Unruhig stand Tyra von der Mauer auf, bewegte sich, um sich warm zu halten. Der Termin war um neun Uhr. Fünf Minuten zu spät. Sie nahm ihr Handy und wählte Maddies Nummer. Es sprang der Anrufbeantworter an.

Hey Friends, ich bin gerade beim Arzt, bei der Probe oder in der Schule. Lasst mir eine Nachricht da, ich melde mich später.

Tyra wusste, dass nichts von dem zutraf. Sie wunderte sich, denn Maddie hatte das Handy immer bei sich. Sie kannte auch nicht von ihr, dass sie nicht sofort ranging. Sie wartete noch weitere zehn Minuten. Als ihre Freundin nicht kam, ging sie in das Klinikgebäude und meldete sich bei der Aufnahme der Nephrologie.

„Entschuldigen Sie, bitte. Ich bin Tyra, die Freundin von Maddie Parker. Ich sollte sie heute zu ihrem Termin begleiten. Ich habe sie draußen wohl verpasst."

„Tut mir leid. Wir warten genauso auf das Mädchen. Ihr Termin war vor einer viertel Stunde. Hast du einmal versucht, sie anzurufen?"

„Ja, sie nimmt nicht ab. Ich mache mir Sorgen, sie hat es nicht weit von zu Hause. Sie müsste längst da sein."

„Könnte sie den Termin vergessen haben?"

„Nein, wir haben vorhin noch geschrieben, dass wir uns treffen. Sie hat sich bedankt, dass ich mit ihr komme. Sie wollte dann aufbrechen. Ich hoffe, mit ihr ist alles in Ordnung."

Die Krankenschwester versuchte, Tyra zu beruhigen. Nachdem weitere zehn Minuten vergangen waren und Maddie nicht zu erreichen war, wählte sie die Nummer der Zahnarztpraxis ihrer Eltern. Eine Frauenstimme meldete sich. „Zahnarztpraxis Mr. und Mrs. Dr. Parker. Was kann ich für Sie tun?"

„Hier ist die Elmhurst-Klinik, Abteilung Nephrologie, Brown mein Name. Ich müsste bitte mit einem der Parkers sprechen."

Die junge Dame bat um einen kurzen Moment.

Nach ein paar Sekunden meldete sich Mrs. Parker. „Mrs. Brown, ist etwas nicht in Ordnung?" Der Mutter standen die Schweißperlen auf der Stirn. Wurde ihr Albtraum wahr? Wurde ein neuer Tumor entdeckt? Ihre rechte Hand zitterte. Sie konnte den Hörer nur mit Mühe halten. Sie hatte solch eine Angst vor diesem Moment. Tränen stiegen ihr in die Augen.

Ihr Mann kam mit einem seiner Patienten aus dem Behandlungszimmer, sah das kreidebleiche Gesicht seiner Frau.

Sie formte mit dem Mund das Wort „Klinik".

„Ich rufe an, weil Maddie nicht zu ihrem Termin erschienen ist. Ich habe hier ihre Freundin sitzen, die sich Sorgen macht. Sie waren hier verabredet."

„Wie bitte? Kann ich Tyra sprechen?"

Das Mädchen meldete sich mit brüchiger Stimme. „Mrs. Parker, Maddie ist nicht gekommen. Sie hatte mir geschrieben, dass sie gleich losfährt. Ich warte hier schon seit fünfundvierzig Minuten."

Mrs. Parker wurde noch bleicher. Zwar war es keine Hiobsbotschaft aus medizinischer Sicht, aber diese Nachricht war nicht weniger beunruhigend. Maddie war verlässlich. Sie legte auf, erzählte ihrem Mann, was passiert war. Sie bat ihn, ihre drei Patienten zu übernehmen, und fuhr nach Hause. Ihr Weg hatte fünfzehn Minuten. Nervös betrat sie das Haus, hatte Angst davor, was sie darin entdecken würde. Die Tür war abgeschlossen. Das hieß, Maddie hatte es verlassen. Sie rannte durch die Wohnräume, rief nach dem Mädchen, bekam keine Antwort. Sie sah das Geschirr vom Frühstück in der Spüle. Sie lief zur Doppelgarage. Das Fahrrad ihrer Tochter stand nicht an ihrem Platz. Maddie war also losgefahren. Unfall, schoss es ihr durch den Kopf. Sie war heute morgen nicht einverstanden gewesen, dass Maddie im Schnee mit dem Fahrrad fahren wollte. Doch wie Teenager nun einmal waren, hatte sie ihren eigenen Kopf. Sie hastete nach draußen, verlor den Halt und rutschte auf der Steintreppe aus. Mit dem Gesäß landete sie im Schnee. Ein Nachbar, der gerade den Weg vor der Einfahrt freiräumte, eilte zu ihr. „Um Gottes willen. Haben Sie sich verletzt?"

„Nein, es geht schon. Haben Sie meine Tochter gesehen?"

„Sie ist vorhin mit dem Fahrrad losgefahren. Ich habe noch gedacht, herrje, bei dem Wetter. Sie sind ja ganz aufgelöst. Ist etwas passiert?"

„Maddie ist verschwunden." Sie stand auf, rannte zu ihrem Wagen, der noch angeschaltet war. Langsam fuhr sie die Strecke ab, die Maddie mit dem Fahrrad genommen hätte. Als sie auf die Marion-Street abbog, sah sie das leuchtende Neongrün des Fahrrads. Sie hielt an, eilte auf den Gehweg. Sie hob den grauen Handschuh auf, der Maddie gehörte und neben dem Rad lag. Ihr blieb das Herz stehen. Geschockt stand sie in der Marion-Street, brüllte aus ganzer Leibeskraft. „MADDIE! MADDIE!" Sie rannte hin und her. Schaute hinter Gartenzäune. Versuchte, Maddie erneut auf dem Handy zu erreichen. Hinter ihr ertönte das Lied „Work" von Rihanna. Der Klingelton ihrer Tochter. Ein eiskalter Schauer lief ihr über den Rücken. Das Handy, versunken im Schnee. Von dem Mädchen keine Spur. Sie schrie, schrie um Hilfe. Erschöpft ließ sie sich fallen. Hilfesuchend sah sie über die Straße. Hielt verzweifelt Ausschau nach Maddie. Eine

Passantin eilte zu ihr, hielt die am Boden liegende Frau, die wimmernd berichtete. „Ich rufe die Polizei. Wir werden Ihre Tochter finden."

18

Als Natalie die Tür öffnete, wunderte er sich, wie frisch sie aussah. Sie hatte sich zurechtgemacht. Ihre Wimpern hatte sie getuscht, auf dem Mund einen rosafarbenen Lippenstift aufgetragen. Die Haare fielen locker auf ihre Schultern. Sie musste sich die Haare nach der langen Bettliegezeit in der Klinik abschneiden lassen, da sie verknotet und filzig waren. Alex gefiel der neue Haarschnitt. Es ließ Natalie nicht so streng wirken.

„Was ist mit deiner Nase passiert?" Sie setzte eine besorgte Miene auf.

Alex winkte ab und ging an Natalie vorbei. „Ich hatte einen kleinen Unfall. Nicht tragisch."

„Johnson. Was ist passiert?"

„Ich bin in der Dusche ausgerutscht. Und mit dem Gesicht auf das Waschbecken geknallt."

„Okaaay ... Manche Leute lassen sich anschießen, du schaffst es auch, dich außer Gefecht zu setzen, ohne Mitwirkung anderer, ja?"

Er grinste. „Ganz schön schnippisch heute."

„Zumindest bleibt dir der Besuch beim Psychologen erspart, oder gilt das als Dienstunfall?"

Alex sah sie herausfordernd an. Er liebte ihre sarkastische Art. Selbstsicher und einfach nur umwerfend. Am liebsten hätte er sie sofort an sich gezogen und sie geküsst.

„Komm in die Küche!"

Auf der Spüle stand eine leere Whiskyflasche. Sein Herz setzte aus. Eine unerträgliche Hitze stieg in ihm auf. Er schluckte. Hatte sie sich etwa deshalb so hergerichtet? Damit Alex nicht erkennen würde, in welcher Verfassung sie war?

Natalie bemerkte, dass er die Flasche anstierte. „Keine Sorge, ich hab nichts angerührt. Ich hab sie in den Abfluss gekippt."

„Du hast es in Erwägung gezogen?"

„Mensch, Alex. Ja, das habe ich. Ich wollte mich besaufen, wollte mich betäuben. Zufrieden? Ich habe es mir aber anders überlegt."

„Das ist gut." Alex schluckte. Es stand schlimm um sie. In dieser Verfassung durfte sie nicht erfahren, was ihr Exmann getan hatte. Um die Anspannung nicht explodieren zu lassen, hob er die Akten hoch. „Wir haben zwei Leichen. Beiden wurde bei lebendigem Leibe ein Organ entnommen. Dem ersten Opfer der Darm, dem zweiten die Leber. An beiden hing eine Botschaft: Gott hat nicht vergeben. Er hat seine Missetaten geleugnet. Die entfernten Organe waren Grund einer Erkrankung bei den Opfern. Sie wurden über Monate festgehalten, waren massiver Folter ausgesetzt. Beide verschwanden vor oder nach einem Arztbesuch. Mitchell hat herausgefunden, dass es noch drei weitere Vermisste im DuPage

County gibt. Ebenfalls erkrankt, ebenfalls auf dem Weg zum Arzt oder auf dem Heimweg nach einem Arzttermin verschwunden. Wir waren in den Kliniken. Ich habe dir eine Liste hinzugepackt, mit allen Pflegepersonen und Ärzten, die die Opfer betreut haben. Wir haben bisher keine Parallelen gefunden. Jetzt hoffen wir auf dich."

„Meinst du, es hat einen religiösen Hintergrund?"

Alex zuckte mit den Schultern. „Es könnte sein. Seine Botschaft klingt nach einer Strafe. Es soll aussehen, als würde Gott die Opfer mit dem Tod bestrafen."

„Das ist krank."

„Das ist es."

„Möchtest du einen Kaffee?" Natalie schlug einen freundlicheren Ton an.

„Sehr gerne."

Sie stand auf, schaltete ihren Kaffeevollautomaten an, machte Alex einen Kaffee und sich selbst einen Latte macchiato. Während das heiße Getränk in die Tasse plätscherte, sah sie ihm in die Augen. Sie verspürte den Drang, ihn in die Arme zu schließen. „Hast du heute schon gegessen?"

„Ich habe es versucht."

Sie musste grinsen. „Ich hab da genau das Richtige für dich. Kartoffelbreiauflauf mit Hackfleisch, Paprika und Schafskäse. Reste von gestern. Da musst du nichts kauen. Ich mache dir etwas warm."

Alexander hatte eigentlich keinen Hunger, lehnte aber nicht ab. Er war froh, dass Natalie mild gestimmt war. „Danke, das ist eine wunderbare Idee."

Natalie reichte ihm das Essen, stellte sich ans Fenster. Sie beobachtete den blinkenden Weihnachtsmann, der an der Tür ihrer Nachbarn hing. Sie malte sich aus, wie sie dort mit Liam auf dem Arm stehen würde, er fröhlich jauchzend das Blinken beobachten würde. „Ich werde mich sofort dran setzen. Ich lese mir zunächst die Akten durch."

„Können wir bei Gelegenheit mal … reden?"

„Worüber?"

Er rang nach Worten. Das Klingeln seines Handys durchbrach die Stille. Als er auflegte, blickte er Natalie tief in die Augen. „Ich muss leider los. Wir haben ein vermisstes Kind. Maddie Parker, zwölf Jahre. Auf dem Weg zum Arzt verschwunden."

„Ich komme zurecht. Ich werde mit der Arbeit beginnen. So wie es klingt, dürfen wir keine Zeit verlieren."

„Soll ich dir Anna schicken?"

„Schon gut. Mach dir keine Sorgen."

Alex stürmte aus Natalies Haus. Auf einer der zwei Stufen vor der Eingangstür rutschte er aus. Mit dem Gesäß landete er auf der oberen Treppenstufe, rutschte die nachfolgende hinunter und landete liegend auf dem kalten, schneebedeckten Boden.

„Bist du in Ordnung?", rief Natalie entsetzt.

Alex verfluchte sich selbst. Jedes Mal vergaß er die Treppenstufen. Schon einmal hatte er sich den rechten Knöchel verstaucht, als er unachtsam aus dem Haus gestürzt war. „Wollte nur schauen, ob die Stufen noch da sind."

Natalie verkniff sich ein Lachen, noch konnte sie nicht erkennen, ob er sich ernsthaft verletzt hatte.

Alex stand auf, zwinkerte ihr zu, klopfte sich den Schnee von seiner Jeans und lief zu seinem Yukon. „Im Übrigen ist alles in bester Ordnung mit deinen Stufen." Er streckte seinen rechten Daumen in die Luft. „Ein bisschen glatt."

„Du solltest dir lieber jemanden suchen, der auf dich aufpasst. Mir scheint, als würdest du dich in letzter Zeit nur verletzen."

Alex erwiderte nichts. Grinsend stieg er in seinen Wagen, startete den Motor, wählte die Nummer von Herb und fuhr los. *Ich bin so ein Vollidiot*, dachte er und lachte sich über seine eigene Dummheit kaputt. Er merkte nicht, dass Herb bereits abgenommen hatte.

„Darf man mitlachen?"

Alexander räusperte sich. „Sorry, hab nur gerade an was Lustiges gedacht. Wo bist du?"

„Im Büro."

„Ich hole dich ab. Wir haben ein verschwundenes Mädchen. Die Polizei in Elmhurst hat gemeldet, dass das Mädchen einen Termin beim Arzt hatte. Sie wird dort aufgrund eines Nierentumors betreut. Sie ist nie bei dem Termin angekommen. Sie ist zwölf Jahre."

„Scheiße. Ein Kind? War es eine der beiden Kliniken, wo auch die anderen Opfer behandelt wurden?"

„Nein. Sie war auf dem Weg in die Elmhurst-Klinik in der Schiller-Street."

„Er weitet sein Gebiet aus?"

„Möglich. Bisher kann ich keinen Zusammenhang erkennen. Die Tatsache macht es allerdings nicht einfacher. Wir können unsere Ansätze wegschmeißen. Noch mehr Personal durchleuchten. Das kostet Zeit. Ich weiß verdammt noch mal nicht, wo wir anfangen sollen zu suchen."

Vor der Tür der Parkers stand eine junge Polizeibeamtin, die nervös an einer Zigarette zog. Zunächst wurde Alex bei dem Anblick wütend, doch je näher er an sie herantrat, erkannte er die glänzenden Augen. Die Beamtin bemerkte die Sonderermittler, warf die Zigarette hastig auf den Boden, trat sie aus und hob den Stummel wieder auf. Mit brüchiger Stimme entschuldigte sie sich, wirkte wie ein Schulmädchen, das vor dem Schuldirektor stand. „Bitte entschuldigen Sie. Ich weiß, es ist nicht gestattet, während der Ermittlungen zu rauchen. Mein Kollege hat mich rausgeschickt. Ich habe es da drinnen nicht mehr ausgehalten. Diese Verzweiflung der Eltern, die Tränen der Mutter, die verzweifelten Schreie. Es ist entsetzlich."

Herb schaute sie mit gerunzelter Stirn an. „Sicher, dass Sie den richtigen Beruf gewählt haben?"

Alexander stieß seinen linken Ellenbogen in Herbs rechte Flanke. Der schrie auf, schaute entsetzt zu seinem Partner.

„Fühlen Sie sich in der Lage, uns nach drinnen zu begleiten?", fragte der leitende Ermittler, konnte sich anhand ihres Gesichtsausdrucks die Frage jedoch selbst beantworten. Er erkannte Angst. Es machte keinen Sinn.

Die Frau war jung. Doch Alex war sich sicher, dass sie nicht mehr lang bei der Polizei bleiben würde. Manche Menschen, waren dafür nicht gemacht, merkten es jedoch erst, sobald sie einen emotionalen Fall hatten. „Wir finden den Weg."

Die Beamtin atmete erleichtert aus, nickte kräftig, bekam aber vor Scham kein Wort mehr heraus. Alex trat ins Haus. Herb folgte ihm, jedoch nicht, ohne der Beamtin noch einmal in die Augen zu blicken. Er verkniff sich eine weitere Äußerung, schüttelte den Kopf, was auch ohne Worte die erwünschte Wirkung zeigte. Bereits an der Tür hörte man die verzweifelten Rufe der Mutter. Alexander wusste, dass es schwierig werden würde.

Die Mutter von Maddie Parker lief im Wohnzimmer auf und ab. „Ich hätte sie keineswegs allein zu diesem Termin schicken dürfen. Sie ist seit so vielen Stunden verschwunden. Wer weiß, ob sie noch lebt. Ich habe mein Kind auf dem Gewissen. Was bin ich für eine Mutter?" Sie redete mit niemand Bestimmten, eher zu sich selbst. Der Ehemann saß auf einem roten Ledersessel, sein Gesicht kreidebleich, und schwieg. In der Hand hielt er ein Foto eines Mädchens, das vermutlich seine Tochter Maddie in jüngeren Jahren war. Stumm starrte er es an, schaute nicht auf, als Alexander sich bemerkbar machte.

„Ich bin FBI-Agent, Alexander Johnson." Er zeigte auf seinen Kollegen. „Das ist mein Partner, Herb Harris. Es tut uns aufrichtig leid, was Ihrer Tochter zugestoßen ist."

„Sie ist tot, nicht wahr? Sie haben ihre Leiche gefunden?" Die Mutter sackte vor dem großen

Wohnzimmerfenster zu Boden, riss die blumenbestickte Gardine von der Stange.

Der Polizeibeamte lief zu ihr, hob sie behutsam hoch und platzierte sie auf dem Ledersofa. Verwirrt, aber hoffnungsvoll, dass die Sonderermittler übernehmen würden, sah er Alex an.

„Mrs. Parker, wir haben noch keine Spur von Ihrer Tochter. Wir sind da, um uns ein Bild zu verschaffen. Wir werden alles dafür tun, Ihre Tochter lebend zu finden."

Die Frau schaute die Sonderermittler an.

Mr. Parker saß wie versteinert auf dem Sessel und starrte auf das Foto.

„Wie kann ich Ihnen helfen? Ich habe vorhin die Pressemitteilung gesehen. Meinen … meinen Sie, dass er auch Maddie hat?"

„Es sprechen Hinweise dafür, doch mit hundertprozentiger Sicherheit können wir es nicht sagen. Wann ist Ihre Tochter zu dem Termin aufgebrochen?"

„Sie hatte um neun Uhr den Termin. Sie hatte vor einem Jahr ein Nierenkarzinom, galt als geheilt. Sie hat immer solche Angst, dass der Krebs zurückkommt."

Alex schaute Herb eindringlich an, flüsterte: „Bring Natalie auf den neuesten Stand!"

Herb sah ihn fragend an. „Jetzt?"

„Genau, sofort." Alex machte eine Bewegung mit dem Kopf zur Tür.

Herb entschuldigte sich und verschwand.

„Wann wurden Sie benachrichtigt, dass Ihre Tochter nicht in der Klinik aufgetaucht ist?"

„Eine dreiviertel Stunde später. Die Krankenschwester hat angerufen, gefragt, ob alles in Ordnung wäre. Ihr kam es komisch vor, dass sie nicht erschienen ist. Maddie ist immer zuverlässig. Ich bin sofort nach Hause gefahren. Dort war sie nicht. Dann habe ich das Fahrrad und ihr Handy gefunden. Es war doch nicht weit." Die Mutter hielt sich die Hände vors Gesicht. Ihr Schluchzen verursachte bei Alex eine Gänsehaut. Automatisch dachte er an Natalie, wie sie in seinen Armen lag, als ihr Sohn verschwunden war. Sein Patenkind.

„Wie lang ist der Weg von hier in die Schiller-Street?"

„Sie braucht etwa eine halbe Stunde. Mit dem Fahrrad."

„Kann sie eventuell zu Freunden gegangen sein? Sie ist ein Teenager, sie hatte Angst vor dem Termin. Manchmal tun Jugendliche aus Angst Dinge, die für uns nicht nachvollziehbar sind. Haben sie alle Freunde angerufen?"

Mrs. Parker funkelte Alexander wütend an. Er wusste, dass die Frage auf Unverständnis treffen würde, jedoch war sie nicht abwegig. Auch wenn er tief im Inneren genau wusste, dass Maddie Opfer eines Verbrechens wurde.

„So ein Blödsinn. Maddie würde ihre Gesundheit nie riskieren. Sie hat Ziele, sie möchte wieder fit werden. Früher hat sie Leistungssport betrieben. Sie weiß, wie wichtig die Termine sind. Und bevor Sie fragen, nein! Wir hatten vorher keinen Streit. Mein Mann und ich haben im Moment viel in der Praxis zu tun, deshalb sind wir sehr eingeschränkt. Maddie versteht das. Außerdem hatte ihre beste Freundin vor der Klinik auf sie gewartet. Sie hätte sie niemals dort stehen lassen. Das Mädchen hat extra die Schule geschwänzt, um sie zu begleiten." Erschrocken schaute Mrs. Parker den Sonderermittler an, als ihr bewusst wurde, dass sie die Freundin ihrer Tochter gerade verpetzt hatte. Doch das spielte nun auch keine Rolle, war das geringste Problem.

„Wir müssen in alle Richtungen ermitteln, müssen jede noch so kleine Möglichkeit in Betracht ziehen. Ist Maddie schon häufiger die Strecke alleine gefahren?"

„Ja, das ein oder andere Mal, seitdem sie zwölf ist. Wenn sie in eine andere Klinik musste, haben wir sie mit dem Taxi fahren lassen. Eigentlich sollte sie auch heute mit dem Taxi fahren, wegen dem Wetter. Aber Sie wissen ja, wie Zwölfjährige sind, die haben ihren eigenen Kopf."

„Haben Sie ein aktuelles Foto Ihrer Tochter?"

Die Mutter holte eins aus ihrer Hosentasche, überreichte es Alex und begann erneut zu weinen. „Was habe ich nur getan?"

„Wir werden alles in Gang setzen, um Ihre Tochter zu finden. Wir werden die Presse informieren. Das Bild zeigen wir der Öffentlichkeit. Sollte Ihnen noch etwas einfallen, kontaktieren Sie uns bitte umgehend."

Als er das Wohnzimmer verlassen wollte, sprach der Vater in leisem Ton. „Finden Sie sie. Bitte."

Alex verließ das Haus. Herb war nirgends zu sehen. „Wissen Sie, wo mein Kollege ist?", fragte er die nervlich angeschlagene Beamtin vor der Tür.

„Der hat sich ein Taxi gerufen."

Er wählte Herbs Nummer. Kein Tuten, nur der Anrufbeantworter.

19

Aus dem Radio tönte „FourFiveSeconds" von Rihanna. Alexander drehte lauter. Er liebte den Song. Seine Stimmung hatte sich gehoben, seit er Natalie gesehen hatte. Als Alexander herausgefunden hatte, dass Jacob hinter den Kindermorden und den Entführungen der Kinder im letzten Fall steckte, hatte Natalie im Krankenhaus um ihr Leben gekämpft. Umso mehr ärgerte er sich, dass Bennett fliehen konnte. „Ich werde dafür sorgen, dass man dich findet, Jacob. Ich schwöre dir, du wirst deine Taten bereuen."

Sein Telefon klingelte. „Du hast ganz genau gewusst, dass ich gerade an dich gedacht habe, richtig?", begann er mit einem hämischen Grinsen.

„Klar, ich weiß, ich bin deine wichtigste Ermittlerin."

„Ist Herb bei dir?"

„Nein, wieso sollte er? Er hatte mich angerufen, um mich über den Fall von Maddie Parker zu informieren. Sonst habe ich nichts von ihm gehört."

„Mmh. Okay. Hat er dir sonst gar nichts gesagt? Wo er hin möchte?"

„Nein. Wieso? Was ist denn los?"

„Keine Ahnung, er ist auf einmal verschwunden. Telefonisch erreiche ich ihn auch nicht."

„Okay, das ist eigenartig. Aber er wird schon seine Gründe haben."

„Bist du die Fälle durchgegangen? Sag mir bitte, dass du etwas für uns hast", flehte Alex ins Telefon.

„Ich habe mir alle Akten angeschaut. Nichts. Einfach nichts. Kein Personal, das in irgendeiner Weise mit allen Opfern in Kontakt stand. Und Maddie Parker. Sie war weder jemals im ‚Addison-Hospital' noch in der Rehaklinik im Edgewater-Drive. Habe ich sofort nachprüfen lassen. Ich arbeite doch offiziell an dem Fall, oder?"

„Klar, mach dir keine Sorgen. Einzige Bedingung - noch keine Einsätze. Du sollst es langsam angehen." Hätte er noch einmal erwähnen sollen, dass sie nicht ins Büro kommen sollte? Was wäre, wenn einer der Kollegen sich verquatscht?

„Verstanden. Ich habe mir darüber Gedanken gemacht, wo eine Gemeinsamkeit zu den Opfern zu finden sein könnte."

„Zu welcher Erkenntnis bist du gekommen?"

„Es gibt ja noch genug andere Leute, die an einem Genesungsprozess beteiligt sind, außer der ganzen Mitarbeiter einer Klinik. Welche von außerhalb. Da könnte doch eher jemand der Täter sein. Vielleicht finden wir eine Spur, die zu allen Opfern führt."

„An wen denkst du?"

„Psychologen, Physiotherapeuten, Heilpraktiker, Osteopathen? Keine Ahnung, da gibt es viele Möglichkeiten."

Alexander dachte darüber nach. Die Berufsgruppen klangen logisch. Warum war er nicht selbst auf die Idee gekommen? Er wusste, dass Natalie noch mehr Ansätze finden würde.

„Okay, das ist gut. Auch wenn es ein Haufen Arbeit bedeutet. Es ist ein Ansatz."

„Diese Botschaft, die an den Opfern hing. Ich habe da eine Idee. Doch die muss ich noch prüfen. Dafür brauche ich noch etwas Zeit. Ich melde mich."

„Danke. Ich fahr jetzt ins Büro. Wie geht es dir?"

„Ich bin müde. Was macht deine Nase?"

„Die ist immer noch gebrochen."

„Witzbold. Sind die Schmerzen ertragbar?"

„Ich bin ein Mann."

„Also sind sie nicht auszuhalten."

Alexander versuchte zu grinsen. Der Schmerz hinderte ihn daran. Er war froh, dass Natalie zu Späßen aufgelegt war. Doch er wusste auch, dass sie Künstlerin des Vertuschens war. „Ich melde mich."

Außer Anna war niemand im Büro anzutreffen. Frischer Kaffeeduft zog durch das Großraumbüro. Gemischt mit dem blumig-orientalischen Duft von Annas Parfüm. Sie saß an ihrem Computer und bemerkte Alex nicht.

„Bist du allein da?"

Anna blickte auf. Alex erschrak bei dem Anblick ihrer müden Augen.

„Ich bin schon seit fünf hier. Ich hatte etwas zu tun."

„War Herb gerade hier im Büro?"

„Nein, der war doch mit dir bei den Parkers, oder?"

„Ja. Ich habe ihn irgendwie ... verloren."

„Schon kurios. Du bist nicht nur tollpatschig, dir gehen sogar deine Kollegen abhanden."

„Sehr witzig. Und wo ist Aiden?"

„Weiß ich nicht. Und falls du jetzt auch noch nach Mitchell suchst: Der ist nicht verschwunden. Der sitzt an seiner Verlobten."

Alexander grinste.

Mitchell, der technische Experte, war nur schwer von seinem Computer wegzubekommen, sodass ihn die Kollegen damit aufzogen, dass er eines Tages seinen PC heiraten würde. Daniel Mitchell war das, was man einen Nerd bezeichnete. Lange, braune Haare, die er zu einem Pferdeschwanz zusammenband. Dazu trug er eine Brille mit einem dicken schwarzen Gestell, die fast größer war als sein Gesicht. Doch Daniel war beliebt im Team.

„Natalie hat heute morgen über den Akten gebrütet. Sie meinte, wir sollten noch etwas über den Tellerrand hinausschauen. Sucht alle Psychotherapeuten, Heilpraktiker, Osteopathen, Physiotherapeuten heraus, die im DuPage Kreis praktizieren. Mitchell soll schauen, ob irgendjemand alle Opfer behandelt hat."

„Die Idee hatte ich auch schon, deswegen konnte ich nicht schlafen und habe bereits angefangen zu recherchieren."

„Oh, tatsächlich? Und?"

„Nichts. Keiner, der alle Opfer mal behandelt hat. Wir haben nur einen Psychologen in Addison gefunden, der

Mary White und Kim Newman behandelt hatte. Das war aber in unterschiedlichen Jahren. Und hatte nichts mit den Erkrankungen zu tun. Kim Newman war als Kind dort, weil sie in der Schule gemobbt wurde. Mary White ließ sich nach dem Tod ihrer Tochter dort therapieren. Aber nur für zwei Sitzungen. Jake Hanson hatte sich bei einem Osteopathen Hilfe gesucht. Da war er aber der Einzige. Es macht alles keinen Sinn."

„Wen gibt es noch als Möglichkeit?"

„Keine Ahnung, der Busfahrer vielleicht? Der Schaffner?"

Keine Antwort. Keine Reaktion. Nicht mal ein Lächeln.

Anna schämte sich für ihre Flapsigkeit. Ihr war klar, dass Alexander unter Druck stand. Es fehlte jegliche Spur von den anderen Opfern und dem Täter. Vielleicht hatte der Täter noch weitere Opfer, von denen sie noch nichts wussten. „Entschuldige bitte. Ich weiß, es ist ernst."

„Anna, du bist brillant."

„Was? Willst du jetzt die ganzen öffentlichen Verkehrsmittel auseinandernehmen? Wer, wann, wo, mit welchem Bus gefahren ist?"

„Natürlich nicht. Aber Maddies Mutter sagte, dass ihre Tochter hin und wieder mit dem Taxi für Krankentransporte gefahren wurde. Und ich meine, mich zu erinnern, dass die Ärztin von Mary White am Tag ihres Verschwindens auch ein Taxi gerufen hatte."

„Krankentransport. Genau, das könnte es sein. Sie hätten alle ein Anrecht darauf."

In diesem Moment kam Anthony Lopez zur Tür hereingeeilt. Noch im Gehen zog er seine Jacke aus. Unter seinen Achseln hatten sich Schweißflecken gebildet. Seine schwarzen, gegelten Haare waren mit Schnee bedeckt. „Sorry, Alex. Miranda ist krank. Ich musste die Kleine zu ihrer Mutter bringen."

„Ist es was Ernstes?"

„Nein, nur eine Grippe. Aber sie will die Kleine nicht anstecken, sie ist doch erst fünf Monate alt."

„Ich kann dich hier gut gebrauchen, doch wenn du …"

„Schon gut. Es ist alles geregelt. Sie bleibt am Wochenende bei ihren Großeltern. Die freuen sich, wenn sie die Kleine haben."

Alexander bemerkte, dass Anna die ganze Zeit auf ihren PC starrte, das Gespräch der beiden Männer nicht verfolgte. Er schaute sie skeptisch an. Keine Reaktion. Wie gebannt stierte sie auf den Bildschirm.

Alexanders Handy klingelte. Er nahm ab.

Am anderen Ende meldete sich eine unbekannte Stimme. „Agent Johnson, hier ist das Western-Springs-Medizinzentrum. Sie erinnern sich vielleicht an mich. Ich bin die Dame vom Empfang."

Alex wurde warm. Die Poliklinik, in der er gestern wegen seines Nasenbeinbruchs behandelt wurde. Es war die Krankenschwester, die Herb so besorgt angeschaut hatte. „Stimmt etwas nicht?"

„Ich rufe im Namen von Agent Herb Harris an. Er liegt derzeit bei uns. Wir müssen ihn nach Chicago verlegen. Es war ihm wichtig, dass Sie davon erfahren."

„Was ist mit ihm?"

„Mr. Johnson, darüber darf ich Ihnen keine Auskunft geben. Ich sollte Ihnen nur ausrichten, dass er vorerst krank ist. Ich wünsche Ihnen noch einen schönen Tag."

Alexander schluckte schwer beim Auflegen. Sein Gesicht war kreidebleich. Er hatte die ganze Zeit geahnt, dass etwas nicht stimmte.

„Alles in Ordnung?", fragte Anna.

„Herb ist krank. Er wird eine Weile ausfallen."

In diesem Moment öffnete sich die Tür. Natalie steckte ihren Kopf in den Raum.

„Was machst du hier?" Der Blick von Alex verfinsterte sich. „Es war abgemacht, dass du von zu Hause aus ermittelst."

„Ich wollte nur bei meinen Kollegen vorbeischauen."

Alex war sauer, doch seine Gedanken schweiften ab. Er dachte an Herb. Was hatte er? War er ernsthaft erkrankt? War er deshalb so verändert? Sein Herz raste. Er wäre am liebsten aufgesprungen und losgefahren. Er musste herausfinden, in welche Klinik Herb gebracht werden würde.

„Alex?" Anna riss ihn aus seinen Gedanken.

Er räusperte sich, fühlte sich ertappt. Wie ein Schuljunge, der nicht aufgepasst hatte, was der Lehrer gesagt hatte.

„Zwei der Opfer sind mit einem Krankentransport gefahren worden. Wir sollten uns alle Unternehmen anschauen. Vielleicht gibt es eine Gemeinsamkeit."

Ohne darauf einzugehen, wandte er sich von Anna ab. „Natalie, dass eins klar ist. Du wirst nirgendwo mit hinfahren. Hast du mich verstanden?"

„Warum bist du so grantig? Irgendwas stimmt doch mit dir nicht", mutmaßte Natalie. „Was ist denn los?"

Da war sie wieder. Die Verbindung, die seit vielen Jahren zwischen ihm und Natalie bestand. Sie spürte, wenn ihn etwas quälte. Genau, wie er sie lesen konnte. Alex wollte nicht länger auf sie sauer sein. Er wusste, dass es ihre Spürnase war, die sie ein Stück weiterbringen könnten.

„Herb ist krank. Er wird in eine Klinik nach Chicago gebracht."

„Was hat er?"

„Das wollte das Western-Springs nicht sagen. Und wie ich Herb kenne, wollte er das auch so. Ich habe schon seit einiger Zeit den Verdacht, dass er etwas verheimlicht. Ich habe ihn auch schon ein paar Mal darauf angesprochen. Er hat versichert, dass ihm nichts fehle."

„Scheiße."

„Ich wäre gern für ihn da. Er hat niemanden."

„Wir sind alle ziemlich einsam, was?"

Alexander nahm Natalie in den Arm. Das erste Mal seit langer Zeit. Er sog den Duft ihrer gewaschenen Haare in sich auf, schloss die Augen, hielt sie einfach nur fest. Das Gefühl, das er wochenlang in sich getragen hatte, die Angst um sie, als sie um ihr Leben kämpfte, die ihn fast wahnsinnig gemacht hatte, kehrte wieder. Seine Augen begannen zu glänzen. Er flüsterte. „Ich hab dich vermisst."

Anna sprang von ihrem Schreibtischstuhl auf, sodass der gegen die Wand rollte. Ihre Wangen glühten. Sie war so aufgebracht, dass sie fast über die eigenen Füße gestolpert wäre. „Ich hab etwas gefunden. Alle Opfer verbindet ein gewisser Joseph Fisher. Fahrer für Krankentransporte. Er hat alle Opfer mehrmals zu Terminen gefahren oder von dort abgeholt."

„Ach, was", entfuhr es Alex. „Findet man mehr Informationen über ihn?"

„Selbstverständlich. Und nun kommt das Wichtigste: Joseph Fisher ist 1977 in eine Pflegefamilie gekommen. Seine Mutter hatte ihn und seinen drei Jahre älteren Bruder Andrew Fisher mit Ajmalin vergiftet. Ein Herzmedikament, das zu einem Kreislaufschock führen kann. Der achtjährige Andrew ist verstorben. Es kam heraus, dass die Mutter der beiden eine schwere psychische Störung hatte. Sie glaubte, dass sie von Gott beauftragt wurde, ihre Kinder mit Krankheit zu bestrafen, wenn sie unartig waren. Den Kindern und Ärzten verkaufte sie die Spritzen als Vitamine. Sie war Krankenschwester. Dr. Edwards, der Kardiologe von Mary White, war damals der Arzt, der es herausgefunden hatte."

„Sie hat den Kindern eingeredet, dass sie krank werden, wenn sie nicht artig sind?", hakte Mitchell nach.

„Richtig. Und hat ihnen angeblich Vitamine gespritzt, in der Hoffnung, dass sie die Krankheit, die Gott ihnen dafür aufbürden würde, abwenden können. Zumindest wollte sie es so aussehen lassen. Natürlich ging es den Kindern dann schlecht. Sie brachte sie ins Krankenhaus, erzählte von Kreislaufzusammenbrüchen und kein Arzt fand eine Ursache. Für sie war es die Strafe für die Missetaten der Kinder. Sie sollten so lernen, auf das Wort ihrer Mutter zu hören."

„Das muss doch aufgefallen sein."

„Ajmalin kann man nur im Gewebe einer Leiche nachweisen. Bei Lebenden baut es sich ab. Nach spätestens zwei Tagen kann man es nicht mehr nachweisen. Keiner kam auf die Idee. Die Mutter war als sehr anständige und liebevolle Krankenschwester bekannt. Sie war eben nur die überfürsorgliche Mutter. Als der Bruder starb und Stunden später Joseph mit den gleichen Symptomen eingeliefert wurde, kam Edwards auf den Gedanken. Und hatte den richtigen Riecher."

Alexander sprang auf, griff nach seiner Jacke.

„Wir haben unseren Täter. Mitchell soll mitkommen."

Die Sonderermittler liefen zügig zur Treppe. Alexander rannte zwei Stufen auf einmal nehmend hinunter. Er war mit einem Mal hellwach. Sein Herz raste. Er vergaß seinen Schmerz im Gesicht. Jetzt zählte jede Minute. Er hoffte, dass es für die Opfer nicht zu spät war.

20

Maddie Parker erwachte. In ihrem Kopf hämmerte es. Die Ohren fiepten. Sie brauchte einige Zeit, bis ihr einfiel, was passiert war. In der Marion-Street war die Straße noch nicht geräumt. Maddie konnte unter dem Berg von Schnee nicht erkennen, wo der Gehweg zu Ende war und die Straße begann. Als sie sich entschieden hatte, das Fahrrad zu schieben, rutschte sie ab und fiel der Länge nach auf den Boden. Sie hatte sich nicht ernsthaft verletzt, erinnerte sich aber an ihr schmerzendes Knie. Warum tut mir der Kopf jetzt bloß so weh? Mit zitternder Hand griff sie nach ihrem Kopf, an die Stelle, die stark schmerzte. An ihrer Stirn bemerkte sie eine Beule und eine offene Wunde. Immer mehr kehrte ihr Bewusstsein zurück. Sie konnte nichts sehen, geriet in Panik. War sie blind? Sie versuchte aufzustehen. Es gelang nicht. Dann versuchte sie zu krabbeln, spürte, dass sie nicht weit kam. Etwas war an ihrem Hals, drückte ihr die Kehle zu, wenn sie versuchte weiterzukommen. Sie rüttelte daran, schrie nach Hilfe. Dann hörte sie eine freundliche Frauenstimme. „Beruhige dich. Ich bin Mary. Verrätst du mir deinen Namen?"

„Wo bin ich? Was mach ich hier? Ich muss zum Arzt."

„Ich weiß, du hast Angst. Du bist überfallen worden. Der Mann, der das getan hat, hält uns hier gefangen. Wie heißt du, Kind? Wie alt bist du?"

„Ich bin Maddie. Maddie Parker. Ich bin zwölf Jahre." Das Mädchen weinte. Konnte nicht glauben, was sie gerade gehört hatte. Krampfhaft versuchte sie, sich zu erinnern, was passiert war.

Mary kniff die Augen zusammen. Zwölf Jahre, schoss es ihr durch den Kopf. Jetzt vergreift er sich schon an Kindern. Sie wollte sich nicht ausmalen, was dieses Mädchen durchmachte. Sie selbst starb fast vor Angst. Hinzu kam, dass dieses kleine Mädchen später mit ansehen wird, wie sie und Scott misshandelt werden. Und irgendwann wird sie selbst am eigenen Leibe die Folter ertragen müssen. Den Schmerz in ihrer Brust, den sie bei dem Gedanken daran verspürte, brachte sie zum Verzweifeln. Sie hörte das Mädchen nach ihrer Mutter rufen.

„Deine Mutter wird alles dafür tun, dich hier rauszuholen. Du musst stark sein. Hör mir jetzt genau zu. Wenn der Mann kommt, musst du tun, was er verlangt. Du musst für deine Sünden büßen."

„Was meinst du damit?"

„Er möchte deine Sünden hören. Lass dir etwas einfallen. Was du getan hast, das nicht in Ordnung war. Ich kann dir nicht sagen, warum er das macht. Aber es wird weniger schlimm, wenn du es tust."

Aus der hintersten Ecke hörte Maddie einen Mann. Erst fuhr sie zusammen, dachte, es wäre der Mann, der sie hergebracht hatte. Dann begriff sie, dass noch jemand dort gefangen war.

„Ich bin Scott. Mary hat recht. Der Typ will uns bestrafen. Er glaubt, wir haben gesündigt. Vielleicht glaubt er demjenigen nicht, der sagt, er hätte nichts getan. Jeder Mensch trägt ein Geheimnis mit sich."

„Aber ich habe nichts getan. Ich weiß nicht, für was er mich bestrafen will."

„Dann denk dir etwas aus. Er wird nichts anderes akzeptieren."

„Was macht er denn, wenn ich keine Sünden habe?"

Maddie bekam keine Antwort. Die beiden blieben stumm. Aber das Schweigen reichte als Antwort. Panik machte sich breit. Erneut probierte sie, sich aus dem Halsband zu befreien. Doch außer Schmerzen, als das Metall an ihrem Hals scheuerte, erreichte sie nichts. Sie schrie um Hilfe. Dann ließ sie sich auf der kalten Decke nieder. Sie versuchte, sich zu erinnern. Sie erinnerte sich daran, dass ein Mann ihr zur Hilfe eilte, als sie gestürzt war. Ab da konnte sie sich an nichts mehr erinnern. Sie dachte an ihre Mutter, die nun sicher vor Angst weinte, vor Sorge verzweifelte. Sie dachte an ihre Freundin Tyra. Sie waren wie Schwestern. Zwar hatte Maddie auch eine leibliche Schwester. Aber die wohnte nicht bei ihnen zu Hause. Sie war erwachsen und vor zwei Jahren von zu Hause ausgezogen. Maddie war traurig deswegen, doch mit Tyra hatte sie immer noch eine Schwester. Sie wussten jedes Geheimnis voneinander. Tyra war rebellischer, sie hätte ganz sicher etwas zu beichten. Aber sie, was sollte sie beichten? Sie war gut in der Schule, hatte noch nie geschwätzt, sie war immer ehrlich zu ihren Eltern. Sie war doch einfach nur froh, dass sie ihr Leben hatte. Sie nicht schlimmer erkrankt war, sie keine Bestrahlung brauchte. Niemals hätte sie dieses Glück aufs Spiel gesetzt. Maddie erschrak, als sie das laute Quietscher des Tores hörte. Ein flackerndes Licht sprang an. Es dauerte einige Sekunden, bis es aufhörte zu flackern. Maddies Augen brauchten Zeit, um sich an das Licht zu gewöhnen. Ein großer, wuchtiger Mann kam auf sie zu. Er stellte ihr einen Eimer mit Wasser vor die Füße. „Lass dir von deinen Mitbewohnern erklären, wofür er ist."

Maddie zitterte am ganzen Körper. Durch den Sturz in den Schnee war ihre Kleidung nass. Sie fror, obwohl in der Scheune ein glühendes Feuer in einem großen Steinofen brannte. Er sah aus wie einer der Öfen, in denen in einer Pizzeria Pizza gebacken wurde.

Der Mann lief weiter zu Mary. Blieb vor ihr stehen. Mit einem Stethoskop hörte er auf Marys Brust. Mit gerunzelter Stirn betrachtete Mary den Mann. „Hast du noch Schmerzen? Herzattacken?"

Mary verneinte.

„Es schlägt zu schnell. Ich warte noch bis morgen, wenn du dann nicht geheilt bist, dann ist es zu spät."

„Was meinst du damit, du elendiger Bastard?" Mary war sauer. Was bildete der Mann sich ein? Spielte er Gott? Sie versuchte zu begreifen, was er plante. Doch sie verstand nicht. Der Mann gab ihr keine Antwort. Er schlürfte zu Scott. Nahm ihm das Halsband ab, fesselte ihn auf dem Stuhl, der in der Mitte stand.

Mary wurde nervös. Sie wusste, was jetzt kam. Sie wollte verhindern, dass Maddie das Grauen miterleben musste. „Bitte, bring das Mädchen hier raus. Sie ist doch noch ein Kind. Sie ist noch unschuldig. Sie darf das nicht mit ansehen."

„Sei still. Bete lieber für dich. Niemand ist ohne Schuld."

Mary drehte sich zu Maddie. „Schließe die Augen", flüsterte sie. „Denk an etwas Schönes." Da hörte sie bereits den ersten Aufschrei von Scott, dem der Baseballschläger gegen das linke Knie getrümmert wurde. Maddie schrie auf, kreischte den Mann an, dass er aufhören sollte. Scotts Kopf hing schlaff nach unten, er weinte stumm. Der Mann reagierte nicht, hantierte wie im Wahn.

„Dir wird es nicht gelingen! Dir wird es nicht gelingen! Du hast gesündigt! Du darfst deine Missetaten nicht leugnen. Du musst beten. Büße! Büße!"

Maddie packte die Angst, als umklammerte eine Faust ihr Herz. Das Gebrüll des großen Mannes war unheimlich. Mit weit aufgerissenen Augen stand er vor Scott, sein Speichel spritzte beim Sprechen aus dem Mund. Der Kopf war hochrot, seine Ader am Hals sprang fast heraus.

Scott bebte am ganzen Körper. Langsam hob er seinen Kopf und flüsterte, fast unverständlich, ehe ihn der nächste Schlag traf: „Ich habe gesündigt."

Dann war Ruhe. Der Mann, der so groß wie ein Bär wirkte, beruhigte sich. Seine Haltung entspannte sich. Er ließ die Arme sinken und lächelte. „Was hast du getan?" Er leckte sich über die Lippen. Strich durch seinen verfilzten Bart. Er wirkte hibbelig, wartete, was Scott zu sagen hatte.

„Ich habe gesündigt. Ich bin lungenkrank, weil ich seit meinem neunten Lebensjahr rauche. Ich habe meine Eltern immer wieder belogen. Bin heimlich nachts rausgegangen, um mir eine Zigarette anzuzünden. Nun bin ich krank. Das ist doch schon Strafe genug." Scott schluchzte. In seinem Schritt breitete sich ein nasser Fleck aus.

Der Mann musste lachen. „Du hast dir in die Hose gepinkelt. Du bist kein Mann. Bist du schwul?"

„Ja, das bin ich."

Verdutzt schaute der Mann ihn an. Er bäumte sich vor Scott auf. Scott war nicht sonderlich groß, aber stark übergewichtig. „Du Jammerlappen. Du wärst besser ein richtiger Mann geworden. Deine ganze Person ist eine einzige Sünde." Er hob den Baseballschläger, holte aus und schlug ihn gegen Scotts Schulter.

„Ahh, bitte Gott, vergib mir meine Sünden", schrie Scott.

Mary schrie aus Leibeskräften. „Hör endlich auf. Er hat gebüßt. Er hat getan, was du verlangt hast. Er sollte seine Sünden nicht leugnen. Er hat doch zugegeben, dass er schwul ist. Was ist daran so verwerflich? Meinst du, deine Gewalttaten an uns sind keine Sünden?"

Der Mann starrte Mary irritiert an. „Ich bin dafür zuständig, euch zur Vernunft zu bringen. Gott bestraft alle Sünden. Ich wurde geschickt, um euch eure Sünden auszutreiben. Ich gebe euch eine Chance, gesund zu werden."

Der Mann entfesselte Scott, schleifte ihn über den staubigen Boden zurück an seinen Platz. Obwohl Scott übergewichtig war, sah es aus, als wäre er nur ein Stück Stoff, so einfach fiel es ihm. Scott legte sich auf seine Decke, blieb reglos liegen.

Der Mann ging zu Mary. Er packte sie am Kinn, hob es an, zwang sie in seine Augen zu schauen. „Deine Zeit läuft ab, Mary. Bete, dass er Nachsicht hat." Er grinste. Ließ von Mary ab. An Maddie lief er schleichend vorbei. Schaute ihr tief in die Augen. Ein Grinsen umspielte seine Lippen. Das böse Funkeln in seinen Augen brannte sich in Maddies Gedanken.

Als das Licht aus war, beugte sie sich nach vorn und übergab sich.

„Scott? Bist du in Ordnung?"

Von Scott kam nur ein leises Stöhnen. Er lag am Boden, hielt sich sein linkes Knie. Er konnte sein Bein nicht mehr strecken, Teile seiner Kniescheibe ragten aus dem Knie. Ihm war schwindelig vor Schmerz.

„Scott? Sag doch etwas!"

„Dieses verdammte Schwein hat mir mein Knie kaputtgeschlagen. Ich muss hier raus. Dieses Arschloch." Er musste husten, bekam kaum noch Luft. Mary versuchte, ihn zu beruhigen. Doch der Schmerz brachte ihn um den Verstand.

„Maddie, bist du krank?", fragte Mary.

„Ich hatte einen Nierentumor. Mir wurde eine Niere entfernt. Ich habe alles gut überstanden. Wieso fragst du das?"

„Ich weiß jetzt, was seine Ansichten sind." Sie überlegte, wie viel sie in Anwesenheit des Mädchens preisgeben
sollte, oder musste, damit sie eine Chance hätte dies zu
überleben. „Siehst du, Scott? Wir alle sind krank. Gregory
und Jake waren es bestimmt auch. Es geht ihm um die
Krankheit. Er hat gesagt, dass er noch bis morgen wartet,
ob ich geheilt werde. Er zwingt uns, unsere Sünden zuzu-
geben, damit wir geheilt werden."

Scott hörte aufmerksam zu. Sein Atmen beruhigte
sich. „Wir haben es zugegeben. Aber was wird er nun
tun? Wir werden ja wohl schlecht geheilt. Ich habe eine
unheilbare Lungenerkrankung. Wir werden hier niemals
rauskommen. Niemals. Wir werden alle sterben."

Maddie erschrak bei den Worten. Sie fing an zu weinen. Dachte an das, was gerade mit Scott geschehen war.
Sie hatte gesehen, wie Mary aussah. Und ihr war klar, dass
auch sie auf diesem Stuhl sitzen würde. In ihrer Kehle
brannte es. „Wer sind Jake und Gregory?"

„Sie waren auch hier, sie sind tot!"

„Scott, hör auf damit! Sie ist doch schon verängstigt
genug."

„Sie kann die Wahrheit ruhig wissen. Sie wird nicht
geschont. Wir sind in der Hölle. Und er wird ihr als
Nächstes wehtun. Und du, Mary White, du wirst schon
morgen nicht mehr leben."

„Halt deinen Mund! Ich weiß, dass du Angst hast.
Die habe ich auch. Aber wir wissen doch gar nicht, ob
die beiden tot sind. Vielleicht hat er sie auch ausgesetzt.
Vielleicht sind sie längst bei ihrer Familie."

Scott schnaufte. „Das glaubst du doch selber nicht. Wir haben alle sein Gesicht gesehen. Er würde doch niemals das Risiko eingehen, dass wir ihn der Polizei beschreiben können."

Mary gab auf. Ihr war selbst klar, dass sie es nicht dort raus schaffen würde. Scott hatte Recht. Doch sie hoffte, weil sie ihre Sünden zugegeben hatte, dass er sie am Leben lassen würde.

Maddie sank auf den Boden. Sie dachte an ihr warmes Zuhause, an ihre besorgten Eltern. Mit den Händen hielt sie sich die Ohren zu, wippte mit dem Oberkörper vor und zurück. *Lieber wäre ich an dem Tumor gestorben.*

21

Alex startete das Auto, als Mitchell noch nicht richtig drin saß. Kaum hatte dieser die Tür zugeschlagen, quietschten die Reifen. King, der kurz zuvor aufgetaucht war, blieb dicht hinten dran. Mitchells Handy piepste.

„Adresse ist Bloomingdale. Stoneybrock-Lane."

Alexander fuhr mit erhöhter Geschwindigkeit auf den Sacramanto-Boulevard. Für den Einsatz hatte er einen Dienstwagen gewählt, anstatt mit seinem Yukon zu fahren. Bei eiligen Einsätzen brauchten sie Blaulicht. Er bretterte über die Interstate. Nach fünfundzwanzig Minuten kamen sie in der Stoneybrock-Lane an. Fisher wohnte in einem Apartmentkomplex. Kaum hielten die Sonderermittler auf den Parkplätzen vor dem Wohngebäude, versammelten sich die Bewohner auf den Balkons, als gäbe es eine Sensation. Höchstwahrscheinlich war es das für sie auch. Das Wohngebiet gehörte zu den ärmeren Vierteln. Viele der Menschen, die dort lebten, hatten nichts Aufregendes in ihrem Leben. Da war ein Aufgebot des FBI etwas Besonderes. Ein junger Mann, der mit seinem Kind spazieren ging, blieb mit offenstehendem Mund vor dem Parkplatz stehen. Die Augen seines Sohnes leuchteten beim Anblick der blinkenden Blaulichter. Womöglich ein Fan der Polizei. Der Vater erklärte dem Jungen, dass es sich um das FBI handelte. Der Sohn war für ihn ein gutes Alibi, dort zu verharren und das Geschehen zu verfolgen. Alexander nutzte die Gelegenheit ihm ein paar Fragen zu stellen. Die restlichen Einsatzkräfte schickte er zu der Wohnung, damit Joseph Fisher nicht abhauen konnte, falls er die Agents bereits gesehen hatte.

„Wohnen Sie hier?"

Der Junge sah entsetzt auf Alexanders Nase.

„Ja, seit Jahren schon. Was ist denn los?"

„Wir ermitteln in einem Fall. Kennen Sie die Leute persönlich, die in dem Gebäude wohnen?"

„Die meisten schon. Von wem wollen Sie etwas wissen?" Auch der Vater konnte seinen Blick nicht von dem violett leuchtenden Auge lassen.

Alex war von den neugierigen Blicken genervt. „Wir suchen nach Joseph Fisher."

„Joseph?" Der Mann schaute den Ermittler fragend an, hoffte auf mehr Informationen. „Ja, der wohnt dort. Allerdings kann ich Ihnen nicht viel von ihm erzählen. Er ist ein komischer Typ. Ungepflegt. Er bevorzugt es, allein zu sein. Ich habe ihn schon ewig nicht mehr gesehen. Auch sein Taxi nicht."

Alexander wurde heiß. Er schaute sich um. Hier gab es keine Möglichkeit, Geiseln zu halten, ohne dass jemand etwas bemerkt hätte. Wo hatte er sie hingebracht? „Wie lange haben Sie ihn nicht mehr gesehen?"

„Puh, so genau kann ich es nicht sagen. Aber es muss schon ein Jahr her sein. Ich denke, er ist längst ausgezogen."

Ein Jahr. Das passte. „Vielen Dank, Sie haben uns sehr geholfen. Gehen Sie bitte mit Ihrem Kind ins Haus." Alex stürmte los.

Der Mann schrie hinter ihm her: „Was hat er denn angestellt?"

Alexander musste lachen. Glaubte der Typ wirklich, dass er darauf eine Antwort bekam?

Die anderen seines Teams standen in den Startlöchern, warteten auf das Kommando. Über ein Funkgerät im Ohr informierte Alexander seine Kollegen über das, was er gerade erfahren hatte, kam dabei aus der Puste. Wieder bereute er, dass er schon länger keinen Sport getrieben hatte.

„Hier kann er niemanden gefangenhalten", bemerkte Aiden King. „Sieh dir die neugierigen Nachbarn an. Das wäre nie geheim geblieben."

„Lasst uns reingehen", befahl Alex. „Vielleicht hält er gerade ein Nickerchen"

Die Sonderermittler liefen zur Treppe, die zu Joseph Fishers Wohnungstür führte. Sie klingelten. Keiner erwartete, dass sie geöffnet werden würde.

Alexander standen Schweißperlen auf der Stirn. Er dachte an die Opfer, wie sie zugerichtet waren. Es war eine gefährliche Situation. Im letzten Fall hatten sie Natalie beinahe verloren. Er wollte keine weiteren Verletzten.

Nach dem zweiten Klingeln rammte sich Aiden gegen die Tür, die erstaunlich leicht aufging. Er betrat die Wohnung als Erster. „Sicher!"

King und Lopez liefen nach rechts. Alex und Mitchell nach links. Alex stolperte über einen Pizzakarton, hatte Mühe sein Gleichgewicht zu halten. In seinen Ohren rauschte sein Blut. Die Wohnung war dunkel. Miefte faulig. Stille. Keine Bewegungen. Alexander beschlich ein ungutes Gefühl. Aus dem Nachbarraum hörte er Aiden rufen: „Sauber." Sie hatten nichts gefunden. Alexander und Mitchell schlichen, nah an der Wand entlang, weiter in den Wohnraum. Dabei mussten sie darauf achten, dass sie nicht über die herumliegenden Sachen stolperten. Alex richtete die Waffe in das Zimmer, ging zur Tür hinein: „FBI!" Keine Reaktion. Doch das Bild, das ihm geboten wurde, ließ ihn erschaudern. „Verfluchter Mist." Am Boden lag eine Leiche.

22

„Joseph, mein Liebling. Schön, dass du gekommen bist.“

„Warum hast du Andrew umgebracht?“

„Das habe ich nicht. Du weißt, wie sehr ich euch liebe. Es war Gott, der es befohlen hat. Er hat mich beauftragt, eure Sünden zu bestrafen. Nur wenn ihr Buße tut, wird euch Gott heilen. Andrew war nicht ehrlich. Gott hat ihn zu sich geholt. Er hat ihn nicht gerettet, weil er nicht aufrichtig war. Er wurde für das Leugnen seiner Missetaten bestraft. Denk immer daran, mein Sohn! Sonst passiert dir eines Tages dasselbe!“

August 1981

„Hey, Joseph, hast du Lust ein paar Runden mit dem Fahrrad zu drehen?“

Bryan riss Joseph aus seinen Erinnerungen, die letzten Erinnerungen an seine Mutter vor vier Jahren, unentwegt hallten ihre Worte in seinen Gedanken. „Nein, ich habe keine Lust. Fahr du allein.“

Joseph Fisher saß auf der Treppe vor dem Haus in der Cambridge-Lane in Bloomingdale. Als seine Mutter aufgeflogen war, kam er in eine Pflegefamilie, die ihn letztendlich adoptierte. Er fühlte sich wohl in der Familie mit drei weiteren Kindern. Seine Mutter hasste er, nachdem er verstanden hatte, dass sie für den Tod seines Bruders verantwortlich war. Er hatte sie nach dem letzten Besuch nie wieder gesehen. Doch in seinen Gedanken wüteten Rachegelüste. Er malte sich aus, wie er sie bestrafen würde. Wie er ihren Kopf unter Wasser tauchte, sie mit den Armen ruderte, um Hilfe flehte.

Bryan setzte sich neben ihn auf die Treppe, stemmte die Ellenbogen auf seine Oberschenkel, stützte den Kopf mit seinen Händen und seufzte theatralisch. „Ist doch voll langweilig nur rumzusitzen. Du hockst seit einer Stunde auf der blöden Treppe und starrst in die Weltgeschichte."

„Ich denke nach."

„Über was denkst du mit neun Jahren bitte eine Stunde lang nach? Geht es wieder um deine Familie? Du solltest langsam damit aufhören. Deine Mutter ist eine Verbrecherin, dein Vater ein Nichtsnutz und dein Bruder tot."

Unvermittelt krachte Josephs Faust in Bryans Gesicht.

Erschrocken stand er auf, starrte Joseph an. „Bist du bescheuert? Was soll das?" Der Adoptivbruder hielt sich die Hände in das dreckverschmierte Gesicht.

„Misch dich nicht ein!"

„Ich habe nur die Wahrheit gesagt. Du solltest es langsam akzeptieren. Du hast es hier viel besser." Bryan wischte sich mit dem Ärmel das Blut von der Nase. Dann setzte er sich wieder neben Joseph, legte seinen Arm um seine Schultern. „Ich weiß, dass es dich traurig macht.

Dass dir dein Bruder fehlt. Aber jetzt hast du mich. Ich passe auf dich auf. Du bist jetzt mein kleiner Bruder."

Beschämt blickte Joseph auf die Treppenstufe, schluckte schwer. Seine Augen füllten sich mit Tränen. Mit der rechten Fußspitze malte er eine Acht in den staubigen Boden. Mit kratziger Kehle sprach er, ohne Bryan anzuschauen. „Tut mir leid. Ich wollte dir nicht wehtun." Bryan war lieb zu ihm, er hatte es nicht verdient, seinen Zorn abzubekommen. Doch er nervte ihn mit seinem Brudergeschwafel. Es gab nur einen Bruder für ihn. Andrew. Sein toter Bruder. Er wollte keinen anderen.

„Ist schon okay. Ich bin keine Memme. Hast eine gute Rechte." Er grinste. Als er bemerkte, dass Joseph nicht zurücklächelte, nahm er eine ernste Miene an. „Vielleicht würde es dir helfen, wenn du mal darüber sprichst. Ich könnte dir zuhören, du könntest einfach alles raus lassen. Schreien, weinen, um dich hauen, egal. Wir gehen hinters Haus ins Baumhäuschen. Dort stört uns keiner."

Joseph blieb stumm. Er nestelte mit den Fingern. Gerade als Bryan aufstand, um sich resigniert zurückzuziehen, flüsterte Joseph: „Es wird anstrengend sein, mir zuzuhören."

Bryan setzte sich langsam wieder hinunter, lauschte.

„Er war mein Held." Tränen liefen Joseph die Wangen hinunter. „Wir haben immer Batman gespielt. Ich durfte seinen Umhang tragen. Doch er war dauernd krank. Ich war es nicht so oft. Aber er. Wir mussten ständig ins Krankenhaus fahren, doch die Ärzte haben nie etwas gefunden. Dann war er tot. Einfach so. Er lag auf dem großen Tisch und machte nichts mehr. Gott hat ihn zu sich geholt, weil er nicht artig war."

„Warum glaubst du das? Was hat er Schlimmes getan, dass er so hart bestraft wurde?"

„Er hat nicht gern auf Mutter gehört. Sie wollte nicht, dass wir draußen spielen. Es war zu gefährlich. Wir hätten uns anstecken können, oder verletzen. Andrew wollte das nicht akzeptieren. Er hat sich heimlich rausgeschlichen. Oder er hat Süßigkeiten gegessen. Mama war zornig, weil sie uns dadurch immer wieder Vitamine spritzen musste, um zu verhindern, dass wir mit einer Krankheit bestraft werden. Wir mussten beten, mussten unsere Sünden beichten. Sie sagte, wenn wir unsere Sünden aufrichtig bekennen, dann würde Gott verzeihen. Aber nur, wenn wir es ernst meinen. Kannst du das verstehen?"

„Nein. Was ist schlimm daran, Süßigkeiten zu essen?"

„Wir durften es nicht. Es war ungesund, hat uns krankgemacht."

„So ein Quatsch. Schau, wie viele Süßigkeiten ich esse. Ich bin gesund und stark."

„Meine Mutter hat uns vergiftet, wenn wir unartig waren."

„Wie bitte?" Entsetzt starrte Bryan ihn an.

„Sie hat uns ein Medikament gespritzt, das uns krank gemacht hat. Es waren gar keine Vitamine. Das hat Gott ihr befohlen. Als Strafe für unsere Sünden. Und er hat dann entschieden, ob er uns wieder gesund werden lässt. Andrew hatte er nicht mehr geglaubt."

„Das würde Gott niemals tun."

„Doch, er hat es getan." Trotzig verschränkte Joseph die Arme vor seiner Brust. „Und wenn du nicht aufpasst, wird er das Gleiche mit dir tun."

„Ich kann mich wehren. Auch gegen Gott." Bryan sprang auf, winkelte seine Arme an, um seine Muskeln zu zeigen. Bryan, der schmächtige, blasse, zehnjährige Junge, der drei Jahre jünger wirkte.

Joseph prustete los. Obwohl es ihm gerade nicht gut ging, erschien ihm ein Bild, in dem Bryan mit kämpferischer Pose vor Gott stand und versuchte, ihm die Stirn zu bieten. Er musste lachen. Bryan stieg mit ein. Sie begannen zusammenzuspinnen, wie sie Gott austricksen konnten. Wie sie verhindern konnten, dass Gott sie jemals bestrafen könnte. Sie bemerkten nicht, dass die Dunkelheit bereits eingebrochen war.

„Kinder, kommt zum Abendbrot." Der Vater stand in der braunen Eingangstür. Sein warmes Lächeln breitete in Joseph ein wohliges Gefühl aus. Obwohl er voller Zorn, Hass und Trauer war, fühlte er die Wärme und Liebe, die ihm seine neue Familie schenkte. Fast schämte er sich, dass er es nicht schaffte, ihnen diese Liebe zurückzugeben. In ihm tobte ein Dämon. Seine Seele war dunkel. Seine ersten fünf Lebensjahre hatten ihn zerstört. Er glaubte nicht an das Gute. Er hatte Angst, dass eines Tages Gott zurückkommen würde, ihn bestrafen würde. Doch er schwor sich, er würde bereit sein.

23

Alle blickten auf die Gestalt, von der nichts mehr zu erkennen war. Um das Skelett hüllte sich eine braune, ausgetrocknete Lederhaut. Fingernägel und Haare waren noch da. Auf dem Teppich breitete sich ein dunkler Fleck aus. Die Leiche war mit dem Teppich verwachsen.

„Von dem ist nicht mehr viel übrig." Aiden rümpfte seine Nase, blickte durch das Zimmer.

Alexander klopfte das Herz. Wie konnte hier eine Leiche verwesen, ohne dass es jemand mitbekommen hatte? Er drehte sich um, verließ die Wohnung und rief die Spurensicherung. Dann klingelte er bei einem der Nachbarn.

Eine magere Gestalt öffnete die Tür. „Was wollen Sie?"

„FBI. Ich habe ein paar Fragen an Sie. Kennen Sie Joseph Fisher?"

„Klar kenn ich den. Es ist mein Nachbar."

„Wann haben Sie ihn das letzte Mal gesehen?"

Der Mann kratzte sich über seinen Bart. Er legte die Stirn in Falten. „Wenn Sie mich so fragen, schon lange nicht mehr. Er war kaum zu Hause. Fuhr immer mit seinem Taxi herum. Mmhhh, da fällt mir ein … Das Taxi habe ich auch schon länger nicht mehr gesehen."

„In Joseph Fishers Wohnung liegt eine Leiche. Ist Ihnen nie etwas aufgefallen? Ein unangenehmer Geruch?"

Entsetzt starrte der Mann Alexander an. Er schüttelte sich. „Eine Leiche?"

Alexander nickte.

Der Mann senkte den Kopf, seine Wangen färbten sich rot. „Nun ja, ich hab vor langer Zeit schon etwas gerochen. Es war eklig. Es hat echt in der Nase gebissen. Aber es war nicht ungewöhnlich. Sie haben ja sicher gesehen, wie es da drinnen aussieht. Joseph hatte es mit dem Putzen nicht so ernstgenommen. Es hat oft gerochen. Ich dachte, da haben sich jetzt die Ratten eingenistet, die qualvoll verenden. Ich hänge mich nicht in die Angelegenheiten anderer. Das tut hier niemand. Wissen Sie, das Gute an dem Viertel ist, man ist für sich. Keiner interessiert sich für einen." Als ihm bewusst wurde, was er gesagt hatte, wurde er betrübt. „Auch nicht wenn du verreckst. Joseph ist also tot?"

„Wir wissen nicht, um wen es sich handelt. Die Leiche liegt schon länger dort. Man erkennt nichts mehr. Haben Sie mitbekommen, ob er jemals Besuch hatte?"

„Er hatte kaum Besuch. Er war ein Einzelgänger. Ziemlich merkwürdig. Ich habe mich hin und wieder mit ihm unterhalten. Er hatte, glaub ich, eine ziemlich gestörte Meinung über Gott. Ich habe nie verstanden, was er damit meinte. Familie kenne ich keine. Seitdem ich hergezogen bin, habe ich nie jemanden gesehen."

„Seit wann wohnen Sie hier?"

„Seit 2005."

„In Ordnung. Vielen Dank für Ihre Hilfe."

Alexander fragte noch bei den anderen Nachbarn nach. Erhielt allerdings überall die gleichen Antworten. Keiner kannte ihn näher. Keiner interessierte sich für ihn. Keiner wollte den ungewöhnlichen Gestank wahrgenommen haben. Die Ermittler kannten das schon. Die Leute ignorierten das, was ihnen merkwürdig vorkommen sollte. Es war nicht unüblich, dass Leichen über Wochen in ihren Wohnungen verwesten, ohne dass es jemand meldete. Erst wenn sich die Maden durch die Decken fraßen, war das Geschrei groß. Fisher hatte niemanden, der unter ihm wohnte. So fiel es nicht auf, dass sich das Ungeziefer vermehrte und sich vom Inneren der Leiche ernährte. Für den Geruch fanden sie alle eine Ausrede. Alex rief Natalie an.

„Habt ihr ihn?"

„Wir haben eine Leiche gefunden. Mindestens ein Jahr alt. Such mir alles von Fisher raus. Leben die Adoptiveltern noch? Wo steckt die leibliche Mutter?"

„Wird sofort erledigt."

Alexander ging zurück zu seinen Kollegen, die sich vor der Wohnungstür versammelt hatten. Um nichts zu kontaminieren, hatten sie die Wohnung verlassen und warteten auf die Spurensicherung.

Aiden kam auf Alex zu.

„Was meinst du? Wer ist die Leiche?"

„Vielleicht ist es sein erstes Opfer? Vielleicht haben wir jemanden übersehen. Die Leiche liegt mindestens seit einem Jahr dort. Ab da vermuten wir, haben die

Entführungen angefangen. Kim Newman wird seit einem Jahr vermisst. Vielleicht war das hier jemand, an dem er geübt hatte. Oder der Auslöser."

Alexanders Handy klingelte. Natalie rief schon zurück.

„Seine Adoptiveltern wohnen in Bloomingdale. In dem Haus, in dem Joseph Fisher großgeworden ist. Seine Adoptivgeschwister, übrigens allesamt adoptiert, sind überall verstreut. Zwei der Mädchen leben in Deutschland. Das dritte Mädchen ist vor drei Jahren nach Spanien ausgewandert. Ein Adoptivbruder lebt in Springfield. Ich schicke euch die Adresse."

„Was ist mit seiner leiblichen Mutter?"

„Die ist vor vier Jahren gestorben. Sie saß bis dahin im Gefängnis hier in Chicago."

„Danke dir. Wir fahren zu den Adoptiveltern."

24

Joseph Fisher fluchte, als ihn das penetrante Klingeln seines Handys weckte. Dreimal hatte er den nervigen Typen weggedrückt, doch Bryan hatte nicht aufgegeben. „Mein Gott, du Blödmann, was willst du?"

„Hab ich dich geweckt?"

„Natürlich hast du das. Ich habe frei. Ich kann ausschlafen."

„Es ist Mittag."

„Und wenn schon? Auf mich wartet keiner."

„Doch, ich. Wir waren zum Mittagessen verabredet."

Joseph seufzte extra laut, sodass Bryan hören konnte, dass ihm das nicht passte.

„Joseph, was ist nun? Ich sitze hier im ‚Highways-Garden' und warte auf dich. Ich fahre extra alle zwei Monate dreihundertzwanzig Kilometer, nur um dich zu sehen."

„Reicht es nicht, wenn du mich jeden Tag anrufst?"

„Komm schon, ich fühle mich ein bisschen für dich verantwortlich, schließlich bin ich so weit weggezogen und habe dich ganz allein hier in Bloomingdale gelassen. Kannst du deinem großen Bruder diesen Gefallen abschlagen?" Man konnte sein Grinsen durch das Telefon spüren.

Joseph hievte sich aus dem Bett, schaute auf den Wecker. Sie waren seit einer halben Stunde verabredet. Bryan würde keine Ruhe geben, wenn er ihn an dem Tag nicht zu Gesicht bekäme. Er blickte sich in seinem Wohnzimmer um, das im absoluten Chaos versank. Überall lagen leere Pizzakartons oder andere Fastfood-Verpackungen herum. Beim Laufen stieß er gegen eine zerrissene Plastiktüte mit Pfandflaschen, die sich scheppernd über den gesamten Boden verteilten. Der Aschenbecher auf dem niedrigen Couchtisch quoll über, eine halb leere Kaffeetasse diente als Ersatz. In der Spüle stapelte sich das Geschirr, das Joseph spätestens in einer Woche wegwerfen würde, weil es von schimmeligen Essensresten nicht mehr befreit werden konnte. Er bewohnte eine kleine Zweiraumwohnung. Das Hauptzimmer war groß, ein Stück war abgetrennt, in dem die Küchenzeile stand. Das Zimmer miefte nach kaltem Zigarettenrauch, Bier und Essensresten.

„Ich kann auch bei dir vorbeikommen, wenn du keine Lust auf Essen hast?"

Damit hatte Joseph gerechnet. Er senkte resigniert die Schultern. In seine Wohnung konnte er auf keinen Fall jemanden reinlassen. Kurz dachte er darüber nach, sich eine Ausrede einfallen zu lassen. Doch er wusste, Bryan ließ sich nicht einfach abschütteln. Außerdem vermisste er ihn.

„Ich bin in einer halben Stunde da."

„Ich freue mich."

„Ich trinke ein kühles Bier, eine Cola und esse einen Burrito mit viel Käse, dazu eine gebackene Kartoffel mit Sour Cream."

„Wow, du hast Appetit."

„Bis gleich."

Joseph zog sich das fleckige Achselshirt aus, zog einen einigermaßen sauberen Pullover an, der über dem Stuhl mit der Schmutzwäsche hing. Seine Jeanshose zeigte Verschleißspuren. Joseph bekam sie gerade noch zu. Er ging in das kleine Badezimmer, spritzte sich Wasser ins Gesicht, putzte die Zähne. Er sprühte sich von Kopf bis Fuß mit nach Bergamotte, Zitronengras und Majoran riechendem Deodorant ein. Dann verließ er seine Wohnung. Ins „Highways-Garden" waren es zehn Minuten Fußweg. Es war Frühling, die Sonne schien, doch ein frischer Wind wehte. Joseph hasste diese Jahreszeit. Alles war hell und freundlich. Die Menschen hatten plötzlich gute Laune, krochen aus ihren Löchern und gingen ihren Hobbys nach. Er mochte den dunklen Winter, so dunkel wie seine Seele.

Joseph betrat das „Highways-Garden". Ein Bistro, das mexikanisch-texanische Spezialitäten anbot. Bryan saß an einem runden Tisch in Nähe der Fenster, der einen Ausblick auf den gegenüberliegenden Park ermöglichte. Das Essen und Trinken stand bereits auf dem Tisch. Joseph sog den Duft des frisch zubereiteten Mittagessens in sich auf. Sein Magen antwortete mit einem Knurren.

„Müssen wir unbedingt am Fenster sitzen?" Joseph musste schreien, damit Bryan ihn hören konnte. Er liebte das Essen im „Highways-Garden", doch er hasste es, wenn die Musik so laut aufgedreht wurde, dass man sich mit seinem Gegenüber anbrüllen musste.

„Warum nicht? Es ist schön draußen. Ein bisschen Licht tut dir gut. Du siehst blass aus."

Joseph zog die Augenbrauen hoch, während Bryan ihn in seine Arme schloss. Er erlaubte sich einen kurzen Blick in den Park. Menschen rannten, mit Aktenkoffern unter den Arm geklemmt und Coffee-to-go-Bechern in der Hand. Einige saßen auf den Parkbänken, schlangen schnell ein Sandwich oder einen Burger hinunter. Die meisten hatten gerade Mittagspause und strömten aus ihren Büros, um einen kurzen Lunch einzunehmen.

„Du hast ordentlich zugenommen, Joseph. Ernährst du dich vernünftig?"

„Pizza, Fried-Chicken, Bier."

„Ziemlich nahrhaft. Aber egal. Lass es dir schmecken."

Während sich Joseph über den Burrito hermachte, betrachtete er Bryan genau. Er war schlank, jedoch nicht mehr so dürr und hager. Er sah gesund aus. Er war mit einem schwarzen Anzug gekleidet. Joseph starrte auf den Ring an Bryans linkem Ringfinger.

Bryan hüstelte verlegen. „Deswegen wollte ich dich unbedingt sehen."

„Du trägst einen Ring?"

„Nicht irgendeinen Ring. Es ist mein Ehering."

Joseph starrte Bryan an, kaute seinen Burrito.

„Du kannst dich ruhig ein wenig für mich freuen. Ich habe Lynn geheiratet. Vor zwei Wochen."

„Glückwunsch. Hätte mich gefreut, wenn ich eingeladen gewesen wäre."

„Es gab keine Hochzeitsfeier. Lynn ist krank."

„Sie ist krank?"

„Joseph, bitte fang jetzt nicht wieder damit an. Wir wollten nur unsere Liebe mit der Ehe besiegeln. Sobald sie gesund ist, holen wir die Feier nach. Und dann kommst du nach Springfield."

„Bist du sicher, dass es die Richtige für dich ist?"

„Ich bin sicher. Absolut. Sie ist ein liebenswerter Mensch. Sie könnte niemandem etwas zuleide tun. Sie wird nicht von Gott bestraft. Es ist Schicksal."

„Was hat sie?"

„Sie ist an Lupus erkrankt."

„Lupus? Der kann tödlich enden."

„Herrgott, Joseph, ja, das kann er. Aber es wird nicht passieren. Lynn ist eine Kämpferin. Sie braucht nur eine neue Niere."

„Das bedeutet, sie ist an dem systemischen Lupus erkrankt?"

Bryan senkte seinen Kopf.

„Es ist nicht nur ihre Haut betroffen?"

Seine Augen füllten sich mit Tränen. Er dachte an seine Frau. Lupus war eine entzündliche Autoimmunkrankheit, die in den meisten Fällen nur die Haut betraf. Doch Lynn hatte das Pech, dass bei ihr innere Organe betroffen waren. Der entzündliche Prozess trat schubweise auf. Bryan sah sie vor seinem inneren Auge, wie sie müde, abgeschlagen und fiebrig auf dem Sofa lag. Die regelmäßigen Blutwäschen, die sie über sich ergehen lassen musste. Er bangte um Lynn. „Sie braucht schon bald eine Niere."

„Vergiss es. Du willst, dass ich mich testen lasse? Meine Nieren sind hinüber. Schau mich an."

„Du kannst es wenigstens versuchen. Bitte, ich flehe dich an. Ich möchte Lynn nicht verlieren."

„Ich überlege es mir."

„Danke."

Eine betretene Stille stellte sich ein. Joseph schlang seine Ofenkartoffel herunter, kleckerte dabei Sour Cream auf den Pullover.

Bryan rührte sein Essen nicht mehr an. Skeptisch betrachtete er das widerliche Essverhalten seines Bruders. Fassungslos darüber, wie emotionslos Joseph auf die schlimme Nachricht von Lynn reagierte. „Wie läuft es bei dir?"

„Ganz gut." Joseph kaute weiter, kippte ein Schluck Bier hinterher.

„Macht die Arbeit Spaß?"

„Ja, ist interessant." Joseph lachte auf. „Schon witzig, dass ausgerechnet ich Krankentransporte fahre."

„Denkst du immer noch, dass Krankheit eine Bestrafung von Gott ist?"

Joseph zuckte mit den Schultern. Er wollte nicht darüber sprechen. Es würde nur wieder zu einem Streit führen.

„Okay, du kannst glauben, was du willst. Aber deine Mutter hat dir das eingeredet. Du bist jetzt erwachsen. Bitte, was sollen denn all die Kranken angestellt haben?"

„Betrug, Lügen, Klauen, Ehebruch, es gibt einiges."

„Lassen wir das Thema. Ich muss los. Ich wollte noch zu unserer Mutter. Kommst du mit?"

„Adoptivmutter! Nein, ich hab was vor. Bestell ihr liebe Grüße."

Bryan nahm Joseph in die Arme, drückte ihn fest an sich. Er wollte ihn nicht wieder loslassen. Es bedrückte ihn, dass sein Adoptivbruder so kalt war. Doch er konnte nichts dafür. Es war seine Mutter, die das aus ihm gemacht hatte.

September 2000

Lieber Joseph,

Vielen Dank, dass du dich wegen der Niere hast testen lassen. Leider gab es ja keine Übereinstimmung. Bitte verzeihe mir, dass ich lange nichts von mir hab hören lassen, geschweige denn vorbeigekommen bin. Lynn ist vor sechs Monaten gestorben. Ich bin unendlich traurig, dass ich sie nicht retten konnte. Ich fühle mich elend und allein. Wir hatten so viele wundervolle Pläne. Nun musste ich sie zu Grabe tragen. Eine so junge, bildschöne und liebenswerte Frau, einfach aus dem Leben gerissen. Aus meinem Leben gerissen. Ich wollte dir nur ihren Tod mitteilen. Wir sehen uns bald.

Dein Bryan

Joseph las die Zeilen. Es rührte sich kein Gefühl in ihm. Vielleicht war sie kein so unschuldiges Wesen, wie Bryan dachte. Joseph zerknüllte den Brief, warf ihn mitten in sein Wohnzimmer zu dem restlichen Müll. Er steckte sich eine Zigarette an.

25

16. Dezember 2016

Die alte Frau nahm mit zitternder Hand ihre Tasse Tee und führte sie zum Mund. Dabei schwappte ein großer Schluck des heißen Getränks über, landete der Frau auf dem Oberschenkel. Alex war versucht aufzuspringen, ihr zu helfen, doch die Frau rührte sich nicht, als hätte sie es nicht bemerkt, dass etwas Heißes auf ihrem Bein gelandet war.

„Meine Kinder haben sich fast alle nicht mehr oft gemeldet. Ich kann das nicht verstehen. Wir haben sie alle geliebt. Wir haben ihnen eine glückliche Kindheit geschenkt. Wir waren um jeden Einzelnen dankbar. Die Mädchen sind alle weit weg. Aber sie melden sich wenigstens noch ab und zu. Von Bryan haben wir seit bestimmt einem Jahr nichts mehr gehört. Das ist wirklich merkwürdig. Er kam bis dahin alle zwei Monate nach Bloomingdale, um uns zu besuchen. Er war ein trauriger Mann. Sein ganzes Leben bestand nur aus Tragödien. Seit seinem ersten Lebensjahr ist er vom Pech verfolgt. Sein Vater hatte seine Mutter im Streit getötet und sich anschließend selbst erhängt. Ein Jahr lang lebte er bei seiner alten Großmutter, die dann jedoch auch verstarb.

Weitere Verwandte hatte er keine. Als er zu uns kam, war er zwei Jahre. Er hatte eine glückliche Kindheit. Mit achtzehn ist er nach Springfield gezogen. Hat geheiratet. Er war von Glück erfüllt. Alle zwei Monate kam er. Stets besuchte er erst Joseph. Die beiden haben sich geliebt. Im Anschluss kam er immer zu uns. Leider verstarb seine große Liebe kurz nach der Hochzeit. Er war so traurig. Er kam trotzdem immer noch. Aber nur noch zu uns."

„Was meinen Sie damit?"

„Nun, Joseph war mit neunzehn ausgezogen. Und obwohl er in Bloomingdale blieb, haben wir ihn nicht mehr zu Gesicht bekommen. Seine Mutter hatte ihn zerstört. Egal wie gut er es bei uns hatte, wir konnten seine Seele nicht retten. Bryan hatte sich von Anfang an um ihn gekümmert. Joseph hatte eine unfassbare Wut in sich getragen. Er ist krank geworden, wenn sie mich fragen. Im Kopf meine ich. 2001 hatte ihn Bryan das letzte Mal besucht. Er war sauer, weil sich Joseph nach dem Tod seiner Frau nicht einmal bei ihm gemeldet hatte. Er wollte ihn zur Rede stellen. Doch Joseph war besessen davon, dass alle Menschen, die krank waren, gesündigt hätten. Dass sie alle mit der Erkrankung von Gott bestraft wurden. Eben auch Lynn, Bryans Ehefrau. Bryan war fassungslos. Er kam völlig aufgelöst zu uns. Es tat mir in der Seele weh. Joseph war immer sein Ein und Alles. Aber von da an kam er nur noch zu uns."

„Er war nie wieder bei Joseph?"

„Er hatte immer wieder versucht, Kontakt aufzunehmen. Er konnte ihn nicht fallen lassen. Wissen Sie, Joseph kann doch nichts dafür. Es war seine Mutter. Sie hat ihm das alles eingeredet. Doch Joseph wollte ihn nicht mehr sehen." Traurig senkte sie ihren Kopf. Ihre Hände zitterten.

Ihr Mann saß schweigend neben ihr und hielt sie in seinen Armen. Alexander war gerührt, wie groß die Liebe der beiden nach so vielen Jahren noch war.

„Seit zwei Jahren kam Bryan auch nicht mehr oft. Ab und zu hat er noch angerufen. Aber seit über einem Jahr haben wir nichts mehr von ihm gehört. Er ist daran zerbrochen. Ich hoffe, es geht ihm gut."

Alexander musste schlucken. Er dachte an die Leiche. Hatte Joseph seinen Adoptivbruder ermordet? „Mrs. Moore. Wir ermitteln in einem Mordfall, in dem Joseph Fisher ein Verdächtiger ist. Wir können ihn nicht auffinden."

Das fahle Gesicht der alten Frau verfärbte sich in ein noch viel weißeres. Alexander hatte Angst, dass sie die Nachrichten nicht verdauen könnte, gleich das Bewusstsein verlieren würde. Er stand auf, hockte sich vor sie und hielt ihr die Hand.

„Nein, was sagen Sie da? Zu so etwas wäre Joseph nie fähig."

„Es ist erst einmal nur ein Verdacht. Einige Hinweise führen zu ihm. Deshalb würden wir uns gern mit ihm unterhalten. In seiner Wohnung haben wir ihn nicht angetroffen. Könnten Sie sich vorstellen, wo er sich aufhalten könnte?" Alexander wusste die Antwort bereits. Die Frau hatte ihn seit Jahren nicht gesehen. Woher sollte sie es wissen.

Die Frau brach weinend in den Armen ihres Mannes zusammen. „Wenn Bryan das erfährt, wird er daran endgültig verzweifeln."

Alexander verschwieg seine Vermutung, dass Bryan längst tot war.

26

Durch das Quietschen des Tores erwachte Mary White. Ihre Glieder waren steif. Mit schmerzerfülltem Gesicht versuchte sie, sich zu bewegen, ihre müden Knochen wiederzubeleben. Sie setzte sich aufrecht auf die Decke, schaute zu Maddie. Das Mädchen war mit dem Öffnen des Tores aufgesprungen. Mary konnte ihre Panik spüren. Als das grelle Licht in der Scheune anging, blinzelte sie heftig. Es dauerte einige Sekunden, bis sie sich an die Helligkeit gewöhnt hatte. Maddie zitterte. Ihre Augen waren rot und geschwollen. Mary hatte sie die ganze Nacht weinen hören, nichts was sie gesagt hatte, konnte sie beruhigen. Sie war zwölf, glaubte an das Gute im Menschen. Sie hatte gegen ihre Erkrankung gekämpft. Zum Dank passierte ihr so etwas Furchtbares. Mary drehte sich zu Scott, der reglos am Boden liegenblieb. Nur der sich beim Atmen rhythmisch bewegende Oberkörper verriet, dass er noch lebte. Mary sah, wie der bullige Typ direkt auf sie zukam. Sie bemühte sich erst gar nicht, aufzustehen.

„Steh auf!", brüllte der Mann.

Speichel spritzte Mary ins Gesicht.

Ihr war klar, dass ihre Stunde gekommen war. Auch Scott wusste das, deshalb bewegte er sich nicht. Über lange Wochen waren sie dort zusammen eingesperrt. Keiner außer Maddie hatte noch Hoffnung lebend herauszukommen. Er würde sie alle töten. Ebenso ein unschuldiges zwölfjähriges Mädchen. Scott und Mary waren zusammengewachsen, hatten gemeinsam gelitten. Nun würde sie gehen müssen. In der letzten Nacht hatte sie über ihren Tod nachgedacht. Sie hatte Angst davor, was er ihr antun wollte. Doch sie hatte sich von der Panik befreit. Sie würde zu ihrer Tochter kommen, sie in die Arme schließen können. Gleichzeitig machte sie der Gedanke an ihren Ehemann traurig. Der allein zurückbleiben würde. Voller Trauer. Voller Schmerz.

Das Ungetüm riss sie an ihrem rechten Arm hoch, öffnete das Halsband. „Es war zu spät. Ich bringe dich nach Hause. Gott hat dir nicht vergeben."

Irritiert schaute sie ihn an. Hatte er gesagt, er bringt sie nach Hause? Für den Bruchteil einer Sekunde keimte Hoffnung in ihr auf. Die sie genauso schnell verließ, wie sie gekommen war. Er würde sie nicht ohne Weiteres heimbringen.

Maddie schrie: „Ich will auch nach Hause. Lass mich zu meiner Mutter! Ich will hier raus." Hysterisch zog sie an der Halskette. Achtete nicht auf den Schmerz, der sich um ihren Hals legte. Die panikerfüllten Augen weiteten sich.

Mary wollte ihr die Illusion nicht nehmen, dass sie eines Tages heimkehren würde. Es war jetzt egal. Mary würde nicht zurückkehren. Nun musste Scott das Mädchen beruhigen. Sie schaute der Zwölfjährigen tief in die Augen. „Bleib stark, Kleines." An Scott gewandt sagte sie: „Ich bete für euch."

Scott kniff die Augen zusammen, versuchte, den qualvollen Stich in seinem Herzen zu ertragen.

Etwas Hartes knallte gegen Marys Schädel. Sie sackte in den Armen des Mannes zusammen. Maddie verstummte augenblicklich, starrte entsetzt auf die blutende Wunde an Marys Kopf. Sie war kreidebleich. Sie ließ sich auf den Boden fallen, ihre Beine zitterten. Das, was sie beobachtete, lief wie ein Film ab. Ein Film, den ihre Eltern nie erlaubt hätten zu schauen. Der Mann legte den leblosen Körper der Frau über seine rechte Schulter. Ohne Mühe trug er sie zur Tür hinaus.

„Lassen Sie sie sofort runter. Sie sind ein widerliches Arschloch." Maddie brüllte so laut, dass ihre Stimme brach. Mit aller Leibeskraft versuchte sie, den Mann aufzuhalten. Doch er ließ sich nicht beirren. Gemütlich schlenderte er durch das Tor, schaltete das Licht aus.

Keine fünf Minuten später hörte Maddie einen Wagen fortfahren. „Wo bringt er sie hin? Bitte, lieber Gott, hilf mir doch."

Scott lachte auf. „Du glaubst an Gott? Dir wird niemand helfen. Du wirst genauso sterben, wie es Mary jetzt tut."

„Hör auf, das zu sagen. Er hat gesagt, er bringt sie nach Hause."

„Sei nicht so naiv. Er wird sie nicht nach Hause bringen, wo sie jedem brühwarm erzählen kann, wer ihr das angetan hat. Er wird sie entsorgen. Danach wird er das Gleiche mit mir machen. Ein paar Wochen später mit dir."

Maddie hielt sich die Ohren zu, ließ sich auf ihre Decke fallen, wiegte ihren Körper vor und zurück. Sie dachte an ihre Mutter, ihren Vater. Dachte an die besorgten Gesichter, als sie die Diagnose ihres Nierentumors erfahren hatten. Was müssen sie gerade für Sorgen durchmachen? Sie versuchte zu weinen, doch ihre Augen ließen keine Tränen mehr zu. Sie besann sich ihrer Band und dem Weihnachtskonzert. Hatten sie trotzdem gestern geprobt? Werden sie ohne sie auf dem Weihnachtsfest spielen? Sie ließ die Schultern hängen. Versuchte zu begreifen, warum sie dort gefangen war. „Warum tut er sowas?"

„Weil er gestört ist. Vielleicht hat er als Kind zu oft was auf den Kopf bekommen." Die Worte klangen nach purem Hass. Gleichermaßen nach Resignation. Mary wurde ihm weggenommen. Er hatte sie gemocht. Sie war der Ruhepol, den er dort gebraucht hatte. Eine Art Mutterfigur, die ihn tröstete, beruhigte. Er hatte Heidenangst. Der Nächste würde er sein. Er schloss die Augen, dachte gar nicht daran, auf das kleine verängstigte Mädchen einzugehen.

Marys Kopf brummte. Um sie herum war es dunkel. Sie versuchte, sich aufzusetzen, konnte sich jedoch nicht bewegen. Ihre Hände waren auf dem Rücken gefesselt. Sie hatte Schmerzen in der rechten Schulter, die von der unnatürlichen Körperlage herrührte. Sie konzentrierte sich auf das Geräusch, das zunehmend in ihren Ohren dröhnte, bis sie erkannte, dass es ein Motorengeräusch war. Sie lag in einem Auto. Sie erinnerte sich an den Blick von Maddie, als der Schlag ihren Kopf traf. Bei der Erinnerung verkrampfte ihr Herz. Der Schmerz breitete sich rasant aus, strahlte in die Schulterregion. Mary rang nach Luft. Übelkeit stieg in ihr empor. Mit letzter Kraft versuchte sie, sich aus den Fesseln zu befreien, wollte sich das verdreckte, stinkende T-Shirt, das sie seit Monaten an ihrem Leibe trug, von der Brust reißen. Die Panikwelle brach über sie ein, raubte ihr den Atem. Bilder ihres Mannes schossen ihr durch den Kopf. Abwechselnd mit den Bildern der Scheune, die seit Monaten ihr Zuhause gewesen war. Das Auto blieb stehen. Mit angsterfüllten Augen starrte sie in das Gesicht des widerlichen, ungepflegten Mannes. Schaute auf den verfilzten Bart, an dem sie gerne ziehen würde. So stark, dass es ihm die Haut vom Gesicht reißen würde. Sie wollte sich wehren, ihn mit ihrem Hass bombardieren, doch sie wimmerte nur.

Der Mann grinste. „Jetzt gibt es eine Abschiedsparty. Nur du, ich und Gott." Er wuchtete Mary aus dem Wagen, packte sie über die Schulter und lief los.

Mary versuchte nicht, sich zu wehren. Selbst wenn sie es täte, würde es für ihn eine Leichtigkeit sein, sie zu tragen. Er war groß. Seine Pranken waren so enorm, dass er sie mit nur einer Hand hätte erwürgen können.

Mary schaute sich um. Trotz der Dunkelheit, die noch über dem DuPage County schwebte, erkannte sie den Kalksteinpfad, der sich um den Maple Lake schlang. Sie war oft mit ihrem Mann dort gewesen. Er war leidenschaftlicher Angler. Jeden Samstag waren sie gemeinsam mit seinem kleinen Boot auf den See gefahren. Sie hatte die Ruhe genossen, die der Wald um sie herum ausstrahlte, während ihr Ehemann seinem Hobby nachgegangen war. Dort sollte sie sterben? Es kam ihr fast wie Ironie des Schicksals vor. Es fehlte nur noch, dass Samstag war. „Welchen Tag haben wir heute?"

„Warum interessiert es dich?"

„Ich möchte wissen, an welchen Tag ich sterbe."

„Dein Todestag ist Samstag, der 17.12.2016. Aber ich weiß nicht, ob man das genaue Datum auf deinen Grabstein meißeln kann. Es kommt darauf an, wann man dich findet. Und ob man dann noch den genauen Todeszeitpunkt feststellen kann."

Irgendwie beunruhigten Mary seine Worte. Als ob es im Moment bedeutsam wäre, was für ein Todestag auf ihrem Stein stehen würde. Doch es stimmte sie traurig, dass ihr Tod nicht gewürdigt werden konnte, so wie es bei Verstorbenen normalerweise geregelt war. Welchen Tag würde sich ihr Mann aussuchen zum Trauern? Den Tag ihres Verschwindens, den Tag, an dem sie gefunden werden würde? Die Tatsache, dass sie vielleicht mehrere Wochen, Monate oder sogar Jahre irgendwo in der Pampa vor sich hin verrotten würde, machte ihr Angst. Hatte sie solch einen Tod wirklich verdient? Sie würde an einem Samstag im Mecham Grove Forest in Bloomingdale sterben. In dem Wald, dessen Ruhe sie jeden Samstag genossen hatte. Fast hätte sie gelacht, wenn die Situation nicht so grausam gewesen wäre.

Der Mann legte Mary in die eisige Kälte des Schnees. Er platzierte seinen Rucksack neben ihr, holte ein Etui heraus. Die silberne Klinge des Messers glitzerte und reflektierte im reinen, weißen Schnee.

„Du wirst büßen. Der Herr hat dir keine Chance mehr gegeben. Du hast dich deiner Schuld nicht bekannt. Nun wird Gott dich zu sich holen."

„Ich habe meine Sünden zugegeben." Mary ließ den Blick nicht von dem Messer. „Du hast es gehört. Ich habe es getan."

„Es war zu spät. Er wird nachsichtiger zu dir sein als zu den anderen. Er wird erkennen, dass du es versucht hast. Doch es war nicht rechtzeitig."

Mary verstand kein Wort von dem, was der Mann faselte. Die Angst benebelte sie.

Er hockte sich über sie. „Ich werde dich von dem Bösen befreien. Du musst es nicht mitnehmen. Bei ihm wirst du wieder gesund."

Mary schüttelte ihren Kopf, fassungslos spürte sie den Druck auf ihrer Brust, als er das Messer in sie hineinstieß, ihren Brustkorb von oben nach unten aufschlitzte. Sie spürte, wie ihr Herz schneller schlug, dann verlor sie das Bewusstsein.

27

Alex rief Natalie an. „Gibt es schon was?"

„Joseph Fisher war offenbar seit einem Jahr nicht in der Wohnung. Seitdem wurde der Briefkasten nicht mehr geleert. Das älteste Datum auf den Postsendungen war der 05. Dezember 2015."

„Wann ist Kim Newman verschwunden?"

„Am 10. Dezember 2015. Seit dem 05. Dezember war Fisher auch nicht mehr am Arbeitsplatz erschienen. Es liegt eine Anzeige vor, wegen Diebstahl. Er hatte das Auto nie zurückgegeben."

„Natürlich nicht, er brauchte es für die Opfer. Nur so konnte er ihr Vertrauen gewinnen. So hat er sie ohne großes Aufsehen weggebracht. Die Opfer kannten ihn."

„Die letzte Nummer, die er am Telefon gewählt hatte, war ebenso um die Zeit. Am 02. Dezember. Die Vorwahl ist Springfield. Die Nummer gehört einem gewissen Bryan Brewster."

„Das ist sein Adoptivbruder. Möglich, dass er ihn da zu sich bestellt hat. Ich wette die Leiche ist Bryan. Haben wir schon einen Zahnabdruckvergleich?"

„Nein, Simmerman ist noch nicht so weit. Auch noch nicht mit dem Blut vom Tatort. Doch er meinte, in Anbetracht dessen, dass sich der Blutfleck unter der Leiche befand, geht er davon aus, dass es vom Opfer stammt. Er hat mehrere Abnutzungen an den Rippen und Einstiche durch die Haut gefunden, die darauf hindeuten, dass das Opfer erstochen wurde. Die Miete für die Wohnung wurde weiter überwiesen. Wir prüfen gerade, von wo es kommt."

„Alles klar. Durchleuchtet weiter. Irgendwo muss er die Opfer festhalten. Er foltert sie brutal. Er braucht dafür Abgeschiedenheit. Einen Ort, an dem niemand etwas hört."

„Ich melde mich."

Alexander wollte gerade auf den South-Sacramento-Boulevard biegen, in Richtung West-Roosevelt-Road, als sein Handy klingelte. „King? Was gibt es?"

„Ich bin in Bloomingdale. Am Marple Lake. Dreimal darfst du raten, warum?"

„Eine Leiche?"

„Richtig. Ich habe zufällig gesehen, dass ein Polizeieinsatz war, als ich dort joggen war. Ich bin neugierig geworden. Es ist unser Täter. Doch etwas ist anders."

„Ich bin unterwegs." An Mitchell gewandt sagte er: „Wir haben eine dritte Leiche. Ich fahre nach Bloomingdale. King ist bereits vor Ort."

Alexander brauchte eine dreiviertel Stunde bis zum Mecham Grove Forest. Der Verkehr auf dem South-Sacramento-Boulevard in Richtung Norden hatte sich verdichtet. Es bedurfte allein fünfzehn Minuten bis zur Interstate-290-West. An der Ausfahrt nach Addison in Richtung Lake-Street ging es ebenso nur stockend voran. Alexander musste an Herb denken. An die Reaktion, als die Krankenschwester ihn besorgt gefragt hatte, ob er Probleme habe. Wie sich sein Gesicht dunkelrot färbte, er anfing zu schwitzen und schnell vom Thema ablenkte. Der Ermittler war genervt, als er auf dem Parkplatz an der Circle-Avenue ankam. Er stieg, vor sich hinfluchend, aus. Alex stapfte durch den Schnee. Als er an dem Kalkstein-pfad ankam, winkte ihm Aiden King zu.

Er kam ihm entgegengerannt. Der Versuch, auf der glatten Schneedecke Halt zu finden, sah aus, als führte er einen merkwürdigen Tanz auf. „Es handelt sich unter aller Voraussicht um Mary White", rief er von Weitem, sodass sich seine Stimme überschlug. „Es sind ihre Papiere, die neben ihrem Körper lagen."

„Sicher, dass es unser Täter ist?"

„Simmerman sagt, es ist seine Handschrift. Ein Organ, das rausgeholt wurde, eine Botschaft an uns."

„Du sagtest, etwas wäre anders?"

„Komm mit, schau es dir selbst an."

Der leitende Sonderermittler folgte seinem Kollegen in den Wald. Nach wenigen Metern erreichten sie das aufgestellte Zelt, in dem sich die beiden einen Schutzan-zug und Schuhüberzieher anzogen. Gemeinsam liefen sie in das zweite, in dem das Opfer lag.

Simmerman plauderte los, ohne Alex zu be-grüßen. „Unter aller Voraussicht ist das Opfer die fünfundsechzigjährige Mary White. Sie ist noch nicht lange tot. Schätzungsweise vier Stunden. Ihre Glieder sind noch beweglich, die Totenflecken kann ich problemlos wegdrücken. Sie ist hier gestorben. Man hat ihr das Herz herausgeholt. Sie ist, wie die anderen zwei, verblutet. Nur dürfte ihr Tod schneller gegangen sein."

Alexander betrachtete die Leiche. Mary White lag nackt, wie gebettet auf dem Schnee. Ihre Hautfarbe unterschied sich, bis auf die hellroten Flecken, nicht sonderlich von dem weißen Pulver. Ihre Augen waren geschlossen. Ihre Arme über ihre Brust gelegt, als würde sie beten. An der Seite der Unterarme waren zwei Holzklötze platziert, damit sie nicht runtersacken konnten. Ihr Haar war gekämmt, eine rote Rosenblüte hineingesteckt. Mary Whites Kopf lag auf einem weinroten Samtkissen. Über ihrem gesamten Brustkorb klaffte eine große Wunde. Der Täter war anders vorgegangen. Die anderen Opfer lagen einfach abgelegt da, sahen aus, als hätte man in ihnen herumgewühlt. Organe ragten aus der Wunde. Bei Mary hingen keine Eingeweide heraus. „Bei ihr sieht es aus, als hätte der Täter Skrupel gehabt oder ein schlechtes Gewissen?"

„Ja, er ist es anders angegangen. Zwar unterscheidet sich das Aufschlitzen nicht von den männlichen Opfern. Es ist genauso unprofessionell. Doch er hat das Herz rausgeholt, und hat die anderen Organe wieder hineingedrückt. Er hat sie mit einer weichen Felldecke zugedeckt. Als wollte er sie nicht so entblößt liegen lassen."

Aiden fragte: „Warum das?"

Simmerman schaute ihn irritiert an. „Damit sie nicht friert?" Kopfschüttelnd sah er zu Alexander. „Woher soll ich das wissen? Was hast du eigentlich für komische Typen in deinem Team? Einer schlimmer als der andere. Ich kann nicht in den Kopf des Gestörten reinsehen. Möglicherweise hat er bei Frauen mehr Respekt."

„Sie war schnell tot?" Alexander ging auf die Anspielungen des Rechtsmediziners nicht ein. In ihm tobte ein Sturm. Er wusste, dass sie den Täter finden mussten, bevor weitere Menschen sterben würden.

„Ja, in Anbetracht dessen, dass er das Herz entfernt hat, dürfte es für sie schnell gegangen sein. Das Aufschlitzen aber, hat sie bei vollem Bewusstsein mitbekommen. Ansonsten wurde auch sie vorher misshandelt. Eine große Kopfwunde am Schädel, Fesselspuren und der Körper ist verwahrlost. Alles wie bei den anderen Opfern."

Alexander presste seine Lippen zusammen. In seiner Brust breitete sich ein schmerzhafter Druck aus. Sein Magen fühlte sich an, als würde jemand hineinboxen. Bei dem Gedanken, dass Mary White vor ein paar Stunden noch gelebt hatte, wurde ihm übel. Sie hätten sie retten können. Die Frau war seit sechs Monaten verschwunden. Die anderen wurden länger vermisst, bevor sie ermordet wurden. „Er tötet schneller. Warum? Die Männer hatte er länger in Gefangenschaft behalten. Warum musste Mary so früh sterben?"

Aiden King kannte die Antwort nicht. „Wurde sie sexuell missbraucht?"

„Na, das hört sich doch mal nach einer sinnvollen Frage an", provozierte Simmerman, der seine Abneigung gegen Aiden nicht verbergen wollte. „Äußerlich sieht es nicht danach aus. Ich kann aber Genaueres erst später sagen."

„Die Botschaft?" Alexander tippelte auf der Stelle, um sich warm zu halten.

„Ja, die Botschaft. Auch die ist diesmal anders." Der Gerichtsmediziner gab Alex eine kleine Tüte mit der Botschaft darin. Wie auch die anderen war sie mit einem Computer geschrieben: GOTT HAT NICHT VERGEBEN! DOCH ER WIRD GNÄDIG SEIN.

„Was soll das heißen?" Die Frage richtete Alexander eher an sich.

Simmerman antwortete trotzdem. „Das, lieber Agent Johnson, ist eure Aufgabe herauszufinden. Ich wäre jetzt fertig und würde die Leiche abtransportieren. Ich melde mich, sobald ich neue Fakten habe."

„Danke, Simmerman."

Alexander notierte sich die Botschaft. Er kratzte sich durch seinen Dreitagebart, während er in Gedanken bei Mary White war. Was musste sie ertragen haben. Es war klar. Der Täter war skrupellos. Er war gewaltsam, misshandelte seine Opfer brutal, tötete sie bei lebendigem Leibe. Der Agent dachte an Maddie. Sie war erst zwölf Jahre. Wenn auch sie Opfer des Täters geworden war, mussten sie sie schleunigst finden.

Alexander rief Natalie an. Ohne abzuwarten, dass Natalie etwas sagte, fing er an zu sprechen. „Mary White wurde gefunden. Das Herz entfernt. Es war unser Täter. Sie wurde akkurat, in betender Haltung abgelegt. Zugedeckt, zurechtgemacht. Mit einer Rose im Haar."

„Mary White war erst seit sechs Monaten vermisst. Er tötet sie in immer geringeren Abständen. Wir können davon ausgehen, dass er Kim Newman bereits ermordet hat. Es war womöglich sein erstes Opfer."

„Oder er hält sie noch gefangen. Vielleicht hilft sie ihm? Hat vielleicht so eine Art Stockholm-Syndrom entwickelt? Wenn er sie seit zwölf Monaten gefangen hält, hat sie vielleicht eine positive Bindung zu ihm aufgebaut und kooperiert mit ihm. Das würde die unterschiedliche Ausübung erklären. Sie könnte Schuldgefühle gegenüber Mary White gehabt haben. Deshalb wurde sie so hergerichtet. Gegebenenfalls suchen wir nach zwei Tätern?"

Natalie schwieg, ließ sich die Worte durch den Kopf gehen. „Du könntest Recht haben. Die anderen Opfer waren nicht gut versteckt, sodass man sie gut finden konnte. Mit den Botschaften wollte er uns etwas mitteilen. Wir sollten sie finden. Alle Opfer fand man nah beieinander. Der Mecham Grove Forest und der Hanover-Park wurden durchsucht. Man hätte die Leiche von Newman längst gefunden, wenn er es gewollt hätte."

„An Mary hing auch eine Botschaft. Gott hat nicht vergeben! Doch er wird gnädig sein!"

„Okay, dass würde mit meiner Idee zusammenpassen."

Alex, der mittlerweile in seinem Auto saß und auf dem Weg in die West-Roosevelt-Road war, trommelte ungehalten auf seinem Lenkrad. Er wippte mit dem linken

Bein. Durch seinen Körper schoss ein Adrenalinschub. „Spuck schon aus!"

„Da der Täter in seinen Botschaften auf Gott verweist, können wir davon ausgehen, dass er einen religiösen Grund hatte. Dann die Organentfernung. Er hat jedem Opfer das erkrankte Organ entfernt. Und er hat geschrieben, dass Gott nicht vergeben hat. In der Lutherbibel von 1912 gibt es das Kapitel 28. Ein Spruch darin besagt, ich gebe es jetzt mal in meinen Worten wieder, dass Gott den Kranken nur Barmherzigkeit schenkt, wenn sie ihre Sünden bereuen. Wenn sie sie leugnen, dann wird es ihnen nicht gelingen."

„Das ist gut, Natalie, weiter."

„Nichts weiter. Er hat seine eigene Sache daraus gemacht. Er hat sie getötet, weil sie sich ihrer Sünden nicht bekannt haben. Womöglich foltert er sie, um die Sünden aus ihnen herauszubekommen. Und mit dem Entfernen des erkrankten Organs und der Botschaft hat er uns gesagt, warum."

„Das würde auch zu Joseph Fisher passen. Seine Adoptivmutter hat Ähnliches über ihn berichtet. Hervorragend. Uns läuft die Zeit davon. Was bedeutet die Botschaft von Mary White? Gott hat ihr nicht vergeben, doch er wird gnädig sein?"

„Ihm kommt es aufs Töten an. Vielleicht hat sie sein Vorhaben erkannt, ihre Sünden zugegeben. Doch er hat sie trotzdem getötet. Indem er sie so hergerichtet hat, gibt er ihr etwas zurück. Ihre Würde. Eventuell war das der Grund, warum die Vorgehensweise anders ist?"

„Dann wäre die Theorie mit Newman falsch."

„Es sind alles nur Theorien. Sie könnten alle falsch sein."

„Verfluchter Mist." Alexander wurde rot. Am liebsten hätte er irgendwo reingetreten. Er legte auf, da klingelte sein Handy abermals. Er rollte mit den Augen. „Jaa?"

„Warum ist bei dir die ganze Zeit besetzt?" Es war Anna.

„Entschuldige, ich darf ja wohl noch mit Natalie telefonieren, oder?"

„Wo bist du?" Ihre Stimme klang aufgebracht.

„Auf dem Weg ins Büro. Was ist?"

„Dreh sofort um. In Wood Dale hatte der Bruder von Mrs. Moore einen alten Zuchthof. Der steht seit Jahren brach. Der Bruder ist vor zehn Jahren gestorben, seitdem kümmert sich niemand darum. Er liegt abgelegen in der Nähe des Salt-Creek-Parks. Ihr erreicht das Gehöft über die Addison-Road."

„Ein guter Ort, um Geiseln festzuhalten. Danke, Anna, schick Verstärkung."

„Schon unterwegs."

28

Natalie stützte den Kopf auf die Hände. Um ihre Augen zeichneten sich dunkle Ringe, die verrieten, dass sie seit Langem nicht mehr ausreichend geschlafen hatte. Jacob war in den letzten zwei Monaten nicht einmal aufgetaucht, um sich nach ihr zu erkundigen. Natalie versuchte, ihre Gedanken abzuschütteln. Starrte auf die tickende Küchenuhr. Es gab Tage, an denen sie am liebsten etwas nach ihr geworfen hätte, weil das laute Ticken nervte. Seit sie wieder zu Hause war, saß sie permanent in der Küche und starrte die Uhr an. Hoffte bei jeder Minute, dass sie bald vorbei sein möge. Normalerweise ging sie in solchen Phasen joggen, doch das war derzeit noch unmöglich. Sie fühlte sich in ihren eigenen vier Wänden gefangen.

Sie entschied, Anna anzurufen. „Darf ich zu dir ins Büro kommen? Hier daheim ist es so ätzend langweilig. Dort kann ich euch bestimmt viel besser unterstützen."

„Du weißt, dass Alex das nicht möchte. Er war vorhin schon sauer, als du einfach aufgetaucht bist. Deswegen habe ich dich doch nach Hause geschickt. Deine Gesundheit geht vor. Keine Widerrede."

Natalie hatte das Gefühl, das Team hätte sich gegen sie verschworen. „Anna, ich bin fit. Mich belastet der Unfall psychisch nicht. Und körperlich kann mir im Büro ja wohl nicht viel passieren."

Sie vernahm Annas Schweigen. „Ach, weißt du, das ist alles zum Kotzen!" Sie legte auf. Wütend schlug sie auf den eichfarbenen Holztisch.

Vor zwei Monaten wollte sie ein neues Leben beginnen. Schon ihr erster Fall machte ihr zu schaffen, weil er sie unentwegt an ihr eigenes Schicksal erinnerte. Dann dieser elende Vater, der seine eigenen Kinder aufs Schrecklichste misshandelt hatte, der ihr eine Kugel in den Bauch gejagt hatte. Wieder war ihr der Boden unter den Füßen weggerissen worden. Kurz überlegte sie, ob es nicht besser gewesen wäre, wenn sie den Kampf verloren hätte. Es kostete sie enorm viel Kraft weiterzuleben, ohne ihre Familie.

Natalie erhob sich träge und stellte die Kaffeemaschine an. Sie sah die Zigarettenschachtel auf der Küchenanrichte. Mittlerweile war es wieder eine Sucht. Sie steckte sich eine Zigarette an, blies den Qualm aus dem geöffneten Küchenfenster und schüttelte den Kopf. Sie fragte sich, ob sie ausstrahlte, dass sie sich und ihr Leben hasste?

Es klingelte an der Tür. Natalie erschrak. Sie schleppte sich zur Wohnungstür. Das Laufen fiel ihr noch etwas schwer. Eine falsche Bewegung und es quälten sie Schmerzen. Bis sie an der Tür ankam, klingelte es erneut. Sie öffnete und erblickte Iceman. „Eine schwache Frau, die schwer verwundet ist, schafft es nicht, in

Sekundenschnelle an die Tür zu eilen." Missmutig schaute sie Iceman an. Er war wohl kaum hier, um ihr einen Krankenbesuch abzustatten.

„Sie sollten anfangen zu trainieren. Ich kann schon den Ansatz Ihres Bauches sehen." Iceman grinste. „Schön Sie zu sehen. Wie geht es Ihnen?"

„Schlechten Menschen geht es immer gut."

„Darf ich reinkommen?"

Natalie zögerte. Sein Besuch konnte nichts Gutes bedeuten. Hatte der Psychologe ihm seine Bedenken geäußert? Wollte Iceman sie jetzt weiter zur Therapie schicken? Sie trat zur Seite. „Natürlich, ein bisschen Abwechslung kann nicht schaden." Sie bemühte sich um ein Lächeln.

Natalie servierte Kaffee und setzte sich zu Iceman aufs Sofa. Dabei zog sie eine schmerzerfüllte Grimasse. Sie hielt sich die Narbe am Bauch.

„Noch so schlimm?".

„Es geht schon. Die Narbe tut manchmal weh, bei schnellen oder ruckartigen Bewegungen. Ich werde es überleben. Doch dieses Nichtstun bringt mich um den Verstand."

„Es sieht nicht aus, als würden Sie es überleben. Ihre Mimik spricht Bände."

„Ich bin doch kein Mann." Sie hüstelte gekünstelt. „Ich meinte eine Memme. Ich kann Schmerzen aushalten."

„So können Sie nicht arbeiten."

„Ich muss ja auch nicht sofort in die Vollen hauen. Aus Sicht des Psychiaters darf ich wieder arbeiten. Ich kann doch im Büro helfen. Ich brauche Ablenkung. Das Herumsitzen bringt mich um. Ich bin wie eine Gefangene in meinem eigenen Haus."

„Sie haben die Tatsache ziemlich schnell verdaut, dass Ihr Exmann all diese Kinder getötet hat!"

Natalie schluckte. „Wie bitte?" Sie runzelte die Stirn. Setzte sich kerzengerade hin.

„Hat Sie Mr. Johnson nicht auf den neuesten Stand der Ermittlungen im letzten Fall gebracht?"

Schmerz bohrte sich in ihr Herz. „Welche Ermittlungen? Was hat Jacob mit dem Tod irgendwelcher Kinder zu tun?"

Er atmete tief ein. Resigniert ließ er seine Schultern sinken. „Natalie, es tut mir leid, dass ich Ihnen das sagen muss. Die fünf Kinder sind nicht an den Verletzungen der Misshandlungen gestorben. Sie wurden getötet. In der Klinik. Durch eine tödliche Dosis Morphin."

Natalie schloss die Augen, ihr Herz polterte. Ihr Impuls war es, aufzuspringen, rauszurennen. Natalie starrte ihn mit offenem Mund an. Wartete darauf, dass er weitersprach.

„Es war Jacob. Er und zwei weitere Ärzte haben jahrelang misshandelte Kinder getötet. Sie wollten deren Seelen von den Qualen befreien, die sie all die Jahre erlitten hatten. Die Obduktionsberichte waren gefälscht. Wir haben die Akten bei Ihrem Exmann gefunden."

Natalies Magen zog sich zusammen. Sie glaubte nicht, was sie hörte. Ihr Mann hatte all die Jahre über Kinder getötet und sie hatte nichts bemerkt? Sie wippte mit ihrem

Oberkörper vor und zurück. Ballte ihre Hände. In ihrer Kehle brannte aufsteigende Galle. Mit einem Satz sprang sie auf, lief in die Küche. Sie steckte sich eine Zigarette an. Starrte aus dem Fenster. Aus dem Fenster des Hauses, das sie sich gemeinsam mit Jacob gekauft hatte. In dem sie mit ihrem Sohn gelebt hatten. Unter einem Dach mit einem Mörder. Sie hatte einen Kindermörder geliebt.

Iceman stellte sich zu ihr, berührte ihre Schulter. „Entschuldigen Sie. Ich dachte, Sie wüssten Bescheid."

Natalie zog sie weg. Blickte ihn mit ausdrucksloser Miene an. „Sie sollten jetzt besser gehen!"

Mit zitternder Hand zog sie den Qualm ihrer Zigarette in ihre Lunge, die unverzüglich mit einem Hustenreiz reagierte. Es war ihr egal, wie sehr sie ihre Gesundheit damit gefährdete. Es war ihr egal, was von nun an auf sie zukommen würde. Soeben ist der letzte Funken Hoffnung auf ein besseres Leben gestorben. Jacob Bennett war ein Mörder. Und sie hatte ihn geliebt.

29

Der fettleibige Mann steuerte auf sie zu. Maddie schreckte hoch. Er stellte sich vor sie, hob sie auf die Beine.

Maddie trat nach ihm. „Lassen Sie mich los!"

Der Mann schaute ihr in die Augen. Grinste teuflisch.

„Wo hast du Mary hingebracht?"

„Sie ist jetzt bei Gott. Er hat sie zu sich geholt. Er hat sie bestraft. Zeit für dich, es richtig zu machen." Mit diesen Worten nahm er ihr das Halsband ab und schleifte sie auf den Stuhl in der Mitte der Scheune.

Das Mädchen wehrte sich, schlug um sich. Es brachte nichts. Sie schaute zu Scott, der auf dem Boden lag.

Sein Bein hielt er in Schonhaltung. Er konnte sich vor Schmerz kaum bewegen. Scott schwitzte, starrte entsetzt zu Maddie. „Bitte, du wirst doch keiner Zwölfjährigen etwas antun, oder? Sie ist ein Kind. Sie weiß doch gar nicht, was eine Sünde ist." Scott bekam Angst. Er wollte nicht zusehen, wie ein Kind vor seinen Augen gefoltert wurde. Er hörte das Klacken der Handfesseln. Das verzweifelte Schluchzen von Maddie.

Der bullige Typ stank bestialisch. Er baute sich vor dem Mädchen auf, nahm eine Peitsche, holte aus.

„Nein, hör auf. Nimm mich an ihrer Stelle. Ich habe noch mehr Sünden begangen. Ich werde alle beichten und dafür büßen. Bitte, lass sie gehen." Scott kniff die Augen zusammen, als er den bitterlichen und schmerzerfüllten Schrei von Maddie hörte, als ihr die Peitsche um die Ohren sauste.

Ein langer Striemen zog sich über ihre rechte Wange. Die Wunde brannte wie Feuer. Tränen strömten über ihre Wangen. Die salzhaltige Flüssigkeit verschlimmerte das Brennen.

Erneut hob der Mann die Arme, er schrie: „Du hast gesündigt! Du hast gesündigt!" Wie im Wahn rief er immer wieder das Gleiche. Erneut knallte die Lederpeitsche, traf das Mädchen am rechten Oberarm. Maddie schloss die Augen, biss sich auf die Unterlippe, bis sie blutete.

„Maddie, du musst büßen", rief Scott. „Sag ihm, was du getan hast. Denk an Marys Worte."

Maddie überlegte, was Mary gesagt hatte. Sie solle sich etwas einfallen lassen. Sie blickte in die Augen des Monsters. „Ich … ich ha… ich habe gesündigt." Schnell schloss sie wieder die Augen, bereitete sich auf den nächsten Schlag vor. Doch der blieb aus. Mit einem halbgeöffneten Auge schaute sie auf.

Der Mann hielt in seiner Bewegung inne. „Was hast du getan?" Er leckte sich die Lippen.

Scott erkannte die Faszination, die aus seinem Gesicht sprach. Die Gleiche, die er schon bei Mary gezeigt hatte. Aus irgendeinem Grund beeindruckte es ihn, wenn seine Opfer sich ihrer Sünden bekannten. Scott versuchte zu verstehen, auf was der Täter aus war. Es musste eine Möglichkeit geben, wie er von ihnen abließ. Wie sie ihm das geben konnten, was er von ihnen verlangte. Mary hatte ihm gesagt, was er hören wollte. Dennoch hatte er sie getötet. Oder hatte er es nicht? Wo hatte er Mary hingebracht? Scott wurde aus den Gedanken gerissen.

„Ich habe meine Eltern angelogen. Ich habe behauptet, dass ich Schularbeiten erledigt habe, hatte es aber gar nicht getan. Es war doch nur eine kleine Flunkerei. Nichts Schlimmes." Maddie hatte Angst etwas Falsches zu sagen. Sie zitterte am ganzen Leib. Hilflos starrte sie zu Scott, der wie gebannt auf den großen Mann schielte, abwartete was er als Nächstes tun würde. Maddie erhoffte sich Zuspruch von Scott, doch der wandte den Blick nicht von dem Mann ab. Als sie keinen Blickkontakt mit ihm herstellen konnte, drehte sie sich wie in Zeitlupe zu dem Mann, der noch immer die Peitsche in der Luft hielt. Jederzeit bereit zuzuschlagen. Er fixierte sie skeptisch. Seine Augen waren dunkel und glanzlos. Maddie lief es eiskalt den Rücken hinunter, als sie in die leeren Augen sah. Sie fragte sich, wie ein Mensch so etwas Böses tun konnte. Die anhaltende Stille behagte ihr nicht. Im Hintergrund hörte man, wie Schnee vom Dach taute und auf etwas drauf tropfte. Sie konzentrierte sich auf den Klang, zählte die Sekunden, die zwischen zwei Tropfen vergingen. Sie bemühte sich, die beängstigende Situation auszublenden. Als der Mann sich näher zu ihr runter beugte, kroch ihr ein beißender, faulig-süßer Geruch in die Nase. Sie musste würgen. Mit großer Beherrschung schluckte sie ihre Übelkeit hinunter, um sich nicht zu übergeben. Sie versuchte, durch den Mund zu atmen, um den Geruch auszuschalten, doch er hatte sich in ihrer Nase festgebissen. Sie hielt dem Blick stand, räusperte sich kurz. „Meine Eltern haben es rausgefunden. Ich habe eine Strafe bekommen. Ich wurde deshalb schon bestraft. Ich habe geschworen, dass ich sie nie mehr anlügen würde." Bei dem Gedanken an ihre Eltern liefen Tränen die Wangen hinab. Sie wünschte sich die starken Arme ihres Vaters, der sie beschützen sollte.

„Maddie Parker. Du siehst unschuldig aus. Doch in dir steckt schon jetzt das Böse." Der Mann spuckte die Sätze mit einem Klang aus, der Maddie das Blut in den Adern gefrieren ließ.

Scott hielt den Atem an, vor Panik, er müsste erneut Zeuge werden, wie das kleine Mädchen gefoltert werden würde.

„Du solltest beten, dass Gott dir Barmherzigkeit schenkt." Mit diesen Worten stand der Mann auf, entfesselte das Mädchen, schleifte Maddie an den Haaren über den schmutzigen Holzboden. Maddie schloss die Augen, um die Wirbelreste der Rinder nicht zu sehen, die von den großen Holzbalken von der Decke hingen. Am Anfang dachte sie, dass es Skelette von Menschen waren, doch Scott hatte ihr erklärt, dass es Rinder waren, oder Ähnliches, die in dem Gehöft gezüchtet worden waren.

Der Mann legte Maddie auf ihre Decke, hängte ihr den Halsring um und lief zu Scott. Er drückte auf das verletzte Knie. Scott schrie vor Schmerz auf. Sah Sternchen. Der

Schmerz schoss ihm den Rücken hoch, er rang nach Luft. Es übermannte ihn ein bellender Husten. Beim Einatmen giemte seine Lunge. Er setzte sich aufrecht hin, um besser Luft zu bekommen.

„Sieht nicht aus, als ob Gott dir vergibt. Du keuchst vor dich hin wie eine Dampfwalze." Das Monster lachte teuflisch, als freute er sich darüber, bald sein nächstes Opfer töten zu können.

„Dann töte mich doch, du verdammtes Arschloch."

„Scott!", schrie Maddie erschrocken.

Doch der war im Rausch. Kalte Wut stieg in ihm empor. In diesem Moment wurde ihm klar, dass seine Stunden gezählt waren. Er würde sterben. Warum sollte er nicht jetzt sein Ende finden? Er wollte nicht mehr gefangen bleiben. Er wollte raus aus diesem Loch. Mit funkelnden Augen blickte er in das fies grinsende Gesicht des Mannes. „Na los. Ich werde nicht mehr beten. Scheiß auf meine Sünden. Scheiß auf das ganze Psychogelaber von dir. Ich scheiß auf dich. Hast du gehört? Du hast kein Recht, so etwas zu entscheiden. Du bist nicht Gott." Um dem ganzen die Krone aufzusetzen, spuckte Scott dem Typ vor die Füße.

„Ich habe den Auftrag von Gott."

„Du bist gestört. Das ist alles."

„Gott hat dich mit deiner Krankheit bestraft, weil du das Böse in dir trägst. Du bist kein Schuldloser."

„Der Herr hat dich gesandt, um seine Bestrafung zu verrichten? Ich lach mich tot. Du bist ein geisteskranker Idiot. Hast du überhaupt jemals die Bibel gelesen?"

Der Mann antwortete nicht. Schaute Scott eindringlich an.

„Was? Hat es dir die Sprache verschlagen? Du bist kriminell. Das, was du tust, das ist eine Sünde. Du solltest dich in Acht nehmen, dass du nicht eines Tages bestraft wirst." Im Hintergrund vernahm Scott das leise Wimmern von Maddie. Er wusste, sie hatte Angst. Doch in diesem Moment war sein Adrenalinspiegel in die Höhe geschossen. Er wollte dem Ganzen ein Ende setzen. Seine Halsschlagader pulsierte sichtbar. Zwischen seinen Worten musste er wiederholt nach Luft schnappen. „Nun sprich schon, du Bastard. Sag was dazu. Wer bestraft DICH für DEINE Sünden?"

Der Mann lachte laut. Es war unheimlich.

Maddie presste ihre Hände ans Ohr.

„Ich bin den richtigen Weg gegangen. Ich habe Gott studiert. Ich kenne seine Regeln. Ich habe sie verstanden. Deshalb hat er mich ausgewählt."

„Du bist ein Spinner. Na los. Bestraf mich. Bring mich zu ihm."

Der Mann drehte sich um, lief lachend zum Tor und schaltete das Licht aus. Er strahlte eine unheimliche Ruhe aus, die Scott noch wütender machte.

„Gott entscheidet, ob und wann er dich holt. Vielleicht vergibt er dir deine Sünden. Und du wirst geheilt."

Dann verließ er das Zuchthaus.

Scott riss an der massiven Halskette und schrie. „Du dummer Idiot. Meine Erkrankung ist unheilbar. Gott kann da gar nichts entscheiden." Erschöpft ließ er seinen

Körper auf dem Boden nieder. Er keuchte. Sein Oberkörper hob sich schwer. Tränen stiegen ihm in die Augen. Er dachte an seinen Freund. An dem Tag, an dem er von dem Taxi entführt wurde, hatte er sich mit ihm gestritten. Sein Freund wollte unbedingt ein Kind adoptieren, doch Scott hatte ihm gesagt, dass er das nicht machen könne. Was wäre er für ein Vater, der mit dem Wissen, dass er nicht sonderlich alt werden würde, ein Kind adoptiert? Was hätte das für Folgen gehabt? Er wurde von seiner Mutter allein aufgezogen, wusste, wie schwer sie es hatte. Er hat seinem Freund angeboten, dass er sich jemand anderes suchen könnte, um sich seinen Wunsch zu erfüllen, mit jemand Besserem, als er es war. Vor drei Jahren wurde bei ihm eine obstruktive chronische Lungenerkrankung festgestellt. Die Konsequenz jahrelangen Rauchens. Er hatte das Rauchen sofort eingestellt, trotzdem verschlimmerte sich sein Zustand rasant. In nicht allzu langer Zeit würde er an einem Sauerstoffgerät hängen, kaum mehr einen Schritt gehen können, ohne Atembeschwerden zu bekommen. Er hatte viel getan, um das Fortschreiten der Krankheit zu verlangsamen, doch in der feuchten Scheune hatte er keine Chancen mehr. Er dachte darüber nach, wie sein Freund sich fühlte. Was dachte er? Immer sagte man, man solle nie im Streit auseinandergehen. Sie haben es getan, und sahen sich womöglich nie wieder. Er konnte nur hoffen, dass sein Freund eines Tages jemand anderen treffen würde, der ihn glücklich machen konnte. Er war zehn Jahre jünger als Scott. Noch keine dreißig Jahre, stand mitten im Leben. Sein Herz verkrampfte sich. Es tat weh, ihn gehen lassen zu müssen. Doch für ihn war es das Beste. Seine Liebe zu ihm würde er mit ins Grab nehmen.

„Scott?"

„Was?"

„Hast du das ernstgemeint? Wolltest du, dass er dich tötet?"

Scott überlegte, was er antworten sollte. Er verinnerlichte, dass Maddie erst zwölf war. „Nein, natürlich nicht. Ich war nur wütend. Tut mir leid, wenn ich dir Angst eingejagt habe. Ich habe die Kontrolle über mich verloren."

„Danke, dass du mir helfen wolltest."

„Keine Ursache. Tut es sehr weh?"

Maddie hielt sich die rechte Wange. Es pochte und brannte. „Es geht schon. Und du? Warum atmest du so komisch?"

„Ich habe eine Lungenerkrankung. Ich muss mich etwas ausruhen, dann wird es besser."

„Wird er uns töten?"

Wieder blieb Scott stumm. Er wollte darauf keine Antwort geben. Doch als Maddie schluchzte, griff eine unsichtbare Faust um sein Herz und drückte zu. „Sie werden uns finden, Maddie. Ganz bestimmt."

30

Februar 2001

Bryan klingelte Sturm. Hämmerte gegen die Tür. Joseph öffnete nicht. Verzweifelt lehnte er sich mit dem Rücken gegen die Wand. Ließ sich auf dem Boden nieder. Seitdem er Joseph vom Tod seiner Frau geschrieben hatte, hatte er nichts mehr von ihm gehört. Dabei hätte er ihn gebraucht. Er war einsam in Springfield. Jeden Tag hockte er am Grab seiner Frau. Betete, dass Gott sie ihm zurückgeben sollte. Unzählige Male hatte er versucht, ihn anzurufen. Er brauchte jemanden, bei dem er seinen Schmerz loswerden konnte. Sein Adoptivbruder hatte nie abgenommen oder zurückgerufen. Es war verletzend. Immer war er für ihn dagewesen. Seit Kindheitstagen hatte er auf ihn aufgepasst, sich bemüht, ihm seine Ängste zu nehmen. Er hatte sein Bestes gegeben, ihm den Blödsinn auszureden, dass Gott Menschen mit Krankheiten bestrafe, wenn sie nicht gehorsam waren und sich nicht ihrer Sünden bekannten. Es hatte ihn wütend gemacht, doch er hatte immer hinter ihm gestanden. Jetzt, wo er Zuspruch benötigt hatte, bekam er keinen. Nicht einmal eine Beileidsbekundung hatte Joseph ihm geschickt. Seine Verzweiflung wandelte sich in Wut. Warum war Joseph so eklig? Er erinnerte sich an ihr letztes Treffen, als er ihm von der Erkrankung seiner Frischvermählten erzählt hatte. Der Blick in seinen Augen. Diese Abneigung gegen eine Frau, die er gar nicht kannte. Er konnte unmöglich glauben, dass alle kranken Menschen böse waren. Seine Lynn war großartig, herzlich, sie liebte Kinder und Tiere. Sie war hilfsbereit. Er konnte sich nicht erklären, warum Gott sie hätte bestrafen sollen. Bryan hörte, wie die Eingangstür im Treppenhaus aufgeschlossen wurde. Erschöpft blieb er vor der Wohnungstür sitzen, lauschte den Schritten, die sich näherten.

„Was machst du denn hier?"

„Was glaubst du?" Bryan funkelte ihn böse an.

Joseph kramte in seiner Hosentasche. Als er den Haustürschlüssel gefunden hatte, öffnete er die Tür.

„Ich habe keine Zeit. Ich habe Mittagspause, möchte essen und muss dann weiter arbeiten." Er war noch dicker geworden.

„Du willst mich wieder fortschicken?"

„Ich habe heute Dienst. Du hättest vorher anrufen können."

„Ach, ja? Glaubst du, das habe ich nicht versucht? Du nimmst ja nicht ab."

Joseph reagierte nicht, war versucht ohne seinen Adoptivbruder in seine Wohnung zu gelangen.

Bryan sprang auf, lehnte sich gegen die halboffene Tür, damit Joseph sie nicht zuschlagen konnte. „Ich kann mit dir zusammen essen. Du hast bestimmt jede Menge in der Tüte." Er zeigte auf die braune Papiertüte, die Joseph in der Hand hielt. Der Geruch verriet, dass er sich etwas beim Asiaten geholt hatte.

„Es ist ungünstig." Joseph wollte die Tür schließen.

Bryan drängte sich mit halbem Körper in die Wohnung. „Joseph, bitte, ich brauche dich. Du bist mein Bruder."

„Adoptivbruder."

Bryans Augen waren weit aufgerissen. Er konnte nicht glauben, wie kalt Joseph reagierte. Vor Jahren haben sie sich geschworen, dass sie füreinander da sein würden. Egal was käme. „Bitte."

Resigniert ließ Joseph seinen Bruder in die Wohnung. Der rümpfte die Nase, als ihm der Gestank aus dem Wohnzimmer entgegenstieß. „Heiliger! Was ist hier passiert?" Geschockt überschaute er das Chaos. „Deshalb durfte ich nie herkommen."

„Ich hab es nicht mit dem Aufräumen. Such dir einen Platz."

Das war nicht einfach, in Anbetracht des vollgemüllten Sofas. Ein Zweisitzer. Eine Hälfte davon lag frei, die andere war mit Kleidung und alten Zeitungen vollgelegt. Bryan setzte sich auf die leere Seite, die sicher der Platz von Joseph war, aber das interessierte ihn nicht. „Warum meldest du dich nicht?"

Joseph hatte einen Platz auf der Küchenanrichte freigeschoben und sich darauf gesetzt. Der Schrank knarrte besorgniserregend. Er kramte eine Gabel aus der Spüle und schob sich den Mund mit Mie-Nudeln voll. Während des Kauens antwortete er. Dabei fielen Essensreste aus dem Mund. „Ich habe viel zu tun."

„Du hast nicht mal Zeit, mir Beileid auszusprechen? Oder bei deiner Adoptivfamilie vorbeizuschauen? Findest du das nicht schäbig? Wir alle waren jahrelang für dich da. Du hattest ein gutes Leben. Mutter hat dich geliebt, als wärst du ihr eigener Sohn. Sie zerbricht vor Traurigkeit."

„Ich war aber nicht ihr Sohn. Ich habe eine Mutter."

„Ja, das weiß ich. Eine Kriminelle. Sie hat euch vergiftet."

„Das hat sie im Auftrag Gottes getan. Ich bin sicher, dass sie die Wahrheit gesagt hat."

„Ach, ja? Was macht dich so sicher?"

„Das würdest du nicht verstehen."

„Hast du dich deshalb von mir abgewandt? Weil ich eine kranke Frau hatte? Du glaubst, sie war böse?"

Joseph kaute langsamer. Blickte Bryan tief in die Augen. Man spürte förmlich, wie sich die Gedanken in seinem Kopf drehten.

Bryan machte das Verhalten wahnsinnig. „Du bist nicht ganz dicht!"

„Wie erklärst du dir dann, dass es in der Bibel geschrieben steht? Es stimmt. Gott bestraft die Menschen mit Krankheit. Deine Lynn hatte Dreck am Stecken. Mit irgendetwas hat sie dich belogen. Du hättest etwas bohren sollen."

Entsetzt starrte Bryan ihn an. Fassungslos über den geistigen Zustand seines Bruders. Joseph. Den er abgöttisch liebte. Der Bruder, den er geschenkt bekommen hatte, nachdem sich sein Leben zum Positiven gewendet hatte. „Du bist nur von deiner Kindheit geprägt. Du musst dir Hilfe holen. Schließ damit ab. Du denkst das nur, weil deine Mutter es dir eingeredet hat."

„Ich habe es nachgeschlagen. In der Lutherbibel 1912 steht es geschrieben. Du kannst es nachprüfen."

„Deine ganzen Fahrgäste? Sie sind krank. Glaubst du, sie alle sind böse?"

„Sie haben alle gesündigt. Gott hat sie bestraft."

„Warum fährst du sie dann?"

„Es ist mein Job."

„Aber wenn du nicht damit umgehen kannst? Warum suchst du dir nichts anderes?"

„Es ist interessant. Ich möchte wissen, was für eine Sünde sie begangen haben. Ich möchte wissen, wie Gott sie bestraft, nach welchem Maße. Wie hart er mit ihnen ins Gericht geht. Es fasziniert mich."

„Joseph, du bist gestört. Ich habe Angst vor dir."

Joseph grinste ihn an. Dann erzählte er von seinen Fahrgästen. Von seinen absurden Theorien. Er vergaß die Zeit. Nach zwei Stunden verließ Bryan geschockt die Wohnung. Er wusste, er hatte Joseph verloren. Besser war es, seine Adoptiveltern würden nie davon erfahren.

31

Er schlug mit seiner ganzen Kraft gegen den schwarz-gelben Boxsack, dessen Kette beim Hin- und Herschwingen
klimperte. Voller Wut krachte seine Faust auf den Sack,
der dem Fenster gefährlich nahe kam. Der Schweiß lief
ihm die Stirn hinab. Er leckte die salzige Flüssigkeit von
seinen Lippen. Seine Augen waren finster. Die Oberarm-
muskeln angespannt. Seine riesigen Pranken knallten in
Sekundenschnelle auf das Leder. Die Knöchel an seinen
Händen waren aufgeplatzt. Seit Monaten trainierte er
hart, fast besessen. Baute Muskeln auf. Das Training fiel
ihm leicht. In seinem Bauch kochte Wut, die er durch den
Sport herauslassen konnte. „AHHHHH." Wieder krachte
die Faust gegen den Sack. Einen kurzen Moment der
Unachtsamkeit und der Sack prallte gegen seinen Kopf.
Er fiel auf den Boden, schrie aus Leibeskräften. Schlug
mit den Händen auf den Boden. Sein Gesicht brannte,
sein Atem ging schnell. „Diese dreckige Schlampe." Er
schnaufte vor Wut.

Nach ein paar Minuten verließen ihn die Kräfte.
Er blieb erschöpft am Boden liegen. Gedanken rasten
durch seinen Kopf. Er dachte an das letzte Essen mit
seinem Bruder. An das Gespräch. Die Worte rasten durch
sein Gehirn. Er hielt sich die Ohren zu, wollte, dass es
aufhörte. Er kugelte sich auf dem kalten Boden hin und

her. Lynn. Hochzeit. Hör auf damit. Sie ist nicht böse. Sie braucht eine neue Niere. Wieder schrie er, wollte seinen Schmerz loswerden. „Sie war böse, Lynn war eine Hexe. Nur deshalb ist sie gestorben." Langsam beruhigte sich sein Herz. Er setzte sich auf, betrachtete seine blutigen Handknöchel. Beobachtete, wie sich das Blut über seinen Handrücken verteilte. Seine Augen glänzten bei dem Anblick. Gott hat ihr nicht vergeben. Gott hat sie bestraft. Er wird jeden bestrafen, der sündigt. Er wird sie alle holen. Eine glühende Hitze wallte durch seinen Körper. Er fühlte sich stark. Er fühlte sich bereit. „Sie hat meine Beziehung zu meinem Bruder zerstört. Sie wurde zu Recht bestraft." Er gewann die Kraft in seinem Körper wieder. Stand auf, lief ans Fenster und starrte in die Dunkelheit. Ein breites Grinsen legte sich über sein Gesicht. „Sie werden alle bestraft. Ich werde Gott helfen."

32

17. Dezember 2016

Die Blaulichter wurden eingeschaltet. Alexander nahm eine scharfe Kurve, um sein Auto zu wenden. Sie hatten es vor der Nase. Wood Dale lag keine fünfzehn Minuten von Fishers Wohnung entfernt. Alexander fluchte. Sie hatten wertvolle Zeit vergeudet. Vier Leichen. Seit einem Jahr wütete Fisher im DuPage-Kreis und niemandem war etwas aufgefallen. Er betete, dass es nicht noch mehr Opfer gab. Der Salt-Creek-Park bot viel Abgeschiedenheit. Dort konnte Fisher ungestört agieren.

Nach dreißig Minuten erreichten die Sonderermittler das Gehöft. Die Verstärkung traf kurz darauf ein. Mittlerweile war es dunkel. Das Gelände war kaum beleuchtet. Die Ermittler wollten den Überraschungseffekt für sich nutzen. Wenn sie vorher nicht auffielen, hatte der Täter keine Chance zu fliehen. Mit ausgeschaltetem Fernlicht, ohne Blaulicht fuhren sie am Rande des Waldes. Sie stellten die Autos weit entfernt von der Scheune ab. Den restlichen Weg gingen sie zu Fuß. Mit gezogenen Waffen umkreisten sie das Gebäude. Ein schmerzerfüllter Schrei eines Kindes ließ ihnen das Blut in den Adern gefrieren.

33

„Lassen Sie mich in Ruhe." Maddie spürte die kalte Klinge des Messers an ihrem Hals.

„Du sollst deinen verdammten Mund halten, du Göre."

„Er wird ersticken. Sie müssen ihm helfen. Scott! Scott! Wach auf!"

„Das liegt jetzt an Gott. Er entscheidet."

Scott lag am Boden, schnappte nach Luft. Beim Ausatmen rasselte es. Er hustete seit Stunden ununterbrochen.

Maddie weinte. Wie gelähmt stand sie auf ihrem Platz. Hinter ihr stand er, hielt den rechten Arm um sie, um das Messer an ihre Kehle zu drücken. Sie flehte ihn an, Scott zu helfen. Sie wollte nicht allein in der Hölle zurückbleiben.

Das Monster betrachtete Scotts Not grinsend. „Vielleicht muss ich die Drecksarbeit dieses Mal nicht machen. Schau es dir gut an, Maddielein. Das passiert, wenn man nicht ehrlich ist." Seine Stimme verstellte er auf lieblich klingend.

Ein eiskalter Schauer lief ihr den Rücken hinunter. Sie spürte, wie der Druck auf ihren Hals stärker wurde. Flach atmen. Nicht schlucken. Nicht bewegen. Damit das

Messer nicht tiefer in ihren Hals schnitt. Plötzliche Ruhe. Keine Regung von Scott. Keine Atembewegung. Kraftlos sackte sie in den Armen des Mannes zusammen. Das Messer rutschte ab, schnitt ihr eine lange Wunde quer über den Hals.

Der Mann ließ los.

Maddie sank zu Boden. Sie drückte die Hand auf die Wunde. Als sie das viele Blut an ihren Händen sah, wurde ihr schwindelig. Weinend begann sie zu beten. „Bitte, Gott, lass ihn am Leben. Scott, bitte wach auf." Sie spürte keine Kraft mehr in ihrem Körper. Sie legte den Kopf ab, schloss die Augen. Bilder ihrer Kindheit flammten vor ihrem inneren Auge auf. Wie sie mit ihrer Freundin Tyra über Jungs lachte. Wie der Vater ihr all die schönen Dinge beigebracht hatte. Vorsichtig schluckte sie den Kloß im Hals hinunter. Es schmerzte. Mit letzter Kraft schrie sie, schrie aus voller Kehle. Schmerz, Wut, Hass, Verzweiflung, Trauer, Angst. Es dröhnte in der ganzen Halle.

Ein ohrenbetäubendes Krachen riss sie aus ihrer Starre. Das Tor flog auf, es wurde hell. Grelles Licht durchflutete das Gebäude. Das Monster stand erstarrt da.

„Hier ist das FBI. Heben Sie vorsichtig Ihre Hände nach oben."

Das Monster hob seine Hände. In der rechten funkelte die blutbeschmierte Klinge des Messers.

„Lassen Sie das Messer fallen, dann treten Sie es in meine Richtung." Der Täter stand nahe beim Kind. Alex war nervös, hatte Sorge, dass er sie sich packen würde.

Das Monster tat, was ihm befohlen wurde.

Maddie schaute auf die Männer, die schwarze Pistolen auf das Monster richteten. Das FBI. Scott hatte Recht. Sie haben sie gefunden. „Scott. Die Polizei ist da. Scott, hörst du nicht? Sie haben uns gefunden. Wir sind frei." Sie weinte. Die gesamte Last fiel von ihr ab. Sie legte sich hin. Ihr Körper entspannte. „Sie müssen Scott helfen. Er stirbt."

Einer der Beamten führte ein Rettungsteam in die Scheune, das sich auf Scott Phillips stürzte.

Alexander legte dem Täter Handschellen an. „Joseph Fisher, ich verhafte Sie wegen Mordes an Jake Hanson, Greg…"

Der bullige Typ fing an, laut zu lachen. „Joseph Fisher? Sie glauben, ich bin Joseph Fisher? Diese armselige Kreatur wäre doch viel zu feige, einen sündigen Menschen zu töten. Er hatte nur ein großes Maul, nichts weiter."

Die Ermittler schauten sich irritiert an. Alexander musste schlucken. Hatte er sich verhört? Er betrachtete den Täter skeptisch. Wollte er ein Spiel spielen?

Der Mann genoss die überraschten Gesichter der Ermittler. Sein fieses Lachen dröhnte in Alex' Ohren. „Damit haben Sie nicht gerechnet. Mein Name ist Bryan Brewster. Ich habe für Gott gearbeitet."

Sprachlos schnappte sich Alexander den Täter, zerrte ihn nach draußen.

Aiden King setzte ihn auf den Rücksitz eines Polizeiwagens und ließ ihn in die West-Roosevelt-Road fahren. „Bryan Brewster?"

„Wir haben noch einiges aufzuklären." Alexander versuchte, Natalie anzurufen, um sie über den Erfolg zu informieren. Sie nahm nicht ab. Er rief Anna an. „Wir haben ihn. Maddie Parker und Scott Phillips leben. In der Scheune sind keine weiteren Opfer. Phillips ist in einem kritischen Zustand. Er hat ein zertrümmertes Knie und Lungenprobleme. Maddie ist auch verletzt. Sie werden nach Chicago in die Klinik gebracht. Der Täter ist nicht Joseph Fisher."

„Ich weiß. Ich wollte dich gerade anrufen. Simmerman hat den DNA-Abgleich. Die Leiche ist Fisher. Seine DNA war aufgrund der Geschichte mit seiner Mutter in der Datenbank. Wer war der Täter?"

„Bryan Brewster. Sein Adoptivbruder."

34

17. Dezember 2016

Die Scheibenwischer standen auf der höchsten Stufe, damit die Scheibe nicht vom Schnee bedeckt werden konnte. Natalie kaute auf ihrer Lippe, bis sie blutig war. Es herrschte eine beängstigende Totenstille. Sie zitterte, beobachtete den warmen Dampf, der beim Ausatmen aus ihrem Mund strömte. Nervös blickte sie sich um, starrte auf das gelbe Haus. Seit einer Stunde rührte sich nichts. Draußen war keine Menschenseele. Die meisten mieden schlichtweg das Wetter. Natalie mochte den Schnee, jedoch nicht die eisige Kälte. Obwohl sie zu ihrer Stimmung passte. Als Kind baute sie die größten Schneemänner in der ganzen Straße. Zusammen mit ihrem Vater fuhr sie Schlitten, oder er nahm sie mit zum Skifahren. All das wollte sie ihrem Sohn auch schenken. Eine unbeschwerte, fröhliche Kindheit. Doch das konnte sie nicht. Liam durfte nur einen Winter erleben. Da war er noch ein Baby. Dann tötete jemand ihren unschuldigen Sohn. Und bis heute wurde der Mörder nicht gefunden. Wieder wuchs die Wut auf Jacob. Weil er einen verdammten Augenblick nicht aufgepasst hatte. Sie schlug aufs Lenkrad, stieg aus. Ohne sich umzusehen, lief sie den schmalen Pfad zur Haustür. In der rechten Hand den Schraubenzieher, mit dem sie in Windeseile das kleine Fenster neben der Eingangstür aufhebelte. Sie stieg auf den großen Blumenkübel und kletterte ins Haus. Drinnen lehnte sie sich an die Tür, atmete dreimal tief durch und schloss die Augen. *Was tu ich blöde Kuh hier eigentlich?*

Jacob hatte sich nach der Scheidung das Haus in Brookfield gekauft. Nur einmal war Natalie dort gewesen, um ihm seine restlichen Sachen vorbeizubringen. Obwohl Brookfield nur zehn Minuten von La Grange entfernt lag, liefen sie sich nie über den Weg. Ihr Exmann hatte sich auf der Arbeit verkrochen. In seinem Haus standen kaum Möbel. Es schien, als hatte er es nur zum Schlafen und Essen benutzt. Nun wusste Natalie, warum. Er war ein Mörder. Er verbrachte die ganze Zeit in der Klinik, um seine Spuren zu verwischen, um alles unter Kontrolle zu halten. Was muss er für ein gejagter Mensch gewesen sein? Hatte er allen Ernstes geglaubt, dass man ihm nie auf die Schliche kommen würde? Natalie schüttelte die Gedanken ab.

„Du hast all die Jahre nichts gemerkt. Super Sonderermittlerin." Sie lachte künstlich. Mehr, um die wieder aufsteigende Wut in ihr zurückzuhalten. Eigentlich war ihr anders zumute. Sie wollte einen Gegenstand nehmen, alles kurz und klein schlagen. Sie hasste Jacob. Was hatte er ihr angetan? Nicht nur ihr Sohn starb durch seine Unachtsamkeit, auch andere Kinder verloren ihr Leben, weil er es so entschieden hatte. Wieso nahm er sich dieses Recht heraus? Natalie überlegte, was sie als

Nächstes tun sollte. Sie hatte keinen Plan. Sie wollte eine Erklärung. Eine Erklärung, warum Jacob so ein Mensch war. Vielleicht suchte sie auch eine Ausrede, für sich, um ihm zu verzeihen. Sie hatte ihn geliebt. Sie konnte sich nicht so in ihm getäuscht haben. Oder? Ihr wild tobendes Herz beruhigte sich. Mühsam bewegte sie sich durch die Wohnräume. Wie ein Geist schlich sie, durchkämmte jeden Raum, ohne wirklich nach etwas Bestimmtem zu suchen. Sie durfte sich nicht in dem Haus aufhalten. Es war von der Spurensicherung abgesperrt worden. Was hatten ihre Kollegen gefunden? Iceman hatte von Akten erzählt, die Jacob von den Kindern angelegt hatte. Die er getötet hatte. Er hatte sie in diesem Haus aufbewahrt. Natalie lief es kalt den Rücken runter. Wo waren die Unterlagen, als sie noch zusammen wohnten? Wo hatte er sie dort versteckt? Ihre Augen wurden feucht, Übelkeit stieg in ihr empor. Hatte sie all die Jahre mit den Akten in einem Haus gelebt? War nie darauf gestoßen? In ihrem Bauch kochte Wut. Mit einem lauten Schrei trat sie gegen den bordeauxroten Sessel. Weinend hockte sie sich auf den Fußboden. Ihr Blick schweifte durch das Wohnzimmer. Sie wusste nicht, wo sie anfangen sollte. Die Ermittler hatten das Haus bereits gründlich durchsucht. Doch der Drang, dort zu sein, ebbte nicht ab. „Jacob Bennett! Was hast du mir verschwiegen?" Sie erhob sich mühsam. Die Wut hing wie Blei an ihr. Sie schleppte sich zur Anbauwand. Die Schranktüren standen zum Teil noch von der Hausdurchsuchung offen. Ihr war klar, dass sie nichts Brauchbares finden würde. Dennoch musste sie erneut nachschauen. Sie kannte Jacob. Er war immer für Überraschungen gut. In einer Schublade fand sie jede Menge Unterlagen. Wild durcheinander. Sie nahm den Stapel, setzte sich auf den Sessel, schaute sich die Dokumente an. Rechnungen, Versicherungsunterlagen ... nichts, mit dem sie etwas anfangen konnte. Als sie die Papiere in den Schrank zurücklegen wollte, fiel ihr ein Datum ins Auge. Auf einer der Stromrechnungen. Dort stand der 21. Juni 2011. Hastig blickte sie auf die Adresse. Oak-Avenue, Brookfield. Die Adresse des Hauses, in dem sie soeben eingebrochen war. Adressiert an Jacob Bennett. Ihr Gesicht verlor die Farbe. Wie eingefroren saß sie da, starrte auf das Papier. Sie konnte nicht glauben, was sie da las. Hastig blätterte sie alle anderen Rechnungen durch. Sie reichten vom Januar 2009 bis 2016. Jacob hatte all die Jahre ein zweites Zuhause gehabt. Zu der Zeit waren sie seit einem Jahr verheiratet. Sie hätte die Akten in La Grange nicht finden können. Sie waren nie dort. Natalies Wut stieg ins Unermessliche. Sie warf die Blätter auf den Boden, rannte erneut zum Schrank, riss alle Schubladen und Türen auf. Sie zerrte alles aus den Fächern, warf es durcheinander durch den Raum. Wie konnte sie so bescheuert sein? All die Jahre hatte er sie belogen, den liebenden Ehemann gespielt. Unterdessen hatte er ein eigenes Reich, von dem sie nichts wusste. In dem er seine Machenschaften plante und geheim hielt. War er überhaupt all die Nächte in der Klinik? Oder hatte er sich in dem Haus versteckt? Natalie hätte sich ohrfeigen können. Sie, die beste Spürnase des FBI, hatte nichts geahnt. Ließ sich jahrelang etwas vormachen. Blind vor Liebe. Der Hass auf Jacob wuchs. Sie konnte nicht garantieren, dass sie ihn nicht erwürgen würde, wenn er ihr jetzt in die Finger geriet. Wütend schrie sie ihren Schmerz heraus. „Du mieses Arschloch!"

Sie schlug auf die Schränke ein. Riss die Schubladen heraus, warf sie zu Boden. Sie dachte nicht daran, dass man sie draußen hören könnte. Ihr Zorn auf Jacob benebelte sie, trieb sie in den Wahnsinn. Die letzte Schublade schmiss sie gegen die Wand. Sie zerfiel in alle Einzelteile. Sie betrachtete sie mit einem Gefühl der Machtlosigkeit, trat noch einmal kräftig dagegen. Sie weinte. Mit verschwommenem Blick starrte sie auf das zerschmetterte Schubfach. Der dünne Boden war herausgerissen. Sie bückte sich, wollte die Spanplatte zerbrechen. An der Unterseite bemerkte sie einen Knubbel. Sie drehte die Platte. In der Mitte klebte braunes Klebeband, mehrmals übereinander geklebt. Ein reparierter Riss? Bei genauerem Hinschauen schimmerte etwas Weißes hervor. Sie riss das Klebeband vorsichtig ab. Ein akkurat zusammengefalteter Zettel war darunter befestigt. Natalies Kehle verengte sich. Behutsam öffnete sie das Stück Papier. Zitternd las sie die Zeilen. Geschrieben von Jacob Bennett. Ihrem Exmann. Den sie jahrelang geliebt hatte. Um sich herum nahm sie nichts mehr wahr. Ihre Augen füllten sich mit Tränen. Sie beugte sich nach vorn und erbrach.

35

„Mr. Brewster. Möchten Sie einen Anwalt anrufen?"

„Mein Anwalt ist Gott." Er grinste.

„In Ordnung. Haben Sie die Belehrung verstanden?"

„Selbstverständlich."

Alexander musste sich ein Würgen bei dem Anblick und Geruch des Mannes verkneifen. Sein Blick zog es immer wieder an seinen Mund, an die verschimmelten Zähne. „Ihnen wird vorgeworfen, an den Morden von Jake Hanson, Gregory Miller und Mary White schuldig zu sein. Ebenso an der Entführung, Geiselnahme und schweren Körperverletzung von Scott Phillips und Maddie Parker. Wir möchten Ihnen ein paar Fragen stellen."

„Schießen Sie los." Er lehnte sich in die Stuhllehne, wollte seinen Arm darüber legen, was er nicht schaffte, da sie an den Tisch gefesselt waren. „Muss das sein? Können Sie mich nicht losmachen? Ich fühl mich meiner Freiheit beraubt." Wieder grinste er breit, leckte sich über die gelben Zähne.

Aiden wollte aufspringen, doch Alex hielt ihn davon ab. Ohne auf die Forderung des Täters einzugehen, fuhr er fort. „Haben Sie auch Kim Newman entführt?"

„Kim? Ihr habt sie nicht gefunden? Die arme Seele."

„Beantworten Sie meine Frage!"

„Ja, Kim war mein erster Auftrag."

„Auftrag von wem?"

„Von Gott. Er bestraft sie mit Erkrankungen, ich habe sie zu ihm geschickt, wenn er es wollte. Doch ich habe sie von dem Bösen erlöst. Verstehen Sie? Ich habe ihnen die Erkrankung genommen. Sie sind nun rein. Sie können von vorne anfangen. Sie haben daraus gelernt."

„Sie meinen, Sie haben sie ermordet und ihnen das kranke Organ entfernt?"

Bryan nickte grinsend. „Richtig, ich habe sie befreit."

„Warum haben Sie Mary White so zurechtgemacht, sie zugedeckt? Bei den männlichen Opfern haben Sie sich nicht so eine Mühe gemacht."

„Sie hatte es versucht. Sie hat ihre Sünden zugegeben. Doch es war zu spät. Der Herr hat ihr keine Gnade geschenkt. Sie blieb krank. Doch der Versuch, Buße zu tun, wurde belohnt."

„Es gibt Erkrankungen, die können gar nicht geheilt werden. Dann geht Ihre Theorie nicht auf. Jake Hanson zum Beispiel. Er hatte eine chronische Erkrankung. Er hätte beichten können, so viel Sie wollen, er wäre niemals gesund geworden."

„Dann war er von Anfang an zum Tode verurteilt. Er hat sich gewehrt, doch gegen mich hat niemand eine Chance. Ich stehe unter dem Schutz von Gott. Wenn er entscheidet, dann kann man nichts daran ändern."

„Wo finden wir Kim Newman?"

„Im Mecham Grove Forest."

Alexander nickte Aiden King zu, der kurz nach draußen ging und ein Team in den Mecham Grove Forest schickte, das nach der Leiche suchen sollte.

„Haben Sie Joseph Fisher getötet?"

Das Grinsen wich Bryan Brewster aus dem Gesicht. Seine Augen füllten sich mit Tränen. „Er sollte nicht sterben. Er wollte nicht helfen. Er war es doch, der gesagt hatte, dass alle Kranken bestraft wurden, weil sie böse sind."

„Sie wollten Joseph zu den Morden anstiften?"

„Er saß an der Quelle. Er hat Patienten gefahren. All diese bösen Menschen. Er wusste alles über sie. Er hat sie erforscht. Wollte wissen, was sie getan hatten, warum sie bestraft wurden. Sie haben es ihm nicht gesagt. Also habe ich mir Gedanken gemacht. Wie man den Menschen helfen kann. Sie mussten doch nur ihre Missetaten zugeben und um Gnade flehen."

„Und das haben Sie durch Folter versucht zu erreichen?"

„Diese dummen Idioten. Sie haben gelogen. Gott hat ihnen nicht vergeben. Er hat sie nicht gesund werden lassen. Sie haben alle mit ihrem Leben gespielt."

Alexander verzichtete darauf, ihm noch einmal zu erklären, dass es Krankheiten gibt, die nicht geheilt werden können. „Und Joseph?"

„Ich wollte doch bloß die Fahrtermine der Patienten von ihm haben. Er wollte sie mir nicht geben. Er fand es eine dumme Idee. Also habe ich sie mir einfach genommen. Ich versteh es nicht, er war so besessen davon. Er hat mir doch die Augen geöffnet."

„Sie haben die Daten genommen, indem sie ihn getötet haben?"

„Das war ein Unfall. Er wollte sein Kontaktbuch zurück. Er wollte mich am Gehen hindern. Aber er hatte Pech. Ich war nicht mehr der magere Junge, den er kannte. Ich habe lange trainiert. Habe zugenommen. Jeden Tag habe ich auf meinen Boxsack gedroschen, mir vorgestellt, es wäre Lynn. Er hatte keine Chance. Er war viel zu fett. Ich musste ein paar Mal auf ihn einstechen, um ihn klein zu bekommen." Aus den Augen des Mörders sprühte Hass. Er leckte sich die Lippen, wippte mit dem Oberkörper vor und zurück. „Ich musste ihn zum Schweigen bringen." Seine Augen nahmen einen seltsamen Ausdruck an. „Er hat mir die Augen geöffnet, er hatte es die ganze Zeit gewusst. Sie war böse. Gott hat sie bestraft. Doch Joseph wollte mir nicht helfen."

„Von wem reden Sie?"

„Lynn, meine Frau. Sie ist gestorben, weil Gott sie bestraft hatte. Sie war schwanger, als sie gestorben ist. Das hatte sie mir nie gesagt. Sie hat mich belogen, hat das Kind einfach mit in den Tod genommen."

„Vielleicht wusste sie nicht, dass sie schwanger war."

Bryan schaute Alexander tief in die Augen. Plötzlich waren sie leer. Brewster verschloss sich, blieb stumm. Nach dreißig Minuten beendete Alex die Vernehmung. Mittlerweile war es zweiundzwanzig Uhr. Alexander versuchte, Herb anzurufen, doch er nahm weiterhin nicht ab. Gleich morgen früh, würde er rausfinden, wo er liegen würde.

„Der Typ hat doch einen Dachschaden", begann Aiden, als die Beamten das Prison, ihr Stammlokal, erreichten. „Ich meine, klar, er hat Scheiße durchgemacht. Aber ich hätte eher Joseph Fisher so etwas zugetraut, nach allem, was ihm passiert war."

„Bryan hat sich Joseph angenommen. Er war Josephs Beschützer. Sie hatten eine enge Bindung aufgebaut, sodass er ihm irgendwann eben alles glaubte. Der Tod seiner Frau und die Tatsache, dass sie sein Kind in sich trug, hat ihn komplett zerstört. Das Trauma hat ihn zu dem gemacht, was er heute ist."

Anna wirkte traurig. „Eigentlich kann er einem leidtun. Er verliert seine Eltern, die Großmutter. Wächst dann behütet auf, findet sogar einen Bruderersatz. Und dann wird alles zerstört. Er war ein leichtes Opfer für solche Verschwörungstheorien."

„Leidtun?" King prustete los. „Weißt du, wie viele Kinder ein schweres Leben haben? Wenn die alle so werden würden, dann …"

„Dann hätten wir wohl überhaupt nicht mehr frei."

„Harris." Alexander stand so abrupt auf, dass der Stuhl nach hinten umfiel. „Was machst du hier?"

Herb sah blass aus. Seine Augen waren stark gerötet. Er sah aus, als hätte er stundenlang geweint. „Nun sagt mal, was gibt es zu feiern? Und warum wurde ich nicht eingeladen?"

„Herb, ich hatte einen Anruf aus dem Western Springs. Sie sagten mir, dass du in eine Klinik nach Chicago verlegt wurdest. Was ist los?"

„Ach, alles halb so wild. Mir war etwas unwohl. Nichts Ernstes." Er schluckte kräftig, blickte an Alex vorbei.

„Es klang aber ernst. Kann ich dir helfen?"

„Chef, es ist alles gut. Nun sag schon, was gibt es zu feiern?"

„Wir haben den Fall gelöst. Aber das erzählen wir dir morgen. Setz dich zu uns. Möchtest du ein Bier?"

„Ein Wasser, bitte."

Herb hatte noch nie ein Bier ausgeschlagen. Alexanders Magen zog sich zusammen. Sein Handy klingelte. Er warf einen Blick auf das Display, entfernte sich aus der Gruppe und nahm das Telefonat entgegen.

Herb beobachtete, wie er blass wurde. An seinem kräftigen Schlucken erkannte er, dass die Nachricht nicht sonderlich erfreulich sein konnte.

Alex legte auf und richtete das Wort an Herb. „Hast du heute noch etwas vor?"

„Alex, ich hab doch gesagt, ich kann heute kein Bier trinken, ich …"

„Ich möchte kein Bier mit dir trinken. Am Telefon war gerade der Deputy-Chief von der Brookfield-Police. Es gab einen Einbruch in Jacob Bennetts Haus. Sie haben Natalie festgenommen."

„Ach, du scheiße. Worauf wartest du noch?"

36

„Alexander Johnson, schön dich wiederzusehen." Der Deputy-Chief begrüßte die Sonderermittler mit kräftigem Händedruck.

Alexander kannte den Chief von früher. Sie hatten zusammen im Western Springs Police-Department gearbeitet und sich immer gut verstanden. Nachdem Alex zum FBI gegangen war, hatten sie sich aus den Augen verloren. „Das beruht auf Gegenseitigkeit, auch wenn es kein schöner Anlass ist. Ich hätte dich lieber mal auf ein Bier getroffen."

„Tut mir leid. Wir bekamen einen Anruf eines besorgten Nachbarn, der Schreie und Krawall aus dem Haus gehört hatte. Meine Deputys fanden sie dort, völlig hysterisch. Sie hatte geschrien, als wäre sie einem Geist begegnet. Es war alles verwüstet. Den Deputys blieb nichts übrig, als sie festzunehmen. Als sie hier hereinkam, habe ich sie sofort erkannt und mich dem Fall selbst angenommen."

„Was hat sie in dem Haus gesucht?"

„Sie redet nicht mit uns. Ich wusste nicht, wen ich sonst hätte anrufen sollen."

„Das war gut so. Ich weiß, das ist jetzt viel verlangt. Aber Natalie befindet sich gerade in einem emotionalen Ausnahmezustand. Sie hat noch nie Ärger gemacht."

„Alex, du weißt, dass ich das nicht einfach so unter den Teppich kehren kann. Man wird mir Korruption vorwerfen. Ich habe noch ein paar Jahre zu arbeiten."

„Ich weiß. Ich möchte dich auch nicht zu Verbotenem anstiften. Es ist nur, sie ist meine beste Spürnase im Team. Ich kann es mir nicht leisten, sie zu verlieren. Es würde nicht wieder vorkommen, dafür sorge ich. Gibt es keine Möglichkeit?"

Alexander und Herb waren nervös. Ihnen war klar, dass Natalie daran zerbrechen würde. Sie liebte ihren Job, war gerade erst wieder zurückgekehrt.

Der Polizeichef schüttelte den Kopf, blickte zu Boden. „Folge mir in mein Büro! Wir besprechen alles in Ruhe."

Alexander nickte, drehte sich zu Herb. „Ich denke, du solltest schon einmal zu Natalie gehen."

Herb verzichtete darauf, etwas zu erwidern. Er wusste, was Alex damit bezweckte. Er wollte ihn nicht mit hineinziehen. Sollte es Ärger geben, wollte er ihn allein kassieren.

Nach einer Viertelstunde folgte Alexander in den Raum, in dem Natalie saß. Ihre Augen waren rot gerändert. Alex' Magen zog sich bei ihrem Anblick zusammen. Herb schüttelte den Kopf, ein Zeichen dafür, dass er nichts aus ihr herausbekommen hatte.

„Natalie, würdest du uns bitte begleiten?", forderte Alex sie auf. „Deinen Fall wird das FBI übernehmen."

„Was soll der Mist? Das ist kein Fall für das FBI." Sie funkelte Alex wütend an, benahm sich wie ein trotziges Kleinkind.

„Das ist es sehr wohl. Du bist in das Haus eines bei uns zur Fahndung ausgeschriebenen Täters eingebrochen. Wir müssen herausfinden, ob das mit unserem Fall in Zusammenhang steht."

Natalie zischte, erhob sich aus dem Stuhl und lief an Alexander vorbei. Auf seiner Höhe blieb sie kurz stehen und flüsterte: „Das hast du dir fein ausgedacht."

37

Natalie schlug die Autotür so heftig zu, dass der ganze SUV Yukon wackelte.

„Warte bitte! Wir sollten darüber sprechen."

„Ach, ja, du willst sprechen? Du bist ein Lügner!" Natalie brüllte so laut, dass es die ganze Nachbarschaft in La Grange hören konnte.

Alexander sah, wie sich im Nachbarhaus die Gardinen zur Seite bewegten. Es war ihm egal, was die Leute dachten. „Ich habe dich nicht angelogen. Bitte, versteh mich doch. Ich habe jeden Tag an deinem Bett gesessen. Ich bin jeden Abend mit Bauchschmerzen nach Hause gefahren, weil ich Angst hatte, dass du das nicht überlebst. Ich war froh, als du endlich aufgewacht bist. Ich habe es nur verheimlicht, weil ich wollte, dass du erst gesund wirst."

Natalie schnaubte. Fast wäre sie auf dem Schnee ausgerutscht, als sie zu ihrer Haustür eilte. Alex holte auf und konnte sich zwischen die Tür quetschen, bevor sie ins Schloss fiel. Natalie schmiss ihre Jacke auf den weißen Flurteppich, streifte während des Gehens ihre Boots von den Füßen. Sie ging in die Küche und zündete sich eine Zigarette an. Alex bemerkte, wie ihre Hände zitterten. Sie blickte zum geöffneten Fenster. Der Qualm ihrer Zigarette wurde vom Wind zurück in das Zimmer geblasen.

Alex musste husten. Er ließ ihr ein paar Minuten, bevor er die einzige Frage stellte, die ihn in diesem Moment interessierte. „Was hast du in dem Haus gesucht?"

„Was geht es dich an?"

„Mich geht es insofern etwas an, weil du im Haus eines flüchtigen Tatverdächtigen herumgeschnüffelt hast. Einen Täter, den das FBI jagt."

„Vielleicht habe ich nach Beweisen gesucht?"

„Hör mit dem Theater auf! Was hast du dir dabei gedacht?" Alex Stimme klang scharf.

Sie zuckte mit den Schultern, blies den Rauch demonstrativ in seine Richtung.

„Komm schon, ich weiß, dass du in letzter Zeit verdammt viel einstecken musstest. Und ich kann auch deinen Zorn verstehen. Aber deine dumme Aktion kann ich nicht begreifen."

„Ach, Alexander, was hättest du denn gemacht, wenn du erfahren hättest, dass deine Exfrau mehrere Kinder auf dem Gewissen hätte?" Sie wirkte genervt, rollte mit den Augen. Sie war nicht bereit, vernünftig zu sprechen.

Der Sonderermittler schaute betroffen zu Boden. Er wusste keine Antwort. Wahrscheinlich hätte er sich genau zu solch einer dummen Tat verleiten lassen. Natalie suchte Antworten. Darauf, wie ein Mann, neben dem sie jahrelang geschlafen hatte, den sie geliebt hatte, unbemerkt Kinder töten konnte.

„Hat es dir was gebracht, in dem Haus herum zu schnüffeln?"

„Zumindest brachte es mir die Gewissheit, dass ich noch so gut sein kann in meinem Job." Sie weinte. „Ich hätte es niemals rausfinden können, was er getan hatte."

Alex runzelte die Stirn.

Natalie erkannte das große Fragezeichen in seinem Gesicht. „Ich habe mich gefragt, wie er es die ganze Zeit vor mir geheimhalten konnte. Die Akten der Kinder, von denen Iceman gesprochen hatte, die musste er doch irgendwo aufbewahrt haben. Nun weiß ich, wo sie die ganze Zeit waren."

Alexander verstand noch immer nicht.

„Er hatte dieses Haus die ganze Zeit. Auch als wir verheiratet waren. Er hatte ein zweites Zuhause, ohne dass ich davon wusste. Ich habe Rechnungen gefunden, die an ihn adressiert waren. An das Haus in Brookfield. Und weißt du, was da für ein Datum drauf stand? Er wohnt seit 2009 dort. Da waren wir schon verheiratet. So konnte er seine Machenschaften vertuschen. Er hat mich all die Jahre belogen." Natalie verfiel in einen bitteren Weinkrampf.

Alex schluckte kräftig. Sie hatten die Rechnungen bei der Durchsuchung gesehen, aber nicht aufs Datum geschaut. Als sie die Akten der Kinder gefunden hatten, waren sie zufrieden. Sie hatten ihre Beweise. *So ein verdammtes Arschloch. Ich habe es die ganze Zeit geahnt, dass dieser Typ was verheimlicht.* Alex strich sich müde durchs Gesicht, ging einen Schritt auf Natalie zu.

Die stand auf und ging ins Wohnzimmer. Sie setzte sich auf ihr Sofa.

Alexander schloss die Augen, atmete tief durch, setzte sich zu ihr. „Es tut mir leid. Kann ich was tun?"

„Was willst du tun? Habt ihr eine Spur von ihm?"

„Nein." Alex bemerkte, dass ihre Wut auf ihn abebbte, doch sie konnte ihm nicht in die Augen schauen. „Hast du noch etwas anderes gefunden?"

Sie drehte sich weg, nestelte mit den Händen, zündete eine weitere Zigarette an.

Ihre Nervosität beunruhigte ihn. „Natalie? Hast du etwas, das du uns sagen musst?"

Keine Antwort.

Er war sicher, sie verheimlichte etwas. Panik stieg in ihm auf. Hatte sie Anhaltspunkte, wo er sich aufhalten könnte? Würde sie so dumm sein, ihn allein aufzuspüren und auf Rache zu sinnen? „Ich hoffe, du machst keine Dummheiten. Du weißt am besten, dass du keine Beweise zurückhalten darfst. Die Aktion heute war verrückt genug. Ich habe Kopf und Kragen riskiert, um dich da rauszuboxen."

„Ist gut. Ich weiß nichts anderes. Ich gebe zu, ich war auf der Suche, ob ich irgendetwas finde, wo er sich aufhalten könnte. Ich kenne ihn ja gar nicht. Ich weiß nicht, wer seine Familie war, wo er in New York gelebt hatte. Nur, dass er im Heim groß wurde und er seinen Vater früh verloren hatte."

„Und was hättest du gemacht, wenn du etwas gefunden hättest?"

Sie senkte ihren Blick. Schamesröte stieg ihr in die Wangen. Ihre Augen glänzten feucht. „Ich weiß es nicht."

Alexander wusste, dass das nicht stimmte, gab sich jedoch mit der Antwort zufrieden. „Warum bist du da drinnen so ausgerastet?"

„Ich war wütend. Er hat mir nur etwas vorgespielt. Ich habe einfach die Beherrschung verloren. Das kannst du doch verstehen?"

Alexander Johnson nickte.

Nervös kratzte sie sich an den Armen, vermied abermals, ihm in die Augen zu schauen. Irgendetwas stimmte nicht. Und Natalie würde keineswegs mit der Sprache rausrücken.

„Das war eine saudumme Aktion. Aber du brauchst nichts zu befürchten. Offiziell hat das FBI deinen Fall übernommen, weil wir einen Zusammenhang zwischen deinem Einbruch und den Morden an den Kindern sehen. Niemand außer dem Deputy-Chief und ich wissen, dass es nicht so ist. Ich hoffe, dir ist klar, dass ich dir nicht noch einmal den Arsch retten kann."

Natalie nickte stumm. „Danke!"

„Es tut mir leid, dass ich dir nichts von Jacob erzählt habe. Ich habe es nur gut gemeint. Mir war klar, dass ich es irgendwann sagen muss. Nur wollte ich erst sicher sein, dass du stabil genug bist."

„Damit ich nicht wieder anfange zu saufen?"

Alexander schaute verletzt. Es hatte gerade keinen Sinn mit ihr zu sprechen. „Ich werde jetzt fahren, mich schlafen legen. Du kannst mich jederzeit anrufen, wenn ich dir helfen kann." Resigniert kehrte er ihr den Rücken zu, hoffte, sie würde ihn vom Gehen abhalten. Sie tat es nicht.

Natalie setzte sich an den Küchentisch, knüllte die Werbeprospekte zusammen, die vor ihr lagen, warf sie wütend durch die Küche. Sie hatte Alex vor den Kopf gestoßen, ihrem besten Freund. Doch sie musste es tun. Er durfte nicht weiter bohren. Sie nahm einen Schluck Wasser aus dem Glas, das noch vom Morgen auf dem Tisch stand. Das kalte Wasser lief in ihrem Hals herunter, linderte den Schmerz, den der Kloß in ihrer Kehle verursachte. Sie holte den zerknüllten Zettel aus dem BH, den sie dort versteckt hatte, als die Polizei in das Haus von Jacob stürmte. Sie faltete ihn auseinander. Las ihn noch einmal. Unerträgliche Hitze stieg ihr ins Gesicht. Ihr Herz verkrampfte. Wut kochte in ihr hoch. Sie merkte nicht, dass das Glas unter ihrem Händedruck zerbrach.

38

Zum wiederholten Male schaute Alexander in seinen Rückspiegel, strich über seinen Bart, ordnete seine gegelten Haare. An den Koteletten färbten sich die Haarspitzen schon etwas grau, doch das tat seinem Aussehen keinen Abbruch. „Natalie, ich muss dir etwas sagen." Er malte sich aus, wie ihre Faust geradewegs auf seine Nase zusteuerte, nachdem er ihr den Satz gesagt hätte. „Ich muss dir etwas sagen", hatte sie die letzten Tage wohl zu oft gehört und dabei kam nie etwas Gutes heraus. Er grinste. Natalie hatte ihn mitten in der Nacht zum Frühstück eingeladen. Er hatte, ohne darüber nachdenken zu müssen, angenommen. Er wollte für sie da sein, helfen, über diese schlimme Nachricht hinwegzukommen. Alex konnte nur hoffen, dass ihre Stärke auch dieses Mal reichte, wieder aufzustehen. Er wollte so nicht weitermachen. Der Kampf um ihr Leben hatte ihm die Augen geöffnet. „Ich liebe dich, ich will immer für dich da sein. Ich werde immer für dich kämpfen. Ich will dich." Ein Rückzieher kam diesmal nicht in Frage. Egal wie sie reagieren würde. Er wollte sie. Und er würde für sie kämpfen. Er betrachtete die roten Rosen auf dem Beifahrersitz, die er für sie gekauft hatte. In seinem Bauch kribbelte es. Seine Hände waren nass geschwitzt. „Okay, Alexander Johnson, reiß dich zusammen. Es wird schon schiefgehen." Er entschied, die Situation abzuwarten. Es würde sich ein Zeitpunkt ergeben.

Er hielt an der kleinen Bäckerei in seiner Straße, besorgte frische Brötchen und zwei Croissants. Er stieg gerade ins Auto, als er einen Anruf erhielt.

„Agent Johnson?"

„Hallo, Agent Johnson. Hier ist Mrs. Parker. Ich rufe an, weil ich mich bei Ihnen bedanken möchte."

„Das müssen Sie nicht. Ich habe nur meinen Job gemacht."

„Sie haben meiner Tochter das Leben gerettet." Sie schluchzte. „Das war nicht nur ein Job. Ich werde Sie und Ihr Team immer in unsere Gebete einschließen. Vielen Dank, dass Sie sie da rausgeholt haben."

„Wie geht es Maddie?"

„Körperlich geht es ihr besser. Die Wunden werden heilen. Sie macht sich große Sorgen um Scott. Und sie fragt ständig nach einer Mary White."

„Das war auch eine Geisel von dem Täter. Leider wurde sie ermordet."

„Oh, das habe ich geahnt. Nicht auszumalen, wenn er meine Maddie noch länger gefoltert hätte, sie schließlich getötet hätte. Ich danke Ihnen von ganzem Herzen."

„Wissen Sie vielleicht, wie es Scott Phillips geht?"

„Maddie war bei ihm am Krankenbett. Er erholt sich allmählich, aber die Ärzte sind wegen seines Zustands sehr besorgt. Seine Lunge hat unter den Verhältnissen in der Scheune sehr gelitten. Wir können nur hoffen, dass er sich noch einmal erholt."

„Bestellen Sie Maddie gute Besserung. Wenn sie wieder gesund ist, werde ich sie noch kennenlernen."

„Danke, das werde ich ihr ausrichten."

Alex freute sich, zu hören, dass Maddie keine ernsthaften Verletzungen davongetragen hatte. Doch er wusste, das Trauma zu verarbeiten, würde der schwierigere Weg sein. Er schrieb Natalie eine Nachricht, dass er sich auf den Weg machen würde. Ein weiterer Anruf kam rein. Iceman.

„Verdammt noch mal, ich habe frei." Wütend nahm Alex ab. „Ihnen ist klar, dass wir Sonntag haben?"

„Ist es, Johnson. Da Sie mir aber irgendwie aus dem Weg gehen, muss ich es eben mit Ihnen am Sonntag klären. Guten Morgen."

„Wir hatten einen Fall. Ich hatte keine Zeit."

„Sicher. Hören Sie, Johnson. Das war gute Arbeit. Obwohl Ihnen quasi zwei Leute fehlten, haben Sie den Fall schnell lösen können. Der Director ist zufrieden mit unserer Arbeit."

Unsere Arbeit? Typisch Iceman. „Danke, das freut mich zu hören."

Iceman war nie bei den Einsätzen dabei, obwohl er das als Einheitschef immer gedurft hatte. Doch er überließ es dem Team, heimste natürlich gern die Früchte ein. „Wir haben heute den 18. Dezember. Ich hätte es Ihnen schon längst gesagt, damit Sie sich hätten besser vorbereiten können, doch die Gelegenheit haben Sie mir leider nicht gegeben. Ab dem ersten Januar 2017 ist für Sie eine Stelle frei."

Alex kniff die Augen zusammen. „Ich verstehe nicht richtig?"

„Ich werde das Field-Office in Chicago verlassen. Wie Sie sich erinnern können, wurde ich vor einigen Monaten gebeten, die Stelle des Deputy-Directors in Washington DC anzunehmen. Ich habe entschieden, es zu tun. Ich werde zum Februar wechseln. Ich habe dem Director Sie als meinen Nachfolger vorgeschlagen."

Alexander musste schlucken. Er hörte ein Rauschen in seinem Ohr.

„Ich wüsste den Job in guten Händen, wenn Sie annehmen."

„Das ehrt mich. Wie lange habe ich Zeit, mich zu entscheiden?"

„Wie gesagt, ich habe schon länger versucht, Sie darauf anzusprechen."

„Wie lange habe ich noch?"

„Bis Mittwoch."

„Mittwoch?"

„Sie sollten sich nicht allzu lange Zeit lassen. Es gibt noch eine weitere Bewerbung. Ein Kollege vom SWAT-Team. In Anbetracht dessen, dass Sie mit den Gegebenheiten bestens vertraut sind, werden Sie bevorzugt behandelt. Ich höre Sie am Mittwoch." Der Special-Agent-in-Charge legte auf.

Alex rang nach Fassung. Wollte er die Leitung der Einheit übernehmen?

39

Alex beobachtete das Küchenfenster von Natalies Haus, traute sich nicht, aus seinem Yukon zu steigen. Ein komisches Gefühl beschlich ihn. „Du bist ein mieser Feigling." Alex schüttelte den Kopf. Lachte über sich. „Du solltest jetzt da reingehen, ihr deine Liebe gestehen, statt mit dir Selbstgespräche zu führen." Er stieg aus, schlich zur Tür. Vorsichtig nahm er die zwei Stufen, um nicht noch einmal auf dem Hintern zu landen. Dann blieb er abrupt stehen. Die Tür war angelehnt. Um ihn herum: Stille. Nur seinen Atem konnte er hören. Er schaute sich um, ob Natalie draußen zu sehen war. Er klopfte an die Tür. „Natalie? Bist du da?" Keine Antwort. Er wartete einige Minuten, vielleicht war sie gerade duschen. „Natalie?" Er schob die Tür auf und schaute in den Flur. Im Haus war es ruhig. Er sah, dass ihre Jacke nicht an der Garderobe hing. „Natalie, wo steckst du? Die Tür war auf. Ich bin es, Alex." Alexander krallte sich an den Rosenstielen fest. Er lief in die Küche. Sah ein zerschmettertes Glas am Boden liegen. Ihm wurde heiß. Er rief Anna an.

„Anna, ist Natalie bei dir?"

„Nein, warum fragst du?"

„Nur so, ich wollte sie besuchen, aber sie ist nicht zu Hause." Von der offenstehenden Tür erzählte er nichts. „Ich warte einfach ein paar Minuten."

Er zog sich seine Jacke aus und lief einmal durchs Haus, um nachzuschauen, ob sie wirklich nicht da war. Dann setzte er sich an den Tisch. In Sekundenschnelle erfasste er das Bild, das ihm geboten wurde. Zwei Briefe. Auf einem stand sein Name.

Hallo Alex,

es tut mir leid, aber ich muss für eine Weile verreisen. Ich brauche Abstand.

Natalie

Alex starrte auf den Brief. Wo wollte sie so plötzlich hin? Sie wollte doch unbedingt wieder anfangen zu arbeiten. Der zweite Brief lag offen auf dem Tisch. Alex schluckte. Übelkeit stieg in ihm empor.

Epilog

Liebe Natalie,

bitte verzeih mir, was ich getan habe. Liam war unser Sonnenschein. Ich liebte ihn. Doch er hat mir meine Liebe gestohlen. Meine ganze Kindheit wurde ich nicht geliebt. Durch dich habe ich endlich Liebe erfahren dürfen. Du warst meine Traumfrau. Ich hätte alles für dich getan. Dann kam Liam. Du hattest nur noch Augen für ihn. Deine ganze Aufmerksamkeit hast du ihm geschenkt. Es hat dir noch nicht einmal etwas ausgemacht, dass ich nächtelang weggeblieben bin. Er hat sich zwischen uns gestellt. Wieder war ich allein. Ich habe wieder erlebt, wie eine mich liebende Person von mir ging. Das konnte ich nicht zulassen. Ich wollte nicht noch einmal so leiden wie damals, als mein Vater starb. Er musste weg. Ich habe ihn zu den Engeln geschickt. Er musste nicht leiden, das schwöre ich dir. Vor seinem Tod hatte er einen wunderschönen Tag. Er war zufrieden, als er in meinen Armen eingeschlafen ist.

Dein Jacob

Danksagung

Das Entstehen von „Missetaten" ist der Resonanz auf Teil 1 der ‚Natalie Bennett'-Reihe zu verdanken. Die Leser und Leserinnen, die mir Feedback gegeben haben, die neugierig und gespannt auf den 2. Teil gewartet haben, verdienen ein großes Dankeschön. Durch euch habe ich die nötige Motivation und Geduld weiterzuschreiben. Es macht Spaß und große Freude für euch zu schreiben.

Ein ganz besonderer Dank geht an meine Lektorin Anja Lott. Danke für deine Geduld und deine Ehrlichkeit. Für deine Mühen, das Beste aus meiner Story herauszukitzeln. Ich weiß, dass die Arbeit mit mir nicht immer ganz einfach war.

Ebenso ein herzliches Dankeschön an Anne Merod. Der ich dieses schöne Cover zu verdanken habe. Die Arbeit mit dir macht Spaß.

Einen großen Dank schulde ich Herrn Marc Pfaffinger, der mir bei der Recherchearbeit wertvolle Unterstützung gegeben hat. Sie waren mir eine große Hilfe. In diesem Sinne vielen Dank an Sabine Gasber für den Kontakt.

Meine Dankbarkeit gilt ebenso meinen lieben Kolleginnen in der Klinik, die mich mit dem Kauf von Teufelseltern unterstützt haben, die mich in meinem Vorhaben ernst genommen haben, die fleißig die Werbetrommel für mich gerührt haben. Besonders stolz macht es mich, dass ich einigen von euch das Genre schmackhaft machen konnte. Gleichermaßen danke ich meinen Autorenkollegen und -kolleginnen für die tollen Gespräche, für die wertvollen Tipps und für das Wideraufbauen in Phasen des Zweifelns.

Ein besonders dickes Dankeschön an Nicole Kirchner und Janette Schenk, für die Auseinandersetzung der Rohfassung, für eure ehrliche Einschätzung und die Zeit, die ihr mir damit gewidmet habt.

Danke an meine Familie, die mir zu jeder Zeit zur Seite steht. Insbesondere an meinen Mann und Sohn, die es mir immer ermöglichen, Zeit in ein Projekt zu stecken, die mich ermutigen und wahnsinnig viel Geduld aufbringen. Vielen Dank dafür.

Liebevolle Erinnerungen an zwei kleine Helden. Joel Müller (Hoffmann), ein mutiger Junge, der sein Lachen nie verloren hat. Und selbst mit einem Lächeln auf den Lippen auf seine letzte Reise gegangen ist. „… auch wenn du mich zweimal abgelehnt hast …" – Ein Satz, der uns verbindet.

Philipp Peters, den ich von Geburt an mit begleiten durfte. Der mir schon als Baby Mut gemacht hat. Ein großartiger Junge, der sich durchs Leben gekämpft hat. Ich bin unendlich dankbar, dass ich Teil deines viel zu kurzen Lebens sein durfte. Dein Arm in meinem Dekolleté - der Beginn einer wunderbaren Freundschaft.

Zwei Helden, die tausend Herzen berührt haben. Ich behalte euch in meinen Gedanken.

ANDREA REINHARDT

TEUFELS-ELTERN

Erster Fall für Sonderermittlerin
Natalie Bennett

THRILLER

 tredition

Misshandlung, Folter, gequälte Seelen

Chicago 2016

Zwei Jahre nach einer schweren Lebenskrise kehrt Sonderermittlerin Natalie Bennett zum FBI zurück. Ihr erster Fall, zwei aus einer Klinik entführte Kinder, entwickelt sich zu einer wahrlichen Zerreißprobe.

Während der Ermittlungen stoßen die FBI Agenten auf eine Reihe verstorbener Kinder. Die Todesursache ist laut Obduktionsbericht immer die gleiche, die Todesumstände jedoch werfen Fragen auf. Der Druck auf die Ermittler wächst, als die Hauptverdächtige nicht mehr vernehmungsfähig ist.

Für Natalie Bennett und ihren Partner Alexander Johnson beginnt ein Wettlauf mit der Zeit, die Kinder lebend zu finden.

Zeitfracht Medien GmbH
Ferdinand-Jühlke-Straße 7
99095 Erfurt, Deutschland
produktsicherheit@kolibri360.de